青春有限简史

兰海 著

北方文艺出版社

图书在版编目（ＣＩＰ）数据

青春有限简史 / 兰海著. -- 哈尔滨：北方文艺出版社，2021.1
 ISBN 978-7-5317-4860-1

Ⅰ．①青… Ⅱ．①兰… Ⅲ．①随笔－作品集－中国－当代 Ⅳ．①I267.1

中国版本图书馆CIP数据核字(2020)第166412号

青春有限简史
QINGCHUN YOUXIAN JIANSHI

作　者/兰　海	
责任编辑/王　爽　王丽华	特约编辑/陈长明
装帧设计/汇蓝文化	

出版发行/北方文艺出版社	邮　编/150008
发行电话/（0451）86825533	经　销/新华书店
地　址/哈尔滨市南岗区宣庆小区1号楼	网　址/www.bfwy.com

印　刷/廊坊市文峰档案印务有限公司	开　本/880×1230　1/32
字　数/210千字	印　张/9.75
版　次/2021年1月第1版	印　次/2021年1月第1次印刷
书　号/ISBN 978-7-5317-4860-1	定　价/49.00元

序

经历了许多时代,依然觉得青春最可爱。

我们站在成熟的影子里,却喜欢怀念那些幼稚的记忆影像。

2012年9月,我的青春怀旧小说《滴答不滴答 ——往事窘得不堪入目》(以下简称《滴答不滴答》)带着长长的奇怪的名字出版,这和本来要表达的意思有些出入原本只是青春快乐而感伤的故事收集,承载着有些不舍的缅怀情绪,而它原来的名字叫《被偷走的时光》。

转眼已经是2020年,八年的时间,太多事情发生,让那些青春的过往显得更加如钻石般珍贵。

青春永远是那么不完美,我们却无比眷恋这曾经的不完美。

2018年,接到了一个陌生的电话,是许久许久失去联系的勇哥打过来的,在很长一段时间里,同学们盛传他已经死了。为了求证,我给他的QQ发了消息,一直没有回音,我也觉得他挂了,还写了篇文章纪念他。而通过电话之后,我知道他还在柬埔寨活蹦乱跳,立马加了他的微信,把他拖进了同学群里,他的一句"大家好",证明长腿大侠还是活的。

2008年,汶川大地震,熊丹同学走进了最不该走进的电梯,我想起小时候对她的诅咒,觉得自己特别小气,从此,诅咒变成怀念,却渐渐再也想不起她的脸。

　　当年在深圳的时候，读大学时一直劝逃课的我回去上课，甚至跑来恐吓我的班长大人，永远倒在了深圳漆黑的小巷里。原本计划请假参加追悼会的我，却因为老板说人都死了，悼念有什么用，无法得到请假的批准，而错过了最后送他一程的机会。

　　许多年过去了，无论何地，我依然可以想念他们。生或死，有些故事有了结局。

　　记忆中的青春大多数时候是欢乐的，却因为时光的流逝有了不一样的终点。但我们的故事，却在同一个地方、同一个时间开始。想起电影《COCO》（《寻梦环游记》）里说的，人真的死去是因为被完全遗忘，我希望我们的故事不被遗忘，那曾经的我们就不会被遗忘，至少我们还能在过去的年月里，以某种姿态一起活着，无论快乐还是感伤。

　　2012年版的《滴答不滴答》是两百多个小故事的合集，时间跨度从幼儿园入学一直到大学毕业，属于编年体青春通史小说，虽然看似零散，但实际上是连贯的。我的本意是将青春过往中那些忧伤的场景删除或简化了，直接让读者看到最直接最纯粹的开心往事，或者希望同学们蹲在厕所里的时候，随便翻到一页，都能够稍稍地笑起来。

　　曾经有读者说，放下书的一瞬间，觉得自己的成熟度下降了。

　　这次我做了调整，增加新的人物和故事，同时删减一些故事。曾经有些不愿意授权登场的同学，在许多年后已经释怀，他们的粉墨归来，也意味着青春真的已经被告别。当很多人在繁忙的工作和生活中被压得喘不过气来的时候，他们也许会更愿意去纪念一下曾经美好而令人头疼的过往。

　　人生其实挺奇怪的，我们一天天长大，拥有的财富越来越多，可是纯正的快乐却在日渐减少，我不太喜欢"宁愿在宝马车里哭泣"的逻辑，我们到底在追求什么？好像我们所剩下的，除了那些跟钱有关的东西，几乎一无所有。遥想那些曾经懵懂而无知的时光，我们的快乐是那么简单，只是骑着单车，去一些所谓遥远的地方，一路上有说有笑，渴了能买一瓶汽水，两个人分着喝，仅此而已。

青春和生命一样是一场又一场的轮回。

今天的我们，站在成熟而虚伪的世界里，看着后来的小朋友们，说他们幼稚而愚蠢，而我们却失去了最宝贵的，当年的我们。

所以，我们要给自己一个载体，可以去回忆，因为我们好像只能站在成人的世界里孤单地回忆了。

当年奔跑过的泥土球场，早就不复存在了。你想回学校再去看看，却会被保安拦在门口，也许两年之后，你就可以名正言顺地回母校了，但或许你的怀念会被焦虑覆盖，因为这一次来，你是为了参加会被老师训话的家长会。

熊孩子已经从你变成了你儿子。

而新修的球场，有着华丽的塑胶跑道和人造草皮，却看不见足球的影子，那是只有领导来视察的时候，才会被假惺惺地启用的投资项目。

在时光的流逝中，我们努力想要找到当年的自己，现在即便穿上球鞋去两个小时需要几百上千块租金的新球场，奔跑的速度却比17岁的自己慢太多。前些天，看朋友圈，当年百米12秒的追风足球少年，晒了一张植发的照片，回忆里全是他奔跑的影子，时光真是一去不复返。

毕业五年的时候，想当年觉得矫情。当毕业超过十年，当年就是找不到的内存了。

小学好友的父亲最近离世，想起这个我叫过叔叔的人，已经无法再叫他一声叔叔了，还是很难过，曾经构建自己世界的人，总是随着时间的流逝而逐渐变少，人就会越来越觉得孤单。

当年和小朋友一起叫嚷的游戏厅，早就关门大吉，而现在的小朋友都是拿着一个手机，低着头，暗地里可能烧了几千块压岁钱换来游戏中的虚荣一刻。家中一直留着当年玩过的 MD 主机，还有去职业高中学了电子科学的王小波同学维修过的黑色六键手柄。那个没有淘宝的年代，由于县城没有游戏机店，手柄很难买到，所以靠着不够娴熟的技术和高精尖的电烙铁，王小波修好了那个手柄，虽然不太完美，有些姿势下会按键不灵，但这足以维系我们青春时代的快乐。

现在的我，可以一口气把所有的主机都买回家，可当年一起玩的玩伴却不见了，他们有的在工地奔波，有的把衬衣扎进西裤里，油腻地出现在某拆迁现场。

千金难买曾开心，是吗？

原来很难过的罚站和面壁，现在想起来也是愉悦的。

那时被连累的同桌女生，早已经不再联系，再听到消息的时候，大概会是她坐在劳斯莱斯的车里，或者是参与了某个商业投资。

可是，就算拥有几个亿，也没有那本上课悄悄一起看过的《少男少女》珍贵，因为你再也不能拥有那样的美好时光了。

又或者是 100% 收集的小浣熊不干胶贴纸。那时的成就感就好像拥有了全世界，而现在，你会觉得世界和你是格格不入的，过于现实和冷漠。

经历了一个又一个的夏天，当暑假从你的暑假变成你孩子的暑假，我们戴着面具沉重前行，于是在暑假跟领导请假，周游世界，却疲惫不堪，回来之后又得投入令人焦头烂额的工作中去。

暑假就成了夹在工作之中的东西，工作——请假过暑假——回来继续工作。

还是毕业的那个夏天最美好，阳光晒在青春洋溢的脸上，就是皱着眉都没有现在的皱纹多，那时心中的未来都是光明而美好的，可能至少还有理想。

那时的理想是要比比尔盖茨有钱。

可后来的现实却是，想去比尔·盖茨的公司都要挤破头。

更惨的是，用着盗版的比尔·盖茨的 Excel（微软公司研发的办公软件），加班到周围的窗口都透出灯光，走出去的时候，满眼都是大街上的 Windows（微软公司研发的操作系统）。

其实，时光改变了很多人，包括我们曾经以为的美好。当同学一副事业有成的样子出现在聚会上，满嘴都是世界经济变化的时候，我却感觉我们隔了一整个青春。

十年之前，或者二十年之前，我们的世界，就是坐在教室里，看着前面的女生，觉得她扎马尾辫的样子真好看。

我们喜欢《夏至未至》的前半部分，现在却活成了《小时代》的反面。是谁把那些香樟树的夏天，变成了每月都要还贷款的夏天？

其实好怀念，
那些懵懂不经事的脸，
来不及说出的"我喜欢你"，
来不及后悔的少壮不努力。
成长是弥漫世界的大雾，
青春给我们不再孤单的回忆。
希望关于青春的记忆是美好的，
单纯、正直，光芒万丈。
希望我们躲开世界的残酷和现实，
快乐、健康，实现理想。

兰海

2020 年 5 月 2 日 成都

目录

001　引子　离别的暑假

004　小学篇　水晶年代

030　初中篇　无怨的青春

095　高中篇　告别花雨雾

133　大学篇上　不完美生活

204　大学篇下　曾经的我们

281　尾声

285　附录　同学们的青春简史

299　后记

引子 离别的暑假

黑夜和白天是被太阳分割开的,它们之间像是宇宙的一道间隙。

我们的世界至少是四维的,数学家用 XYZ 分割了空间,物理学家用钟摆把一天划分成 24 个小时,后来,医生发明了秒针,于是,我们度过的每一天可以被拆分成 86400 个部分。

一眨眼,就是 1/86400。

又或者,心跳一下,差不多也是 1/86400。

我们的故事都发生在这个世界里。

稍不留神,就在秒针永不停歇的转动中长大了。

我们从 50 厘米长到 100 厘米长,再到 150 厘米,有的人会停留在 158 厘米,但有的人能长到 226 厘米。

时间是一样的,但是人生好像不一样了。

10 岁的时候,我居住在一个偏僻的小镇,整个镇的人口可能赶不上成都一个小区的人数,但那时的我觉得小镇大得像是一个迷宫,小学的校门很大,外面的路很宽,爸爸妈妈那么高,大渡河波涛汹涌的样子像是河底住了妖怪。

夕阳西下的那一刹那,我喜欢望着天边的火烧云,穿着泥巴色的橡胶凉鞋，踩着大渡河边的水回家。我捡起那些瓦片状的石头，打过很多次的水漂，技术很好，最多的一次，石头在河面上飞起来7次，但还是没能惊动那个传说中的妖怪。

由于父母工作的调动，我也得跟着离开生活了很多年的小镇。在这个神奇的小镇，我开启了平凡而又不平凡的人生。从幼儿园时代开始，结识了我最好的"男小朋友"石头，真名李磊；也结识了最好的"女小朋友"向晴，我们从幼儿园中班到大班再到小学，都在一个班，在一起度过了一段又一段的美好时光。

但悲伤的消息是，我要离开小镇了。

我把我的拍画全给了石头。

石头有些伤感地说："你都给我了，我以后都没有动力练习拍画了。"

我眯着眼睛笑，说："以后再见你的时候，我要把这些拍画全赢回来，你可要保存好啊。"

石头居然哭了。

小小男子汉，居然流眼泪了。

时光把我们分开了。

但我相信，总有一天，我会再见到你的，石头，我还要赢回拍画呢。

……

结果去她家找了三天，都没有找到人。

说好要把《济公》的连环画给向晴的，结果去她家找了三天，都没有找到人。

好像全家出去旅行了。

离开小镇那天，我也没有见到向晴。

心情突然很失落。

我摸了摸头，脑袋还有些隐隐作痛。

当年我脑袋受伤被包裹成木乃伊的时候，他们都嫌弃我，只有向晴愿意陪我一起回家。

我们一起牵着手走过满是油菜花的小山丘。

她还跟我拉钩说将来要和我结婚。

不过好像再也不会有这样的童年时光了。

还没有来得及跟朋友们告别，我就得跟着老爸老妈匆匆地离去。

妖怪没来，汽车来了。

当所有的家具被搬上后面的货厢，当所有的家庭成员坐进前面的车厢，我必须离开小镇了。

童年的告别显得很不起眼。

但是一别可能就是一生。

汽车行驶在蜿蜒的公路上，像是一场与童年作别的仪式。

到达终点的时候，童年结束了。

而崭新的夏天，阳光灿烂地来了。

我的活动范围，正式从大渡河流域转移到了青衣江流域。

那时的我，满怀憧憬，觉得未来美好无比。

那时的我，好想好想能赶快骑着自行车上班，挣钱，想买变形金刚就买，想吃零食就吃，不需要任何人的同意。

但有时候我们只是很在意那个没有太多理性的目标，而忽略了更为重要的事物，后来我才发现，我所憧憬的东西很简单，甚至可以说是不值一提，但那些在无知的渴望中经历过的故事，才是不可复制、无比珍贵的。

美好的故事是从告别开始的。

小学篇 水晶年代

走廊上的厕所

天空没有那么蓝,白云没有那么白,平静的马路一来拖拉机就会起尘埃。童话书的插画那么美,却永远没有在现实中呈现过。

在那个夏天,我从小镇搬到小县城。

我一直深受以赖宁为代表的"十佳少先队员"的事迹影响,立志做一个"四有新人",所以我具备坚定的信念和积极向上的态度,但在面对世间种种诱惑的时候,却又缺乏足够的抵御能力,以至于我会把很多应该看书的时间浪费在游戏厅里堕落。

于是,学习成绩也一直没有达到我妈的基本要求,至少从来没有考过双百分。

老妈说了,考了双百分,就会给我买一台红白机。

老妈这种承诺被老爸形容为助纣为虐,但对于我来说,却像是海市蜃楼。

在小镇的最后一次期末考试,我曾经虔诚地祈祷,让我门门都考一百分吧。总算有神仙听见了,祈祷灵验,但打了折,我的成绩是门门 98 分。

当我兴奋地拿着成绩单跟老妈谈论红白机购买事宜时,老妈泼了我大大的一盆凉水,她说:"你以为是你考的吗?那是为了让你给新老师留下好印象,我让老师给你打的。想要游戏机,自己真正地考一次出来吧。"

我很失望，但也被激发了斗志。

所以来到小县城之后，我很努力，比如在学习方言的问题上。为了更好地掌握这种拗口的洪雅土话，我是硬着头皮天天和以表妹为代表的一堆女生混在一起，什么也不干，就听她们说话，练习和她们用方言交流。我希望自己能够更快地融入这里，能和未知的新同学成为朋友，能让新老师认可我是好学生。

我要天天向上，开启我人生的新篇章。

但现实总是残酷的，适应新生活绝不是想象中那么简单，而好学生也不是我说当就能当的。

小城的新家就给我带来很大的困扰。虽然三室一厅比以前的房子大很多，我也终于有了属于自己的房间可以藏点小秘密，但房子里没有厕所是一件麻烦的事。要去方便，就得长途跋涉去走廊尽头的公用厕所。白天也就罢了，到了月黑风高的晚上，就有些鬼片的感觉了。

实际上，我很胆小，想象力又丰富，所以这对我来说很可怕。

可我偏偏深更半夜肚子疼了。

俗话说，肚子疼不是病，是粑粑未屙尽。

我只好起身趁着夜色，一步一步地朝着黑暗的尽头进发。

周围太安静了。

我不由自主地想起了该死的鬼故事。

心里毛毛的。

……

还好厕所有灯，虽然灯光昏暗，但好歹能让我心境平和不少。

但是我忍不住往厕所下面瞧，一片漆黑，我生怕从里面爬出个什么东西，或者有只手递张手纸出来。

想着想着，毛骨悚然。

灯灭了。

我吓得问题还没解决完就开始擦屁股穿裤子了。

站起来贴在一边的墙壁上,生怕出来个什么白衣女鬼。

一看没事,踱着步子出去了。

结果真有鬼,白衣飘飘的女子正站在厕所回廊,好像要跟我说话似的。

我大叫一声,扭头就跑。

刚转过身,"砰"的一声闷响,我脑袋撞上了撑开的窗户。

头上顿时起了一个大包。

我摸着头气恼不已。

白衣女鬼说话了:"哎呀,你是新搬来的吧,我正想跟你说,我们家窗户忘了关,要你小心点。"

我郁闷地看着她,不就是住在走廊头上的阿姨吗?

我说:"没事,没事。"

阿姨笑了,说:"这么晚才出来上厕所啊,我还以为男厕所没关灯呢。"

敢情是你干的啊,心脏病都让你吓出来了。

迷人的笑容

第二天,开学了。

五年级三班。

在脑袋的疼痛和内心的忐忑中度过了一个不太安稳的夜晚之后,我终于要面对崭新的世界了。

我埋着头跟着老师,畏畏缩缩地走进了教室。身上那件蓝白相间的运动服,因为洗得太多太过用力,色泽的界限已然有些模糊。

教室不太安静,老师咳嗽了两声,然后说:"大家快欢迎我们的新同学,路飞。"

老师接着开始鼓掌,但轻微得听不见任何声响,像是一种象征性的表示。

在同学们极不整齐的掌声中,我略显羞涩地抬起了头,面对几十张陌生的面孔,发出了我不太响亮的声音:"大家好,我叫路飞。"

但我发现,这里的同学和小镇的同学有些不一样,他们的眼光和表情中,充满着漠然或者好奇,有的甚至带着些许嘲笑和不屑,只有前排一个穿粉红连衣裙的女生一直看着我笑。那个善意的笑容像一股清新的泉水,在空气中徐徐蒸发,然后融进了我的皮肤里,流入血液,成为永久无法消失的感受。

或许与众不同的我,只有与众不同的女生才会欣赏吧。

我记住了那个笑容。

老师指了指第二排的空位,说:"路飞,你去那儿坐吧。"

我继续埋着头,慢慢地走过去,取下背上大大的书包,坐了下来。

前排的女生转过了身来,笑吟吟地说:"路飞,你好,我叫朱莉。"

时间静止了几秒之后,我回过神来说:"嗯,你好。"

朱莉问:"哎,你是从哪里来的?"

我说:"福禄镇。"

朱莉说:"我好像没有听过,离我们这儿很远吗?"

我说:"不太远。"

老师咳了两声说:"不要说话了,我们要上课了。"

朱莉吐了吐舌头,转了过去。

……

我记住了这个叫朱莉的女生。

每当我失落、难过的时候,只要想起那天朱莉的笑容,我就会充满力量。我时常鼓励自己,无论遇见挫折还是处于逆境,生活永远是充满希望的,世界依旧是美好的。

……

许多年以后,与朱莉重逢。

我跟她说起笑容的事。

结果她跟我说,她笑,是因为我头上有包。

特别优待

老师给我安排的位置是第二排,就在朱莉的后面。

我好高兴,看来门门 98 分的成绩单还是有用的,老师对我是另眼相看了。

在转学之前的最后一次期末考试前,我曾经无比真诚地跟老天爷祈祷,让我门门功课都考 98 分吧,结果灵验了,但背后真正的原因,是老妈特意跟老师打了招呼,让我转学过去的时候成绩不会太难看。

无论如何,我是被当作优等生了,虽然是个伪优等生。

但我相信我能变伪成真。

新同桌叫宋波,一个看起来有些瘦弱的小男生,穿着黄白相间的条子 T 恤,样子有点像动画片《邋遢大王》里的男主角。

……

刚下课,朱莉就神秘兮兮地把我拖出去了。

我心想,这里的女生真开放,难不成我刚来就要跟我表白啊?

结果朱莉跟我说:"路飞,你以为老师给你安排好位置了,是吧?"

我点点头。

朱莉接着说:"你自己小心点,没人愿意跟宋波坐同桌,他可讨厌了,没事别去惹他。"

我"啊"了一声,心凉了大半。

朱莉不是喜欢我。

老师不是优待我。

就算我是外地来的,也不能让我坐"人肉炸弹"旁边啊。

……

事情果然如朱莉所说。

宋波同学绝不是省油的灯。

数学课，他听不进去了，就开始捣鼓圆珠笔。

先是弹来弹去，后来干脆把笔芯拔出来，把里面的油吹出来，吹到一张纸上，还吹成一个心形。

后来，他一不小心，把油吸嘴里了。

接着，宋波一声惨叫，把全班都吓了一跳。

老师瞪着他说："宋波，你在搞啥子？"

宋波说："我没搞啥子。"

可他说话的时候，一嘴的圆珠笔油，连舌头都是蓝色的，跟僵尸似的。

……

我算是遇到克星了。

倒霉的一天

寂静的深夜，我被噩梦惊醒。我梦见了一个怪物，从床底下像纸一样飘出来，把它那极其丑陋的脸放到没有通电的电视屏幕上，或者贴到玻璃窗上面做出恐怖的样子，甚至钻到了我的肚子里，发出阴沉的声音："我要吃了你，把你所有的内脏吃光。"

我惊恐地躺在床上，全身都是冷汗，望着头顶不太熟悉的天花板，久久不敢闭上眼睛，好像整个世界都布满了危险，周围的每一寸黑暗里都可能有那个怪物。

好不容易再睡着的时候，梦里出现了一个女侠，穿着粉红色的裙子，拿着粉红色的剑，挥剑砍向那个怪物，怪物流出粉红色的血。

又惊醒了。

我发现自己的头晕乎乎的，黏稠的液体像糨糊一般把鼻腔堵住，呼吸变得困难了。我应该是感冒了，重感冒。

这一天老妈出差了，我迷糊地看了眼电子钟，一下惊呆了，要迟到了。

赶快起床，早饭也没有吃，急急忙忙地出门，一路小跑，结果绊了一跤，把手臂上的皮磨破了。

我忍着疼痛，站在教室门口，叫了三声"报告"，老师都没有理我。

十几秒后，老师终于假装刚看见我，但脸色很不好。她说："路飞，你第二天上课就迟到，看来作息习惯很不好啊。"

我没吭声，耷拉着脑袋坐到了位置。

……

感冒加重了。

在第二节数学课上，我的眼皮开始打架，睡意如同空气中看不见的小虫子钻进了全身一般，使我昏昏沉沉。不过不争气的鼻腔总是如滑丝的水龙头般流出些许液体，能缓解一下睡意的来袭。我没有带卫生纸，只好撕下作业本的一页纸，先揉得皱巴巴的，然后再拿纸捏住鼻子，轻微地小心翼翼地擤鼻涕，最后揉成一团，藏到了课桌里。

那团纸在几十秒后，鬼使神差地出现在同桌宋波的手里，他神秘兮兮地递给了前排的朱莉，还笑嘻嘻地说："朱莉，你看嘛，里面有好东西。"

"别……"我的话还没有说完，朱莉已经要昏过去了。

不就是一把鼻涕吗，那朱莉也有点咋呼，一声尖叫，把全班同学都吓了一跳。

正在写板书的数学老师转过身来，扒下鼻梁上的眼镜，说："朱莉，你干什么，一惊一乍的？"

朱莉没说什么，但数学老师的火眼金睛盯上了那张沾满鼻涕的纸。

数学老师严厉地问："谁干的？"

朱莉选择了沉默。

数学老师的目光开始在朱莉周围找寻，先是宋波，那家伙一副气定神闲的样子。

于是数学老师又把目光转向了我,我陷入了巨大的惊慌之中,结果,不争气的鼻涕又流了出来,还冒出了个小泡泡。

数学老师发飙了,说:"看你样子老老实实的,没想到蔫坏,你给我站到教室后面去。"

我转头看了看宋波。

数学老师说:"别看了,路飞,就是在说你。"

……

挨到下课的时候,以为罚站结束了,结果数学老师讲得可高兴了,一拖就拖了八九分钟。

虽然我膀胱中的尿液呼之欲出,但眼前也只能拼命忍住了。

当数学老师宣布下课,转身离去的时候,我像风一样地从后门冲出教室,径直狂跑到走廊尽头的厕所。

闸门来不及关闭,上课铃就响了,可是尿在弦上,不得不撒啊,等我撒完的时候,铃声也终结了,眼保健操的音乐又响起了。

我一路小跑,跑到门口站住了,叫了一声"报告"。

语文老师疑惑地看着我:"去干吗了,怎么迟到了?"

我说:"去解手了。"

语文老师皱起眉头,面露不悦之情:"去解手早点去嘛,怎么非要等到快上课才去。"

……

真的好冤枉啊,转瞬之间就给两个老师留下了坏印象,我到底惹谁了?

事情还没有完。

体育课,我又摔了一跤,早上刚结疤的伤口再次被刮破,鲜血直流。

第四节美术课,老师布置画水彩画。

上课上到一半,确切地说是画到一半,朱莉递过来一管颜料,说她挤不出来。

美女有难，我怎么能坐视不理呢？

我义不容辞地接过了那管颜料，仔细研究。

我太聪明了，一下子就找到症结所在，颜料头上的那个小洞被堵住了。

于是我拿起圆规，用尖头往小洞里面使劲捅了几下，没想到用力过猛，一大股颜料喷射到了朱莉的脸上。

我慌了，用手去擦朱莉的脸，这下可好，把朱莉抹成了一个大花脸。

一旁的宋波笑翻了天："朱莉，安逸啊，成黑母猪了。"

朱莉没有心情搭理他，黑黑的脸上只有两颗闪亮的眼珠子幽怨地瞪着我。

我说："要不我陪你去洗了？"

朱莉说："走嘛。真是气死我了。"

……

我陪着朱莉走到了厕所外的洗手池，站住了。

我问："要我帮你洗吗？"

朱莉看了看我，犹豫了一下说："不用，我自己洗就好了，你帮我看看哪没有洗干净。"

朱莉那脸洗得，跟小猫挠脸似的。

反正洗了半天，脸上还有几道水彩痕迹。

于是我说我帮她洗。

朱莉闭上了眼睛，我开始用手沾水轻轻地在朱莉脸上擦拭。那个时候因为突然靠得太近，有种很特别的感觉，仿佛都能感受到朱莉细微的呼吸，我不经意地注视着朱莉那张秀美的脸，眉宇别致，小嘴红唇，像是水墨画中的仙女。

因为被朱莉的美貌吸引，我又犯错了，不小心用我带血的手臂碰到了朱莉的白衬衣。

鲜血染红了她的衣服。

朱莉彻底生气了，冲我嚷嚷："路飞，你是个笨蛋！"

我无辜地看着朱莉，说："我真的不是故意的。"

朱莉怒气未消，说："不知道你是不是因为跟菠菜坐在一起，变得跟他一样烦人了。"

我问："谁是菠菜？"

朱莉说："就是你同桌。"

我说："朱莉，要不你的衣服我回家帮你洗嘛。"

朱莉白了我一眼："路飞，你是不是在逗啊？你要我把衣服脱下来吗？那我穿什么？"

我低头不语了。

转眼，我就在女神面前形象尽失，我超级郁闷。

……

放学回家的路上，我很愤恨地踢一个饮料瓶。

其实，饮料瓶是无辜的，它华丽地飞上半空，落下来砸到一条中华田园犬，然后，就没有然后了。

第二天，我没去上课，让隔壁阿姨带我去打狂犬疫苗了。

有钱的日子

我回到学校上课了，宋波却没来。他的位置空荡荡的。

趁着课间休息的时候，我鼓起勇气，用手轻轻地拍了拍朱莉的肩膀，可接连拍了三次，朱莉都没有反应，一直埋着头。

正当我收手准备放弃的时候，朱莉突然转过身来了，大声地说："路飞，干什么？"

我被她吓了一大跳，说："就想问问你，宋波为什么没来？"

朱莉浅浅地笑："哦，你问菠菜同学啊？"

我说："对了，他为什么叫菠菜？"

朱莉说："忘了跟你说了，全班都叫他菠菜。为什么叫菠菜啊？

因为他头发卷,就跟波浪一样,大家先叫他波波。宋波非说自己是才子,要叫波才子,我们于是就喊他菠菜籽,那种要播种的。你想,菠菜籽种在地里长大了不就是菠菜吗?所以,后来大家就把'籽'省了,直接叫他菠菜。"

我若有所思地说:"原来是这样啊,菠菜是不是很出名啊?"

朱莉说:"当然很有名,全校出了名的调皮大王,班里没有人愿意和他坐同桌。要不你以为,你刚转学过来,能有第二排这么好的位置空着?"

我说:"不会吧,我觉得菠菜这人挺好的,没有什么啊!"

朱莉瘪了瘪嘴,说:"挺好?你不是问他为什么没来吗?你知道他干吗了吗?他偷家里的钱,被他妈发现了。昨天他妈把他从学校拖回去打,据说摁在搓衣板上暴打,估计今天伤情严重,没法上课了。"

我说:"啊,他妈那么凶啊?"

朱莉说:"你怎么不说菠菜那么坏呢?"

……

次日,宋波神情黯淡地来了。

我问:"你没事吧?"

宋波说:"你看我这样能没事吗?屁股都被打肿了,坐着都疼。"

我问:"你真偷钱了?"

宋波"嗯"了一声。

我说:"你为什么要偷钱啊?"

宋波说:"我就是想尝试一下有钱的滋味。"

我说:"那你是怎么尝试的?"

宋波说:"坐三轮车玩了。"

这家伙脑子真进水了,就坐三轮车玩。我问他:"你就没用钱干点别的事?"

宋波说:"我没找到地方花。"

我彻底晕了。

我说:"菠菜哥,你找不到地方花,叫上我帮你花嘛。"

宋波说:"下次嘛。"

他这是嫌自己被打得不够惨啊。

游戏天王

遇见菠菜无疑对我的志向造成了影响,至少他不是一个乖乖好学生,我们在一起不是共同进步的。

我的朋友本来应该是朱莉那样的,但事实上我总是容易靠近那些看起来不是太好的同学。当然,这也不能够全怪别人,问题更多地出在我自己身上,我的意志力还是不够强,以至于在几次路过游戏厅之后终于没有忍住,掀开了那张红色的帷帐,开启了我人生的另一扇门。

我第一次去县城的游戏厅闲逛,就看见了人间惨剧。

菠菜一直被人蹂躏,还一直倔强地投币,脸都打绿了,还是打不过。

我看不下去了,走过去拍了拍菠菜,说:"下局让我来。"

不就是《街头霸王》吗,想当年我和石头在小镇的时候,可是玩这个游戏的顶尖高手,我曾经把一个比我大20岁的人打得想打我。

虽然我是讨厌了点,但我一直觉得打游戏也要输得起,这是最基本的"游戏品",顺便说一下,很多女生是没有的。

当时那个高手把持着摇杆,看了看瘦小的我,摇头咧嘴冷笑,完全对我不屑。我懒得理他,直接跟他搓上了。

接连两局,所谓的高手都输了。

他不服气,买币又来,再战五局,他气急败坏了。

我冲菠菜露出得意而嚣张的笑容,我摇着头,抖着脚,一句话也不说,但此时无声胜有声,那个小子气得直接过来把我的机器关了。

我说:"你干吗啊,打不赢就打不赢,你关机干吗呀?"

那家伙仗着自己牛高马大,说:"有种你来打我。"

我看了看他硕大的个头，心有余悸，吃啥饲料能长成这样啊，肥头大耳的，跟二师兄似的。

还是菠菜把我拖走了，他说："算了，好汉不吃眼前亏。"

紧握着双拳的我被刘波悻悻地拉走了。

一出门，菠菜就开始对我顶礼膜拜了。他说："没有想到你这么厉害，小天哥，你太厉害了。"

我浅笑了一下，嘴上没说话，心里挺乐的。

菠菜说："你今天太给我争气了，你晓得那个高手以前有多嚣张不？每次我去投币，他就说，给老板送钱的又来了。"

我说："哈哈，今天让你扬眉吐气了。不过想起来，他还是太讨厌了，居然敢关我的机器。"

菠菜说："算了，君子报仇，十年不晚，以后等我们长大了，有钱了，收拾这样的败类还不是轻而易举的事？"

我说："有钱了，谁还有心情理这号人物，早就去环游世界了。"

菠菜说："到时候我们一起去。"

我说："没有问题，一起去。"

菠菜说："要不要把朱莉也带上，我看你挺喜欢她的。"

我的脸唰一下成番茄色："菠菜，不要乱说。"

菠菜笑了笑，说："不说这个了，说正事，路飞老师在上，受徒弟宋波一拜。"

说完顺势假意做了个拜的动作，连腰都没有弯。

我说："菠菜，你干吗？"

菠菜说："我向你拜师学艺啊，学打《街头霸王》。"

我笑着说："好啊，你这个徒弟我收了，不过我没钱，以后得你请我打。"

菠菜说："没问题，以后我出钱，你告诉我秘籍。"

我问:"你不是偷钱出来的吧?"

菠菜说:"别把我想得那么坏,我妈醒悟了,她说我偷钱都是因为没钱花,人家大禹治水都是用疏通不用堵,所以她决定给我零花钱了。"

我说:"那好,以后我们共同进步……"

没想到啊,此话一出,菠菜居然请了我八年。

都说菠菜人品差,可我的朋友里,怕是找不出如此信守承诺的人了。

那天从游戏厅出来,菠菜说请我去吃麻辣烫。

这是一种改变我饮食习惯的食物,让我一吃钟情的食物。我特喜欢吃里面的土豆和莴笋,我妈说这两样东西以前都是喂猪的,可是我发现,猪的口味跟我很接近。我觉得这两样东西煮在麻辣烫里特别好吃,裹上一点海椒面,在嘴里嚼嚼,辣味混着卤水的香味飞窜,无敌霸道,看来当猪当到这份上也挺幸福的。

菠菜也喜欢吃莴笋,但他不是真喜欢吃,而是一串莴笋很大,吃起来划算,节约成本。

我看着他吃莴笋时把莴笋举得老高的样子发笑,菠菜突然发话了:"路飞,你以前在哪读书啊?"

我说:"一个超级偏僻的小镇,说了名字你也不知道。"

菠菜说:"偏僻啊,那里很穷吗?"

我说:"不穷吧,路上没什么要饭的。"

菠菜问:"有麻辣烫吗?"

我说:"没有,真没有,今天我是第一次吃麻辣烫。"

菠菜说:"连麻辣烫都没有,那还不叫穷啊。"

我无力反驳。小镇确实什么都没有,没有高楼,没有广场,甚至连像样的街道都没有。记得第一次跟着妈妈去供销社买钢笔,左选右选也选不到合适的,最后心不甘情不愿地拿了一支自认为很丑的钢笔回家。

物质的不富裕有时候也会让我不开心。

我也穷,标准的穷,无零花钱,无伙食钱,除了偶尔"诈骗"一点书本费什么的,真的是一穷二白。所以,吃了一次麻辣烫之后,基本上整个小学时期都是他请我吃。我其实是很过意不去的,所以,我跟菠菜说,等我以后有钱了,就请他吃500串莴笋加500串土豆片,让他吃个够。

许多年后再相见,我们都买得起500串莴笋和500串土豆片了,却吃不下去了,取而代之的是酒。

童年的欢乐和长大后的愁苦,是两种滋味。

说好不说的

我跟菠菜成好朋友了。

我们时常形影不离地出现在游戏厅,玩《街头霸王》或者《吞食天地》。

有一天,遇见了菠菜的邻居,一个叫毛毛的小屁孩。他站在我们旁边看了好久,傻了吧唧的样子。

菠菜看见他的时候,带试探性地问:"毛毛,认识我不?"

毛毛说:"你都知道我叫毛毛,我怎么不知道你叫波波?"

菠菜一惊。

菠菜说:"毛毛,你不去幼儿园,跑到游戏厅来干吗?"

毛毛说:"波波哥你都来,我凭什么就不能?"

菠菜觉得是在对牛弹琴,但为了家庭和睦,他语重心长地说:"毛毛,你等下回家,不要跟大人说我们在游戏厅,听到没有?"

毛毛说:"既然你都这么说了,那好吧。"

……

菠菜回家之后,还是被狠揍了一顿。

状就是毛毛告的，因为他一见菠菜的老妈就一直说，他看到宋波哥哥了。

菠菜妈问："毛毛，宋波哥哥在干什么呀？"

毛毛回答："哦，他不让我说他在游戏厅。"

数学竞赛

县城搞了个数学竞赛，老师选中了我，我和班里的几个数学猛人一起去参加。

我有些得意，好歹我在数学老师心中也算是有点分量了。

后来我还得奖了，就更得意忘形了。

可是后来，我发现，跟我一起比赛的同学全是一等奖，只有我是三等奖。

三等奖就三等奖嘛，好歹也是奖嘛，再后来我发现，所有参加竞赛的人都得奖了，三等奖是最差的奖，其实就是安慰奖，参加了就一定会有。

我无言以对。

我无颜见江东父老了。

电脑课

县城小学就是比小镇小学牛，居然开了电脑课。

不过那时不叫电脑课，叫微机课。说实话，那时候学校里连一台像样的386都没有，所谓的微机就是中华牌学习机。

小时候哪管那么多啊，有键盘有显示屏就叫电脑。

每次上课之前特兴奋，上节课一下课就去教室门口守着了，就为先进去鼓捣两下。

老师教的是最基本的 Basic 语言（初学者通用符号指令代码），能画个圆圈画个正方形什么的，那时候的我以为能熟练掌握这些东西，就是顶尖电脑高手了,对微机课老师也是顶礼膜拜。

我跟我妈说,我会操作电脑了,因为学校有微机课。

后来发现,当年一起学习的同学,因为没有跟上时代的发展,年纪一大把了,还一个指头在键盘上找字母,连进个"控制面板"都不会。

上微机课的教室铺上了地毯,所以上课时是要换成拖鞋的,原本老师是为了保持教室的干净,可脱了鞋之后的脚丫子臭气一直弥漫在教室里,还是不同种类的脚臭,滋味可想而知。

我的脚因为长期穿胶鞋和回力鞋,特臭。每次上微机课的前一天,我都会认真地用肥皂洗脚,可洗了还是臭,怎么办?我有一回直接在袜子上喷香水了,一脱鞋,香味混着脚臭味,把一个味觉敏感的女生熏吐了。

那天,朱莉还发现了我袜子前面的洞,取笑我,我顿时满脸通红。

从此以后,我宁愿不穿袜子,也不愿穿露出拇指哥哥的袜子了。

跳舞的公主

学校里突然来了一些说话阴阳怪气的人。

其实人家是舞蹈学校的老师,说要来选苗子。

我知道,朱莉很喜欢跳舞。凡是有舞蹈活动,她一定会参加,平时看起来多文静的一女孩,一跳起舞来就风骚得不得了。

虽说都是美女才能被选进舞蹈组,但不是所有美女都适合跳舞。

比如朱莉,我觉得她就不太适合。

有一回,她忘我地把黑色舞蹈裤的裤裆撕烂了,露出了可爱的小兔子内裤。

小兔子,还带尾巴的那种。

所以,朱莉虽然信心满满地去参加了选拔赛,但结果是必然的,专业老师的眼光是犀利的,她被刷下来了。

朱莉伤心地趴在桌上哭。

我安慰她说:"朱莉,别哭了,不跳舞是好事。"

朱莉哽咽着问:"为什么?"

我说:"你要是去跳舞,你的一生都毁了。"

朱莉说:"我知道我的舞跳得不太好,可是我可以笨鸟先飞嘛。"

我说:"可是有些鸟再怎么努力也飞不起来的,比如……鸵鸟。"

朱莉一个星期没理我,一个星期用哀怨的眼神看我。

读书日记

假期里最麻烦的作业就是每天一篇的日记。

别的同学很头疼,我找到了捷径,那就是写读书笔记。

所谓的读书笔记,都是以"今天我读了一本(篇)……"为开头,后面就是抄一下书或文章的简介。

结果一个暑假下来,发现自己居然"读"了几十本名著。

日记交上去的时候,老师高兴坏了,当着全班同学,夸奖我爱读书。

后来,听我们班的女生说,我就是她们心目中的才子。

其实,我是一个骗子。

停电的烦恼

语文老师布置了一个特别的作业,回家看《新闻联播》,然后写一篇观后感。

第二天上课的时候,菠菜交不出作业,老师问他为什么不做作业,他回答:"老师,昨天我家停电了,没有看成《新闻联播》,所以没有写。"

老师很生气,指着菠菜的鼻子说:"宋波,你别以为你骗得了我,全班就你一个没交,停电?如果停电,其他同学的作业是怎么写出来的?"

朱莉和菠菜住一个大院,我问她:"你们那里昨天晚上真的停电了吗？"

朱莉说："是停电了呀，晚上九点多才来电。"

我说："真停电了啊！那你怎么写的作业啊？"

朱莉说："你傻啊，不可以看电视，还可以抄报纸嘛。"

双百分的怨念

期末考试来临的时候，我放弃了考取双百分的奢望。

但考完之后，我却意外地发现，可能要实现双百分的夙愿了。

因为和同学对题后发现，我居然没有一道题是错的。

这真是打破人生宿命的荣光。

也许同学们也会对我刮目相看。

我对老妈多年的唠叨总算有了交代。

我满怀期待。

最后却还是没能得到双百分。

语文95分，数学95分。

我追问老师："我哪里做错了？"

老师说："卷面上没错，但你平时表现不好，每科扣了5分。"

我拍了拍脑袋，说不出话来。

好吧，天意如此，我也无奈。

生日邀请

六年级的最后一个学期，老师刻意制造的紧张气氛终于起了作用，一直懵懵懂懂的同学们开始埋头读书，就连顽劣的波菜也像变了个人似的，一下课就开始有模有样地钻研方程式和应用题。

我依旧没变，上课偶尔和波菜说说话，下课后和朱莉说说话，不像其他同学那样，连下课都在看书。在我看来，和朱莉说话的时光非常珍贵，书是看不完的，但是朱莉看一天少一天，说不定小学一毕业就再也见不着了。

转眼是阳春三月，绿色开始浸润整个小城，虫声和鸟声多了起来，每天早晨我都会被这样细微的声音吵醒。

起床，刷牙，泡沫在嘴里与舌头和牙齿交融，像是在演奏一首白色狂想曲，我一边刷一边看着镜子中的自己发呆。不知不觉中，自己已经来到这里快两年了，这座不起眼的小城从最初的冷漠而陌生变得热情而熟悉，原本生疏的同学也变成了熟人，菠菜成了我最好的朋友，有钱没钱都混在一起，混迹在被老师痛恨的游戏厅里。

体育课后，我径直回了教室，坐在座位上的时候，身上的汗水像是被挤出来一般，一股股地往外冒。

朱莉突然转过身来，对我说：“路飞，有件事想跟你说。"

我说：“啥事？"

"阿嚏！"朱莉一个喷嚏打过来，溅我满脸的香香口水。

朱莉嘟着嘴看着我。

我一脸郁闷，说：“有事就说嘛。"

朱莉说：“我给忘了。"

啥记性啊，一个喷嚏就给忘了。

过了一分钟，朱莉又转过身来说："路飞，问你个问题，知道3月有什么特殊的日子吗？"

我疑惑地回答："雷锋纪念日，3月5日？"

朱莉偏着脑袋，脸上泛着浅浅的笑容："和我有关。"

我说："三八节，你要过节了。"

朱莉说："喂，路飞，我有那么像妇女吗？我现在是少女，你不要乱说。"

说完，朱莉拿起了我的文具盒，一副要扔出去的样子。

我说："我的文具盒还是转学前买的铁皮文具盒，早就不想要了，你扔吧，正好我买个新的。"

朱莉放下了文具盒，说："笨蛋，是我的生日，这个周末我家里有聚会，你也来吧。"

我说："啊，你的生日啊！好，我一定来。几点呢？"

朱莉说："上午十点以前到就行了。"

我说："好，没问题。"

没钱的烦恼

阳春三月，万物复苏。

对于朱莉邀请自己参加生日聚会，我是非常高兴的，这让我很甜蜜，就好像身体里流的已经不是血了，而是蜂蜜。

但蜂蜜流过的时候，也有副作用，我全身痒痒，特纠结，因为我没钱给朱莉买礼物。

别人都说要买什么芭比娃娃音乐盒之类的高档货，我却连买个相框的钱都没有。

只好找菠菜求救了。

但天有不测风云，人有旦夕祸福。菠菜背着我私自去打游戏被他老妈发现了，他妈拧着他的耳朵回家接着一顿暴揍。他妈说给他钱，他只晓得耍游戏，一天到晚不求上进，玩物丧志。所以，菠菜的"俸禄"断了，陷入了极大的经济困难，但聪明的菠菜给我出了个主意——捡破烂儿。

于是两个人各自回家把家里不要的东西都收集起来，什么空瓶子、废报纸之类的东西，能塞到书包里的东西都塞了，结果去了废品收购站，人家最多只给出9毛钱。

我说："好歹给个一块整数嘛。"

收破烂儿的说："你们这些东西顶多就值五六毛钱，我是看你们小，给你们9毛钱，这已经很不错了。"

我和菠菜直摇头，果然是个一毛不拔的家伙。

手里拿着皱巴巴的9毛钱，我苦闷地看着蓝灰色的天空。

这点钱只够买点麻辣烫，凭着和老板的关系，可以买到10串，但我总不能带着10串土豆去看朱莉嘛。

菠菜说："路飞，你别着急，我知道一个地方，有废铁，这个东西肯定值钱，一坨都是好几块。"

我大喜过望，说："在哪？我们现在就去。"

那是一个无人的工地，我和菠菜火急火燎地赶到，果然，地上散落着不少废铁，我心想着这下肯定能发大财了，跟菠菜一起兴高采烈地捡了起来。才捡了两块，就有人大声地喊："抓小偷！抓小偷！有人偷东西了！"

我心中一阵惊慌，放下铁坨坨，撒腿就跑，菠菜更是乱了手脚，飞奔逃命。

跑过一个水泡子的时候，我一下踩滑，整个人就摔了进去，起来的时候，全身一团黑，全是污水，连下巴都滴着水。

第二天，菠菜神秘兮兮地跟我说："我有钱了，而且还是很多钱。"

我问："多少钱？"

菠菜说："50元。"

我问："不会吧，你哪来的钱？又偷钱了？"

菠菜说："没偷钱，你放心嘛，这钱你可以随便用，我够义气吧。"

我摆摆手，说："算了，我昨天想了一晚上，决定送朱莉一个特别的礼物，不用花钱。"

菠菜毛了，冲我嚷嚷："路飞，你就是个贱人，你知不知道为了让你送朱莉一个礼物，老子把我爸的茅台卖了。要是被发现了，我死得梆硬，你娃现在居然跟我说不要钱了！"

我委屈地看着菠菜，说："真不用了，要不你把酒赎回来？"

菠菜幽怨地看着我，说："知道什么叫覆水难收吗？"

朱莉生日那天，我空手而去。朱莉也没太在意，我跟她说："朱莉，我有一个特别的礼物送你。"

朱莉看我两手空空，诧异地看着我说："什么礼物啊，你不会是要……"

我说："知道阿拉丁神灯吗，我的礼物跟它有关系。"

朱莉说："不会吧，你不要跟我说你找到了失落的阿拉丁神灯。"

我说："我没那么大本事，但我可以跟神灯一样，帮你实现三个愿望。"

朱莉说："真的啊？你别骗我。"

我说："真的，只要是我能做到的，我都能帮你实现，你别许什么要白马王子来娶你的愿望啊，要现实一点的。"

朱莉闭上了眼睛，静静地。

我说："你干吗啊，说话呀。"

朱莉说："我许愿呀，你不是要帮我实现愿望吗？我已经许过了。"

我说："姐姐，你当我是神仙啊，你要说出来啊。"

朱莉呵呵地笑起来："我逗你玩呢。"

第一个愿望

有一个猥琐男，跟我们同级不同班，老是来找朱莉的麻烦，不是说请她吃东西，就是说要带她去溜冰。朱莉直接回绝了他，可他不死心啊，想着法子来接近朱莉。比如朱莉去老师家补课，他也去，真不知道这家伙为何消息如此灵通，反正就跟个幽魂似的，缠着朱莉。

此男生姓代，我们叫他代大胖，而朱莉的第一个愿望就是不要再受他骚扰。

菠菜的意见是找人揍他一顿，或者威胁他，我看他那种人至贱则无敌的样子，寻思着这方法治标不治本，不好。

于是有了"杀虫行动"。

我们用造谣的损招破坏了朱莉的名声，大胖信以为真，从朱莉的世界中消失了。

走廊上，我们和朱莉相遇了，她看着我和菠菜，面露愠色。

朱莉说："你们是想让我以后嫁不出去啊。"

菠菜只知道傻笑，我说："没事，你以后要是嫁不出去，我和菠菜你随便选。"

朱莉眯着眼睛看了我半天，说："要是只有你们两个可以选，我宁愿独身一辈子。"

第二个愿望

朱莉的第二个愿望，是在青衣江边看一场绚烂的烟花。

我跟菠菜商量，他说这事全包在他身上，他去买烟花并负责布置，我只要约朱莉出来就好了。

那一天的夜晚没有细雨，非常寂静。

我约好了朱莉，静静地在河边走，我跟她说，很快就能看到漫天烟火了，应该会很绚烂吧。

朱莉很开心的样子。

我想象着那浪漫的景象。

……

走到约定地点，我咳嗽了一声，躲在草丛下面的菠菜行动了。

"噼里啪啦""噼里啪啦"，他扔出了一串长长的鞭炮，我和朱莉大惊失色，连退好几步。

这是啥啊，菠菜这孙子居然买了炮仗。

一阵浓烟飘过，呛得我和朱莉都流眼泪了。

菠菜跳出来了，说："感动了吧，都哭了。"

我说:"你大爷的,知道什么叫烟花吗?"

菠菜说:"你眼睛瞎了啊,这不有烟吗?"

我说:"那花呢?"

菠菜说:"火花四射,你没看见啊?可激烈了。"

朱莉笑得不行了,我把菠菜拉住,说:"哥哥,走,到一边去,我给你说说什么叫烟花。"

菠菜真不知道啥叫烟花。

他都上小学六年级了,还以为炮仗是烟花。

所托非人啊。

朱莉笑着说,这个愿望就算实现了。

好吧,菠菜,看在你出钱又出力的分上,我原谅你的无知了。

小学后记

鞭炮留下的火药味还未散去。

我和菠菜、朱莉安静地坐在河边,看着天空,数着星星,它们好像很近很近,好像触手可及,却无比遥远。那些遥远的光辉,虽然可以穿越黑暗,但永远无法改变夜幕的沉重,就好像我们童年时的梦。

朱莉的第三个愿望,没有说出来。她说,要等到以后再告诉我,可是我等了很多年,等过我们的少年和青年时代,直到我们长大了,她也没有说。

或许是埋藏在心中的秘密,不愿意再说出来。

或许是忘记了,连同当年的我们一同忘记了。

很快,我们就小学毕业了。

最后的聚会,同学们唱着小虎队的《青苹果乐园》,我不会唱,只会跟着哼哼"啦啦啦啦,尽情摇摆"。

童年就在这样的摇摆中悄然结束了,如同那个消失的夏天。

我是在夏天来到这个小县城的。这里靠近雨城雅安,常年阴雨绵绵，但在我的记忆中，县城总是阳光满满的背景，茂密的树荫遮挡住太阳耀眼的光芒，天空被切成若干黄色的斑块，寂寞而老旧的楼房躲在树叶的影子里，空气中浮动着金色的碎片，就像童话里的水晶那般绚烂。

　　童年是我们的水晶年代，那时的梦想是纯净、透明的。

　　所以我给这个小县城取了一个好听的名字——水晶之城。

　　在这明媚的时光里，夏天好像永远不会完结。

　　那是我们的水晶年代。

　　可是，夏天终归会完结。

　　我们就像那些太空中的尘埃，飘浮着，却又被太阳拖拽着，成了时空里最迷离的光线，一路朝着少年时代奔跑。路的尽头，是另一个夏天。

初中篇 无怨的青春

卡壳的暑假

小学毕业、初中毕业以及高中毕业后的暑假,并称为"三大卡壳暑假"。所谓卡壳,就是可以进入不用学习,吃了睡,睡了吃的状态,脑袋的运转速度变慢。在这种时候,才会有足够的时间和精力去思考,原来人生是可以有点迷惘的。

我开始了自己的第一个卡壳暑假,变得无所事事,可以整天不受限制地玩红白机,却提不起精神来,就算可以把《魂斗罗》打通关,也有了能够欣赏和说出几句恭维话的人,说好的马屁呢?

终于开始理解独孤求败的寂寞了。

菠菜经常来我家,以他的技术,在游戏中,拯救地球的任务只能交给我,他不适合。

当我已经知道马里奥的终极目标是拯救碧奇公主的时候,菠菜仍然停留在只知道吃金币和蘑菇的水平。这就好像我们后来的人生,我开始喜欢和女生靠拢,过一种暧昧而微甜的生活,而菠菜沉迷在花钱和吃东西的享受中。我走的是精神路线,菠菜踏上了物质之路。

不过,老爸说,人和人之间,需要和而不同。

我当然也不希望菠菜像我一样活着,朋友存在的意义,很大一部分就是用来告诉自己,原来和世界相处还有另外的模式。后来,在自己悲伤得不能自已的时候,有一个没心没肺的朋友来告诉你,你难过的事情,不过就是个狗屁。

菠菜口中的狗屁,是拯救不可救药的自己的良方。

我们一起长大,但理想不同,价值观也不同。我们上厕所用手纸的方式不一样,我们上课睡觉的姿势也不一样。我喜欢用食指掏鼻屎,但菠菜喜欢小指;我喜欢柔情似水的姑娘,但菠菜喜欢霸气十足,能把他骂得狗血淋头的女生。但这所有的差异,并不会影响我们的友谊。

友谊地久天长,但人有悲欢离合。

能分开我们的,不是我们自己,而是时间。让人期盼的未来,却是我们不可预知的人生。

我们从来没有想过会分开。

分开了也不会十分想念,反正又不是喜欢对方。

但时间久了,总无比怀念那种和朋友厮混的生活。因为曾经的自己和曾经的朋友,无论笑容还是泪水,都是最最纯真的。

那时的我们,没有人会演戏。

那是最美好的时节。

麻雀变凤凰

闷热的夏天在罕见的大雨滂沱中缓慢流逝,雨停的时候,知了突然发出叫声,我开始喜欢去屋顶的天台,面对浩瀚的星空,努力地想在繁星点点中琢磨出《射雕英雄传》里的天罡北斗阵。然后,开始有那么一点怀念的情怀,偶尔会在慵懒的睡梦中遇见一个女孩,于是,我有些迫切地期待着在新的学校中和某个同学相遇。

很显然,我说的某个同学不是菠菜。开学前一天,我满怀希望地去了新的中学,却在看到分班榜单的时候愣了。我和菠菜的名字赫然出现在了传说中的"烂班"五班,而朱莉的名字则出现在被公认为最好的一班。

我小升初的成绩很好,在小学班里以一分之差屈居探花。

这个分班结果对我来说很不好。

菠菜跟我都属于无关系无背景无组织的边缘人员，所以被分配到"烂班"也在情理之中。朱莉的成绩没有我的好，但早早就开始地下活动了，所以她去了号称最好的一班。

我有一种难以名状的失落，那个天真而美丽的笑容，也许从此便会在自己的生命中如抽丝般慢慢消失了。

不过因为是差班的缘故，我受到了极大的优待。报到的时候，既年轻又漂亮的班主任对我露出的笑容就如春风拂过，让我这个惆怅少年倍感温馨，这与那个好班的班主任铁着一张国字脸，跟机器人一样面无表情，形成了鲜明的对比。从这个时候起，我就打定主意，就冲着这么和蔼可亲的老师，我说什么也不会换班了。再说了，我也不忍心对这么漂亮的老师说我要转班，我骨子里还是很善良的。

我的阿姨对此很是担心，一个劲地劝我去换班，说她有关系，可以帮我换到全是尖子生的二班。如果是朱莉所在的一班，我真去了，但是没有熟人美女的二班，她的百般劝说对我来说真的没有吸引力。我就是不换，我说，差班就差班，学习最重要的是靠自己，在哪里都可以学好。

其实我早就有了自己的如意算盘：第一，在差班竞争小；第二，因为竞争小，老师就会更关照我这种成绩好的学生，要是在群星云集的一班二班，我算哪棵草啊；第三，班级排名压力减小，如此一来，老妈絮絮叨叨的教诲就少了，我也就有更充裕的时间玩了。

最重要的是，没有暗箱操作，没有民主选举，班主任直接把班长的重担交给我了。

我承认我的虚荣心开始膨胀，去年我还是无官一身轻的人民群众，转眼就成了全班几十号人的"一把手"了，麻雀变凤凰了，我很爽。

就连菠菜，都捞了一个组织委员的官。天啊，我们俩占了内阁的一小半，看来我们"无法无天"的生活就要开始了。

有车的日子

上初中了，老妈大发慈悲，给我买了辆山地车。

第一天，我就得意地骑着新自行车上学去了，进校门的时候，还故意吹着口哨晃晃悠悠地从女生身边掠过，多酷啊！

第二天放学，跟着菠菜去租书铺看漫画，就把车停在外面了。等我出来的时候，天下大乱了，不知道哪个坏蛋在我的自行车后轮上多装了一把锁，活生生地把车给我锁了。

我当街破口大骂，把路人甲、路人乙、老大爷、老大娘吓得一愣一愣的，都以为我是精神病，躲得老远。

菠菜跟我说："别骂了，找人开锁吧。"

我不认识开锁匠，菠菜知道，他带着我去了。

等我带着开锁匠回来的时候，车子居然不见了。

一眨眼工夫，自行车就不翼而飞了，这小偷思维过人，动作太敏捷了，我自叹不如啊。

车丢了，回家被老妈臭骂一顿。

骂归骂，老妈还是在为我着想，她把她那辆自行车给我了。

我也只能凑合着骑老妈的女式自行车了。老妈说，这种车男女都可以骑，没什么的。

结果半路上看见班主任了，她骑的车跟我蹬的车除了灰尘厚度有区别，其他特征完全一样。

我都不敢骑快了，生怕被老师撞见，更怕被同学，特别是女生看见。

昨天还是蹬赛车的追风少年，但今天就成了这模样。

我最终还是把自行车还给了老妈，我说，我喜欢走路，走路锻炼身体。

然后天天去找菠菜，搭他的破自行车上学放学。

虽然破了点，但好歹不是女式的。

就算是，那也是菠菜的，跟我没关系。

说我不在家

这里先让我回忆一下小学的故事。

我有一个同学,外号叫鸭子,这人特别爱玩游戏,他有游戏机,也有游戏卡,还有钱,可他妈就是不让他玩,所以他经常带着卡到我家来玩。说到这儿,我要说说卡普空了,你说你这个游戏公司做什么游戏不好,非要做难度那么变态的《洛克人》,而且还不能存档。于是鸭子来我家,每次从头开始玩《洛克人》,不带歇息的,我和菠菜想玩会儿,他不让,说我们技术太烂,怕弄死了要从头来。

什么洛克人嘛,简直是霸道人,所以我和菠菜很讨厌他。

有一次,我正在家里和菠菜一起玩《松鼠大战》,突然听到走廊上传来熟悉的慢悠悠的脚步声,我的第一反应就是鸭子来了,于是赶快去跟我妈说,鸭子来了,就说我不在家,我先去躲一下。

接着我叫上菠菜,一起躲到我房间的床下面,制造不在家的假象。

我猜得没有错,果然是鸭子,但我没有想到的是,在我妈说了我不在家后,他居然厚颜无耻地说他想在我家玩会儿游戏,我妈又不好拒绝他,只好放他进来了。这下好了,游戏机还没有关,这个家伙插上《洛克人》就打上了。

鸭子这一打好像还收不住了,更不要说走了,可怜我和菠菜正在床底下躲着,大气都不敢出,生怕发出点什么声音被他发现了。最后还是我妈聪明,等他玩了一段时间后,说要出去办点事,才让这个家伙依依不舍地走了。我和菠菜才从窝了半天的床底下爬出来,腰都直不起来了。

话说到了初中,我当上了众人景仰的班长。

作为干部,我身上的责任自然就多了起来。刚上任没有多久,班里的文娱委员叶静就找到了我,说:"路飞,班里的黑板报还没有搞,要不我们一起办吧。"

我说:"好啊,什么时候开始?"

叶静说:"就这个周末吧。"

我说:"周末啊?"

她看出我的表情中有些抵触。

叶静恳切地看着我说:"可是除了周末就没有时间了,平时放学以后更没有时间了。"

我不好回绝,勉强地说:"那好吧,你说个时间,我们去学校会合。"

叶静说:"我知道你家在哪里,要不我星期天早上十点去叫你吧。"

这是怕我放鸽子吗?

可星期天早上跟菠菜一起玩游戏的时候,我很开心,越开心就越不想去办黑板报了。

于是我故技重施,让我妈说我不在家,在听到轻柔的脚步声之后,我和菠菜果断地躲到了床底下。不好意思了,叶静,我真不想去了,我连借口都想好了,就说自己给忘了。

结果我妈叛变了,她肯定看叶静是个乖女娃娃,想都没想就说:"路飞在家啊,我去给你叫他。"

我从床下爬出来的时候还在小声嘀咕:"妈,不是说好说不在家的吗?"

我妈说:"那么漂亮一个女生,你们都忍心啊?"

敢情老妈帮忙撒谎还要看人面相。

去就去嘛,我拉上了菠菜一起去,好歹也要找个垫背的嘛。

我没有自行车,所以由菠菜骑车驮着我,一旁的叶静自己骑一个。

那天,菠菜的雄性荷尔蒙分泌得太多,跟叶静说话的时候,太激动了,骑车左摇右晃的,路上有一个下水道口没有盖子,他居然愣是没有看见,说笑着,这前轮就陷进去了。这下好了,两个人来了个人仰马翻,虽然都没有摔到下水道里,但伤势也是很严重的。菠菜的手臂上擦破好大一块皮，我更惨，因为穿的是短裤，两个小腿都刮出了口子，鲜血直流。

叶静只好陪着我们去医院了。

结果，黑板报的事情我和菠菜逃脱了，全是叶静一个人完成的。

第二天，我一瘸一拐地去了学校，看着教室后面整齐而娟秀的字迹，深感惭愧。

英语有点烦

初中一年级，我们才开始学习英语，起步是有点晚，没办法，时代的局限。

也就是从这个时候起，李雷和韩梅梅的故事拉开了华丽的序幕，不过说起来他们也是最近才走红的，在我们那个年代，没有网络，无法炒作。

我擅长普通话加两种方言，外加嗲腔，可谓语言天才，但面对英语始终有障碍，估计是因为汉语学得太好，脑子里装不下西洋文了。

比如看着 ABCD，我的第一反应是"阿波吃得"。有一次考试不知道鹦鹉这个单词怎么拼写，就问菠菜，菠菜给我重复了两遍，我还是没听懂。我说："你干脆用拼音得了。"

菠菜顿了半天，说："坡阿日日哦特（parrot）。"

我听懂了。

坐我后排的乖乖女叶静，特喜欢学习英语。每天早自习，她一定是先啃一包小浣熊干脆面，吃得噼里啪啦的，然后就顺着嚼干脆面的劲读英文，饱含感情，抑扬顿挫，但就是不知道是不是顿在点儿上。总之，应该算是很认真。

于是我给叶静起了个外号——"英语之星"。

每次我一说这个外号，她都不搭理我，越是不搭理，我越是一直说。跟叶静打招呼，我也不叫她的名字，就叫"英语之星"。

后来，全班同学都知道她的这个外号了。

再后来，这事传到英语老师那里了，她很激动，一上课就开始表扬了："听说班里有个同学叫'英语之星'，读英语很认真，非常好，其实学习英语就是要这样多读多练，大家以后要多向这位同学学习，学习一下人家的刻苦精神。"

全班大笑。

我也在笑，看着叶静笑。

下课我就被暴打了，多文静一女孩啊，抓起英语书就往我脑袋上砸啊，结果被班主任看见了，班主任问："你们在干吗？"

叶静不说话了。

我嬉笑着说："没事，我说我脑袋硬，叶静不信。"

班主任笑容诡异地说："那你们也不能用英语书砸啊，书砸坏了不好买。"

难道脑袋砸坏了可以买？

我的英文名

在叶静同学的感染下，全班同学学习英文的热情有所提升，班上开始流行取英文名字，叶静也给自己取了个好听的英文名，叫安妮(Anne)。

我跟她说："你也帮我取个英文名嘛。"

叶静说："要不你就叫伯德曼吧。"

我很开心地接受了。

后来我的英文水平提高了，就问叶静，我的英文名是怎么拼写的。

结果她说："是Birdman，B-I-R-D-M-A-N。"

Birdman，翻译成中文就是"鸟人"。

与老师相遇

场景 1 语文老师

语文老师常年穿着一双破皮鞋，因为被补过无数次的缘故，走起路来，叮咚作响，所以菠菜给语文老师取了一个绰号"咚咚"，这个绰号在同学之中广为流传。

有一天，语文老师朝我迎面走来，我下意识地开口叫了一声"咚老师"。

老师还笑眯眯地给我回话。说完这句话后，我猛地反应过来，叫错了，再看看老师，一副若无其事的样子，还好他没有察觉到，不然我就死定了。

场景 2 数学老师

数学老师是个超级近视，长期戴着大眼镜。

我有一次在教室后面靠墙站着，偶遇走后门的数学老师，我站在原地喊了一声"老师"，他走过来看了我半天，说："哦，是宋波啊，我还以为是拖把呢。"

老师，我叫路飞，为了不被你当成拖把，我也不说我的真名了。

场景 3 生物老师

络腮胡子的生物老师，经常板着脸，一副深沉的样子，三十好几了都没有女朋友。

一日，我与抱着教案的生物老师迎面遇上。

我正犹豫要不要叫他，结果看见他那张脸后，我决定当没看见，埋下头假装系鞋带。

一蹲下，我傻眼了，今天穿的是皮鞋，没鞋带的那种，昨天刚抹了油，光亮无比。

场景 4 体育老师

数学老师病了,没人上课。

班里的同学来劲了,非让我把自习课改为室外自习课。

我心一横,带着班里的男生去操场上打篮球了。

打着打着,遇见体育老师了,他也加进来跟我们一起打,拼抢特积极,跑来跑去的。

结果没打多久,班主任老师杀过来了,冲我们怒吼:"全部给我回去!谁让你们出来的?"

我寻思着体育老师在,就想找他当挡箭牌。

但是体育老师居然先一步溜了,等我们反应过来的时候,视线中只剩下他越来越小的背影了。

场景 5 班主任

在操场上怒吼我们擅自将自习课改成体育课的班主任,曾经的和蔼可亲变成了怒发冲冠。

我本来想解释点什么的,但欲言又止。

叶静气喘吁吁地跑过来了,说:"老师,这事怪我,是我和路飞一起商量的,觉得班里同学好像身体不太好,出来锻炼一下,你别那么生气啊。"

老师叹了口气,态度缓和了不少,说:"回去吧,这样被校长看到不好。"

我感动地望着叶静,那一刻,她刘海耷拉下来的样子特别美。

她的形象在我心目中一下就特高大了,她太聪明了,连谎话都说得那么逼真,那么楚楚动人。

然后,我发现人群中少了菠菜,这个没种的居然悄悄溜回教室了。

女子篮球赛

传说中我们那个中学有过一届女子篮球赛。

其实那根本就不是传说,我们就生活在那个传说的年代。

很荣幸,我们班也参加了。

为了表示对女生打篮球的支持,全班男生几乎都去当观众了。

不过第一场比赛相当乏味,打了半场,两边都是鸭蛋。走步,抱球跑,不计其数的"三不沾",看得我们是昏昏欲睡。到下半场,裁判老师也不管了,你想怎么搞就怎么搞吧,犯规都不吹哨了,但比分依旧没有改变,还是 0∶0。

我的娘啊,这可是篮球比赛啊!

第二场比赛,我们班女生依旧没能投中一个球,还以 0∶20 的悬殊比分输给了对方。为啥?人家四班有个"超女"叫袁媛,会三步上篮。

天啊,就凭这招三步上篮,四班横扫所有对手,直接夺冠了。

悲催的是,其他班所有的分数加起来还没有四班的分数多,我们班就更别说了,所有比赛分数加起来,居然没能破十。

我的神啊。

所以,这届女子篮球赛成了绝唱。

时间久了,就变成后来的传说了。

呼啦进行曲

下课的时候,菠菜说他很饿,嚷嚷着要去买面。

我以为他是要去买干脆面,结果他跑去校门口的面馆端了一碗面回来,在教室里吃得稀里哗啦,辣椒水飞溅。

我问菠菜:"你怎么不在面馆吃啊?"

菠菜说:"来不及了,在那儿吃要迟到。"

吃着吃着就上课了,菠菜的面还没有吃完。他就把书竖起来挡着,一小口一小口地吃,尽管动静已经不大,可全班同学都安静了,只有他发出"呼啦呼啦"的声响。

政治老师很生气，冲到菠菜跟前嚷嚷："宋波，你不太像话了，课堂上居然敢吃面，胆子也太大了。"

菠菜说："你之前不是说只要我不影响同学，随便我干什么吗？"

政治老师说："你这还不叫影响同学？吃个面条，声音整得那么陶醉干吗？"

菠菜不吭声了，委屈地看着那碗面条。

政治老师厉声说："把你的碗端起来，滚到后面去站着，让大家看看你在干什么！"

菠菜规规矩矩地端起碗，站到了教室后面。

一直端着，直到下课。

下课的时候，政治老师开始苦口婆心地教育菠菜，菠菜一开始还唯唯诺诺，可是后来就有些不耐烦了，最后终于忍不住了，说："老师，能不能让我先去把碗还了，说好了这节课下课送过去的。"

纸条的故事

特别有魅力的一天。

所有人看我都是面带微笑，特别是那些平日里对我不屑一顾的漂亮女生，都在若有若无地冲我放电。

天啊，什么世道，要么是他们的眼睛出毛病了，要么就是我太帅了。

我不由自主地摸了摸自己微微隆起的喉结，带着内心浅浅的喜悦走进了教室。

但同学们的笑容太夸张了。

我察觉有异，用手抓了抓后背，扯下一张纸条，上面写着四个大字：我是笨蛋。

我生气了。

放眼望去，只有菠菜那家伙笑得最厉害，桌子都快被他摇散架了。

哼，老子会对付你的，菠菜。

两天之后，我写了一封暧昧的情书，署名宋波，趁着下课放到了全班公认最彪悍的女生的课桌里。

顺便说一下，因为脸方的关系，那女生的外号叫葫芦姐姐（其实葫芦本来是圆乎乎的，问题是动画片《葫芦娃》里的葫芦娃脸是方的）。

我满以为葫芦姐姐会对菠菜送出连绵不断的秋波，然后我就可以看到菠菜无比哀怨的眼神，真是爽啊。

但故事的发展远远超出了我的预料。葫芦姐姐把情书交给教导主任了，她肯定知道班主任会把这事大事化小，小事化了，所以人家直接越过班主任，把那罪恶的证据交到了最铁面无私的教导主任那里。

要知道，教导主任快40岁一男的，独身好久了，最讨厌男欢女爱的事了。

菠菜死得很惨，被请家长不说，还要被记过处分。

还好班主任一个劲地求情，说了一箩筐的好话，好歹是不用处分了，但要全校通报批评，外加五千字的深刻检讨。

第二天，菠菜没来。

怕是在家接受家法吧。

我望着他空荡荡的位置，神情黯然，很难过，对不起，菠菜，是我害了你。

叶静看出了端倪，问："那情书是你写的吧？"

我说："是啊，你怎么知道？"

叶静说："就菠菜那作文水平，写不出那么朦胧和感伤的情怀。"

我说："你看过了。"

叶静笑了笑说："那封情书一开始人家葫芦姐姐没看懂，就给她的闺密看，她的闺密一看，这情书写得太好了，就把它抄下来，在班里传看。你那可是神作啊，谁知道葫芦姐姐不解风情，告状去了，唉，可惜啊。对了，我还想问你，你为什么要整菠菜呢？"

我说："谁叫他在我背上贴纸条呢？本来想开个玩笑的，没想到这葫芦姐姐太牛了，直接告到蝎子精那里去了，老子真想有个玉如意，把她定住。"

叶静突然很委屈地看着我，说："其实纸条是我贴的。"

我不禁吃惊，可怜的菠菜啊，你太无辜了！

菠菜回来上课那天，我深情地看着他，然后跟他讲明了真相。

原以为他会打我，结果他笑呵呵地说："这次真要谢谢你，一直以来我以为我老爸对我很凶，现在我才发现他是爱我的。"

我问："菠菜，你脑子坏了？啥事啊？"

菠菜说："你不知道，我一回家，我老爸就很难过地看着我说，怎么这么不争气啊，你真是瞎了狗眼啊，要写情书也不能给一个长相这么可怕的女生写啊！你是不是脑子也有问题了啊，儿子，你知不知道什么叫漂亮啊？"

我笑着说："不会吧，那后来怎么样了？"

菠菜说："后来我老爸专门请了一天假在家里和我一起看电视，凡是出现个女的，他就问我，这个漂亮不，从早上一直测试到《新闻联播》。"

我说："我的神啊，你这什么老爸。"

菠菜说："还好，通过一天的测试，现在他放心了。"

成为传奇哥

为了弥补我的过失，我决定帮菠菜写五千字的检讨。

而菠菜传奇一般的故事，也由此开始。

校会，先是校长发言，然后是副校长发言，最后是褒奖优秀学生。

校长很兴奋地宣布，全校唯一获得全国数学竞赛一等奖的同学，正是宋波。

在热烈的掌声中，菠菜气势雄壮地登上了旗台，接收大家的顶礼膜拜。

之后菠菜振振有词地讲起了他的学习经验和心得,校长还在一边附和,让大家多向他学习。

然后,校长话锋一转,语气变得低沉。

因为接下来的环节是对严重违纪的同学进行通报批评。

校长看了看菠菜,说:"同学,你可以下去了。"

菠菜说:"校长,我还不能下去,我的事没说完。"

接着,校长拿起发言稿,又说:"初中部97级五班的宋波同学,无视课堂纪律,经常与老师搞对抗,公然在课堂上吃面条,极其不尊重老师。最恶劣的是,在这么紧张的学习中,写情书,搞早恋,严重影响了其他同学的正常学习生活。"

菠菜在全校师生凌乱的眼光中站了出来,拿出了我帮他写的检讨书,走上刚才发言的地方。

那一刻,校长的表情崩溃了。

我那检讨书不是盖的,虽说是认错,但很全面地剖析了早恋的危害和成因,并提出在这个应以学习为重的年纪要抓住重点,再由点到面,发散到科教兴国的战略,社会主义的建设,以及国家的繁荣富强。菠菜念得是铿锵有力,跟演讲似的,台下的同学听得热血沸腾,在他念完检讨之后迸发出了热烈的掌声。

教导主任跑出来嚷嚷:"鼓什么掌?鼓什么掌?这是检讨。"

没人理他,民意难违。

菠菜出名了,从此,全校都知道他的存在了。

我们戒烟吧

烟是菠菜教我抽的,他说这个样子很酷。

但我觉得很苦,每次偷偷摸摸的,抽完之后还要漱口,以免被长辈发现。

在学校厕所上大号的时候，遇见一坏小子，在我隔壁蹲位抽烟。

挺香的，我忍不住了吸了两口空气。

不过很快，这家伙就走了，随手把烟头一扔，正好扔我前面。

很不巧，历史老师进来了，刚好看见了这个还没有熄灭的烟头，他问我："路飞，你是不是躲在厕所抽烟？"

我说："老师，没有。"

历史老师说："没有？你是不是看见老师来了，就把烟头扔了？"

我说："没有，没有，这烟不是我抽的，是刚才有个人丢的。"

历史老师说："烟还没灭，刚好有人丢，事情有这么凑巧？"

我急了："这烟真不是我抽的。你看嘛，那是'红塔山'，我抽不起。"

历史老师问："那你抽什么？"

我说："'天下秀'。"

惨了，历史老师去班主任那里告状了。

其他事都还好说，这次一定得请家长了。

回家原本以为会被老爸暴打一顿，结果他很平静地看着我说："什么时候学会抽烟的？"

我说："刚学会的。"

老爸问我："抽烟的感觉咋样？"

我挠了挠脑袋，说："其实没啥感觉。"

老爸说："没感觉就早点戒吧。你看你老爸，12岁就开始抽烟，一抽就是几十年，想戒都戒不了，老咳嗽不说，痰也特别多。要不是因为这些毛病，当年追你老爸的女孩子可多了，说不定就轮不上你妈了。"

我决定戒烟了。

不就是装酷吗，除了喷云吐雾还有很多种方法。

比如打响指。

比如戴墨镜。

比如咬棒棒糖。

期末考试

期末考试，像是一场预谋已久的滑铁卢战役。

我考得很差，叶静也考得不好，她呆呆地坐在自己的位置上，直愣愣地盯着自己考砸的数学卷子，眼眶中有液体流转，哭了。

越哭越厉害，我受不了了。

我说："叶静，你没事吧？不就是一次考差了，没什么的，你看菠菜除了数学，科科都考糊了，人家还不是很开心。"

叶静不理我，继续哭。

我继续说："叶静，你够了，你才降了三个名次，我从第一名一下跌到第六了，我都没哭，你别难过了嘛。"

叶静终于抬头了，满脸泪痕地看着我，说："我怎么能跟你比嘛，我的脸皮没你厚。"

好吧，是我不知廉耻。

前班长

第二学期一开学，我的班长职务就被撤了。我的职位被换成了没有任何实权，只能收发作业和例行参加班级会议的学习委员。

新的班长是前学习委员白芥鑫同学，而我成了前任班长。

没想到啊，当个领导没多久就悲惨下马了，看来我真没有当官的运气。

我被撤职的官方理由是当了班长事多，导致成绩下滑。

纯粹扯淡。

我自己其实很清楚个人的"罪行"所在：

第一，包庇同学，被人打小报告。

第二，爱玩游戏，有次在游戏厅里疯狂地摇摇杆，被老班笑眯眯地抓住。

第三，抽烟，给老班留下了难以磨灭的不好印象。

第四，其他老师的负面评价，主要是来自历史老师的偏见，物理老师还说我不交作业，而且他们和老班坐在一个办公室，长期说我坏话。我这么正直善良的小孩，活生生被变成了坏小孩。

第五，成绩下滑，排名都降了，还想当武林盟主啊，不可能。

第六，篡改记录，每堂课的课堂纪律评价，老师说五个良，我改两个为优，我以为他们记不住，其实不然。

第七，煽动同学逃课，不就是带他们打了一次篮球吗，难道自习就不包括体育课的自习吗？

初三最后一个学期，白芥鑫同学为了考取好高中，转学了，班长的职位就腾出来了。但老班都没有叫我填上，而是让杨晓玲同学当了班长。

于是，在后来的时光里，我一直对白芥鑫同学有点耿耿于怀。

我总认为她抢了我的班长，但是许多年后在QQ上两个班长重逢，我对她说，其实初中的时候我挺不愿意听到她的名字的，因为老师喜欢她，我妈还喜欢拿她当参照物来数落我，她在我的人生中扮演了一个让我非常难受的角色。

她说："呵呵。"

两个人的话题止于"呵呵"。

但是没多久，她发来一条消息说："其实那个时候，我挺羡慕你的，可以不守规矩，过着傻了吧唧、自由散漫的生活。那时的我，做不到。"

后来，在成都遇见一个初中的女同学，她一见我就热情洋溢地呼喊着我："班长，老班长。"

我感动得五体投地，就问："我就当了一学期的班长，你怎么还记得住？"

女同学说:"当然记得住,虽然没当多久,但你是我见过的最不像班长的班长,记忆特别深刻。"

我想,这是在夸奖我吗?

我是李小龙

大概是因为武侠片看多了,我走火入魔了。

心中突然升起了一个梦想,那就是成为第二个李小龙,我连以后的艺名都想好了,叫路小虎,简称路虎。

那时的我时常做着同样的梦,梦里的自己是完完全全的英雄,武艺超群,以一敌十,谁敢抢我买棒棒糖的钱,我就一脚把他踢到墙上,抠都抠不下来。

但光做梦不行啊,梦醒了我还是一个废才啊,出去看见一条稍微威猛点的狗都心惊胆战的,这能叫英雄吗?关键时刻能挺身而出吗?

所以,我决定了,要勤学苦练,人家郭靖那么笨都能练得武功高强,像我这种资质过人的天才肯定没有问题。但郭靖跟我有一些不同,人家有师傅啊,就算有些师傅不咋样,可好歹也能教个三拳两腿的,我呢,只有靠自己了。

那就自学成才嘛。我最早的学习资料就是功夫片,什么天上飞,水上漂,发个功满脸红,一拳一掌都带龟波气功,统统是骗人的。我信奉的是实战,揣摩的是电影里的真功夫,李小龙很对我胃口,反正我没看见他穿古装梳发髻拿长剑的样子。

看了之后就是练习,当时我搞的是地下活动,这事要是被老妈知道了,她肯定会说我不务正业。

结果还是没能躲过她的法眼,她说我是神经病。

我说,我这是在锻炼身体,叫德智体全面发展。

后来,为了更系统地提升我的功夫水平,我去新华书店花买了一本售价17块的《截拳道技击技巧》,把它捧在怀里的时候,我觉得自己离李小龙已经不远了。

其实,那本《截拳道技击技巧》对于我的重要性,就好比《喜剧之王》里《演员的自我修养》对尹天仇的意义。我把它当成盖世的武学秘籍,悉心攻读,练习里面我能完成的每一个动作。当然,还有一些动作是我不能完成的,我发现我的弹跳力、腿力、柔韧性跟李小龙比,还是有很大差距的。当时我很难过了一阵,觉得自己成为李小龙的梦想也走向灰飞烟灭了。但后来我想通了,就算不能成为李小龙,掌握70%的招式,当个山寨李小龙也是不错的,反正一般人根本不知道。

为了锻炼腿的柔韧性,我每天都把腿架在书桌上压。

为了训练腿部力量,我在腿上绑着沉沉的沙袋在楼梯上跳。

为了熟练地掌握腿击的技巧,房间里的墙纸被我踢得满是脚印。

后来还找我的同学练习,我跟他说,我不会踢着他的。结果没控制住,踢中了他的耳朵,他疼得骂娘,我暗自高兴,原来我的腿法还是有杀伤力的。

岁月如歌,年华似水。

我一直执着地相信,努力总会有回报,梦想总有一天会实现。

后来,我同学跟我说,疯子在没疯之前都是这样想的。

当侠已成往事

我不怕打架了。

练习了很长时间的截拳道,好歹也算习武之人,有点功夫了,对付那些只知道喝可乐、吃干脆面的人,还不是手到擒来。

盲目地自信啊。

后来发现,我练了那么久的武功,还打不过一根板凳。

自信过头带来了不可一世的气焰,我火气大着呢,在游戏厅里经常找事,也不是真有事,反正那时就是为了找架打。多变态的想法啊!多破坏社会和谐啊!那时年轻不懂事,请被伤害者原谅我。

终于有一次，打上架了，当时我正坐在游戏厅的椅子上看别人玩苹果机，坐累了，就站起来去外面溜达了一圈，回来发现椅子已经被坐，一个胖家伙抢占了我的地盘。我当时热血上涌，过去一把就抓住那家伙的衣领，极其嚣张地对他说："起来，起来。"

那家伙傻了，不知所措。

我说："这是我的位置，晓得不，你起来，给我让开。"

那家伙呆了，站起来瞪着两只牛眼看着我，我的手依然拎着他的衣领，就是有点往上够了，因为他比我高了一个头还多。

可我不害怕，我想，高又怎么样，再怎么说，我也是有功夫的，我才不心虚。

于是我继续恶狠狠地看着他，就盼望着他和我打架，好检验一下我的截拳道水平到底如何。

结果，那没种的家伙跑了。

我气定神闲地坐回椅子上，周围的人眼光直冒星星，崇拜得不得了。

小屁孩的虚荣心膨胀到了极点。

没想到，隔了一会儿，那家伙回来了，跟我在门口嚷嚷："小娃儿，有没有种出去单挑？"

我想，你这不是找死吗？看我寸劲拳、侧端腿、回旋踢把你打成瓦灰。

我欣然应战。

这家伙说在街上打影响市容，带着我去了游戏厅后面的小巷。走着走着，我发现不对劲了，墙边还靠着两人，面容邪恶，来意不善，个头比他还要高大。

我说："不是说单挑吗？"

那家伙说："是单挑啊，你单挑我们三个。"

我蒙了，哥是练过截拳道，但一直都是在一对一的情况下，现在是一对三，那肯定是凶多吉少了。再说了，人家吕布那么强，一对三，不是也打不过吗？

但我身在江湖，身不由己。

我跟他们拼了。

什么嘛，都不按常理出牌。

有男人打架扯头发咬人的吗？有专门派人抱大腿的吗？啥跟啥嘛，好歹三个人，你们讲点武德好不好？

不过，他们还不算太坏，打人不打脸，没让我鼻青脸肿的，全是内伤。

然后，我全身酸疼了两个星期。

足球二三事

我决定开始踢足球了。

其实，一开始我只是在电视里看看球，是个连越位都不太懂的伪球迷，但我实在受不了班里女生那股吃里爬外的劲了。特别是叶静，老说二班的球踢得好，人家三班的帅哥多，对本班男生却嗤之以鼻。

有什么了不起嘛，不就是长得帅吗？唉，话又说回来，这个是先天的，我们不能比。

但要说踢得好，能有多好？能有马拉多纳好？要真有这么好，中国足球怎么会冲不出亚洲？

所以，我只要勤学苦练，就凭我的资质，要超过那些家伙还不是"易如反脚"？

其实班里足球人气这么差，也不能都怪女生不支持。

就跟中国足球一样，你踢得烂，能怪球迷不给你呐喊吗？

再说了，第一届比赛选的什么人嘛，老师看着身高体壮就跟抓壮丁似的拖去凑数，我们那队伍平均身高最高，平均体重最重，就是技术最差。好歹有个技术好点的，特喜欢出风头，好不容易得个点球，非要学什么罗伯特·巴乔,一脚踢飞。人家巴乔把球踢飞了是忧郁王子,你把球踢飞了,你就是个球。

顺便说一下,就我们班的足球选手,能把球踢飞的也是屈指可数,很多人参加比赛主要就是跟着跑,抢不着球好歹能吓唬一下。

我最早的时候,跟很多人一样,只知道脚尖捅球。但他们不思进取,一辈子都只会用脚尖捅,我知道学习,知道看体育课本,自学成才。我凭借无与伦比的理解和领悟能力,自行掌握了使用脚背内侧、脚背外侧,以及正脚背的踢法。

很快,我就从一堆菜鸟中脱颖而出了,并被班里的同学公认为脚头硬的球员,负责主罚球门球和角球。

再后来,有了CCTV5,在那个富有传奇色彩的暑假里,我守着这个频道,目不转睛地看着足球教学的小片子。我把那些过人盘带的技巧逐一记录在笔记本上,并开始实践,不能出去的时候,就在家里,用球过桌子、椅子,在床边和衣柜狭小的空间蹚球,拉球转身。

多可笑的行为啊,但你不知道,罗纳尔多也是这样练出来的。

足球成了我的梦想,它渐渐取代了功夫在我心目中的位置。

功夫只能孤芳自赏,踢球好歹能引起女生的尖叫。

我梦想着有一天成为魏大侠、马明宇一样的球员,穿着四川全兴的队服,站在绿草茵茵的成都体育中心,接受着山呼海啸般"雄起"的呐喊。

可惜啊,梦想还没有来得及实现,全兴队先解散了。

苍天弄人啊!

忘记三部曲

当年我有三个闹钟,一个是功能强大的老妈,一个是只报一次时间的爸爸,还有一个正儿八经却经常闲着不用的电子闹钟。

当老爸老妈都不在家的时候,我就只能用那个真闹钟了。

结果睡过了。

急急忙忙起床,刷牙洗脸,然后背着书包出门。

总觉得有点不对劲,可左看右看也没有看出什么端倪。

等走到楼梯口,我感觉脚底一股凉意,穿的居然是拖鞋。

我又急匆匆地原路返回,走到门口,一摸口袋,钥匙忘带了。

那就没有办法了,只好暴露着拇指哥哥去上学了。

每天上午都有广播体操,因为穿着拖鞋,我不想去操场丢人,便一个人躲在教室,却被班主任发现了,只好硬着头皮去操场了。

那个场面太轰动了。

我穿着拖鞋在广大师生面前走过,要是能插上把破扇子就成济公了。

我们班的同学因为笑过了,反应没那么强烈,其他班的同学那简直是哄笑了。

我出名了,成了全校皆知的"拖鞋王子"。

体操里有一节是踢腿运动,平时我都借这招来踢菠菜的屁股,今天不行了,我不敢踢得太高,生怕把拖鞋踢掉了,那就"丢人现脚"了。

结果越是小心越容易出乱子,我摔倒了,摔倒的同时拖鞋也踢上天了。

终于知道什么叫天外飞仙了。

政治课。

班里纪律很差,一直闹哄哄的,政治老师看起来心情极坏,估计又跟老公吵了架,一下就发火了,使劲拍了两下讲桌,说:"是不是还要讲话?"

班里顿时就安静了。

政治老师不留情面地说:"你们哪像是学生,太不像话了,你们去看看人家其他班是什么样子。"

全班继续沉默。

政治老师继续说："你们自己看下，拖鞋都穿来上课了，你们这是在学习吗？把学校当成了农贸市场，简直太不像话了。"

全班都在看我，我无地自容了。

历史课。

老师提了一个问题。

全班静悄悄的，没有人想主动回答问题。我那时正在开小差，就不经意地把手抬起来抓了下头发，没有想到的是，历史老师居然以为我举手了，叫我起来回答问题。

我站起来，半天吐不出一个字。

历史老师生气地说："回答不出来，你举手搞什么？简直是捣蛋！"

我保持沉默。

历史老师继续说："穿拖鞋，抽香烟，现在的学生简直是无法无天。"

老师，你说归说，有必要押韵吗？

请不要生气

我用了三寸不烂之舌加无敌口水攻势，才勉强说服我妈，让她同意我半夜看亚洲杯。

那一场惊天动地的比赛，是中国对沙特。

刚开场20分钟中国队就2：0领先了，看得我那个激动啊，可是后来就越看越郁闷了。沙特上演了疯狂逆转，最终中国队以3：4输掉了比赛。

我当时有了砸电视机的冲动，可是忍住了，要是砸了，第二天老爸老妈一定会把我砸了。

我好想破口大骂，但怕惊醒我妈，她会说我是神经病，我又忍住了。

所以我就一直憋气啊，气不过啊，整个晚上都睡不着。

到了第二天，我去上课，心中的郁气还久久不能散去，精神恍惚。

菠菜问我："你是不是昨天挨打了？"

我说："老子是看了一场中国队的球赛。"

门外的世界

班里调皮的家伙的位置一般都靠后，这是老师的无奈之举，说好听点，叫舍军保帅，保证要听课的学生在前排有个稍微安定的环境。

班里有一个成绩倒数第一又捣蛋的同学，被老师安排到最后一排靠后门的位置。这对我们来说，等于冷宫了；对这哥们来说，成了他的小天地。他愣是在木头门上凿壁偷光，弄出一个小洞来，美其名曰"放眼看世界"。

后来，他成了我们的哨兵，在自习课上，他总是会通过观察小洞给我们提供第一手情报。

有一天，他再看此洞时，发现被物体遮挡，于是他从容地拿出了打火机，对着小洞烧。

一声惨叫传来。

第二天上课，发现数学老师眉毛少了一小截。

同桌的你

夏日的阳光闪耀着青春，开始散发出成长的味道了。

眼镜成了一种病毒，很快便传染了大批的同学。

连菠菜也在脸上挂起了圆圆的镜片，跟个汉奸似的。

我问菠菜："你也近视了？"

菠菜说："没有，我这镜片没度数的。"

我说："你不会是戴眼镜装帅吧？"

菠菜说："我的帅是天生的，不用装。我妈说了，戴眼镜显得人斯文，这样老师对我的印象会好些，至少看起来是个爱学习的学生。"

呸，原来是装斯文。

后来，菠菜真近视了。

报应啊！

虽说有菠菜这种浑水摸鱼的，但毕竟是少数，近视眼越来越多是不争的事实，所以班主任为了照顾那些视力不好的同学，进行了位置大调整。

我被调离前排了。

新的同桌是叶静。

虽然已经认识那么久了，但是第一天坐同桌的时候，还是有些拘谨。叶静身上淡淡的香味，发了疯似的往我鼻子里钻，我极力保持淡定，绝不轻易挪动，我不能一来就让叶静觉得我毛手毛脚的。

我给自己贴的标签，好歹也是正直和善良。

第一节课，平日里喜欢斗嘴的两个人出奇地沉默。

我觉得气氛有些尴尬，找了个话题来打破平静。

叶静放在课桌上的课本，书皮是用小狗图案的挂历包的，我指了指那只狗，说："叶静，这个是你的朋友吧？"

叶静说："对啊，这不就是你吗？"

我第一次发现叶静反应这么快，以后的同桌岁月更是证明，想要在语言上讽刺她，会适得其反，这小妮子太聪明了。

地理课，因为老师生病了，改成了自习课。

同学们知道没人管了，肆无忌惮地闹了起来。

叶静安静了下来，埋头伏案，画着她的漫画。

我有些无聊，看着画画的叶静，说："叶静，你天天画，能画出一个未来吗？"

叶静转过头来，表情很严肃，她说："怎么不能，我就是要成为像细川知荣子一样的漫画家。"

我说："那太难了吧，有点不现实。"

叶静说："任何事情都是有可能的，成功不就是1%的天赋加上99%的汗水吗，只要我努力了，就有可能会实现。"

我噘着嘴巴点了点头说："是的，我也认为，你是需要非常大的努力的。"

叶静说："你也认为我的梦想会实现？"

我说："不是的，我的意思是说，我觉得你完全没有天赋，只能笨鸟先飞，加倍努力了。"

叶静没说话，而是长吐了一口气，然后，她伸出了魔爪，在我的后背狠狠地拧了一圈。

是一圈，不是一下。

叶静一边拧一边说："姐姐给你换个台，免得你一天到晚模模糊糊的。"

原来的乖乖女形象因为这一爪彻底改变，我终于知道，叶静不仅是一个有梦想的倔强的女孩，更是一个暴力狂。

同学们都羡慕我可以和美女做同桌了，只有我自己知道，那是悲惨的备受压迫的生活的序章。

丢失的课本

在家写作业的时候，发现把叶静的物理书带回来了。

我想着明天要交物理作业，这物理书找不着了，叶静肯定没法完成作业，便良心发现，找了一个新作业本，帮叶静做了一份物理作业。

第二天跟叶静说明了情况。

她不感谢我帮她写了作业，还说我偷了她的书。

算了，好男不跟女斗。

两天之后，物理作业发了下来。

我很郁闷，人家叶静的作业上老师给的是"优"，我的是"良"。

我自言自语："明明都是我写的作业，一模一样的算法，一模一样的笔迹，凭啥你是'优'，我是'良'呢？"

叶静笑着说："废话，证明你在物理老师心中的地位就是不高，像我们这样品学兼优的学生才会得'优'。"

我说："我呸，你就仗着自己是乖乖女，老师都喜欢你，搞特殊待遇，这物理老师也太偏心了。"

叶静瞪大眼睛看着我说："你呸我。"

我知道她又要用她的利爪袭击我了，不由转身把后背挪个了方向，躲开她的攻击。

结果叶静在我大腿上狠掐了一把。

我疼得叫唤："你这都敢掐啊？你不是拧后背吗？"

叶静说："每次掐同一个地方，你都有防备了，所以我要换着地方掐，让你防不胜防。"

上课别睡觉

英语课，打盹中。

趴在桌上流口水。

朦胧中听见"地震了，快跑！"

我顿时惊醒，推开桌子就往外跑。

跑到讲台，看见英语老师表情郁闷地看着我。我转身一看，全班同学都蒙在那儿，只有叶静趴在桌上笑得课桌发抖。

坑人的班规

同学们没事喜欢拿门来搞事，比如把软扫帚或者装满纸屑的垃圾袋放在门顶上，一有同学开门，就很有可能被那些"天外来客"击中。当然，不能放诸如凳子、硬扫帚等非常危险的东西在门上面，这毕竟只是一个友善的恶作剧，不能造成流血事件。

菠菜被整了几次，所以后来他进门的时候特别小心，每次推开门的时候就跟扫地雷似的,那动作、那神情像极了黑白电影时代的日本鬼子。

所以我跟菠菜讲:"你怕被整,也不能搞得那么猥琐,你就不能一脚把门踢开啊,那多酷啊。"

菠菜是个能虚心接受意见的人,第二天他就这样干了。他来得比较晚,看门有个缝,二话没说,一脚就把门踹开了。门开了,没有任何东西掉下来,只有全班同学的惊呆和讲台上班主任诧异的眼神。

这下好了,虽然门没有被踢坏,但是因为行为恶劣,菠菜被班主任以故意损害公物为由,罚抄班规10遍。

说起那班规,真的有点坑爹,班主任林林总总搞了100条出来。

比如上课不能吃口香糖,难道上课就可以吃干脆面啊?

比如放学不可以私自下河游泳,那我约上同学一起去就不算私自了,是吧?

最无敌的一条,禁止进入所有娱乐场所,包括歌厅、舞厅、游戏厅。为什么游戏厅跟带点暧昧色彩的歌舞厅一个等级啊,那我跟菠菜是不是一直在犯规啊,后来我俩学会了自欺欺人,我们说我们去的地方叫智力开发室。

还是说抄班规吧。

菠菜说馊主意是我出的,所以我必须帮他抄两遍,他自己抄八遍。

上政治课的时候,菠菜埋头奋笔疾书抄写班规,很不幸地被政治老师发现了。老师非常生气,一把抓过他那抄着班规的本子撕了个粉碎,那时菠菜的表情,真是欲哭无泪啊。

其实那个时候,他已经抄到第六遍了。

英雄救美记

有段时间,老爸老妈有事回老家了,所以我开始了无法无天的有钱生活。

有一天，我草草地在小馆子里吃了碗红油抄手，然后一个人去了游戏厅，玩了两个币后，觉得有些无聊，或许是少了菠菜，再好玩的东西也失去了往日的乐趣。

离开了游戏厅，在这个下着小雨的夜晚，我没有打伞，在街上闲逛。小城的雨夜很是冷清，散落的灯光在雨雾中幻化为水汽光影交汇朦胧的世界。

我走进了这条幽深的小巷，小巷蜿蜒，铺满了青石板，一边是墙，一边是滴着雨水的屋檐。

隐约之中，我看到了一个熟悉的白色身影被一团黑色包围。我加快了脚步，走近的时候，发现三个男生正围着叶静，还有推搡的动作，嘴里不干不净。

叶静说："你们要干什么？信不信我叫警察？"

那三个人应该是县城有名的混混，其中一个说："你叫啊，这里鬼都没有一个，现在是春天，你可不要叫春啊。"

然后是一阵令人厌恶的笑声。

我站在雨中，拳头捏了很久，李小龙英俊而坚毅的面孔如同神一般在脑海里浮现，鼓舞着我不要畏惧和退缩。

我慢慢走了过去，一字一顿地说："你们把她放了。"

染黄了一撮头发的小青年眯着眼睛，歪着嘴，用很是不屑的表情看着我，说："你哪来的？你说放，我们就放，你以为你是大哥啊。"

我说："你们不放，那就等我来收拾你们吧。"

那个黄毛混混说："我倒要看看你有多厉害，来啊，老子不怕你。"

我冲过去，冲着那黄毛小子就踹了一脚，一脚踹在他肚子上，他没有站稳，摔在了雨水里。其他两个同伙一看，马上扑了上来。然后是一片混乱的厮打，我开始施展拳脚，死盯着黄毛一顿追打，另外两个男生冲上来，一个人抱住我脖子，一个人把我摁倒在地，一阵猛踢。

我用手抱着头，承受打击，叶静在一边拽着男生的衣服一边哭："你们别打了，别打了！"

你大爷的，不要打了。

一阵撕扯着喉咙的巨大声音从不远处传来，一个少年双手横握着长柄铁铲，如同横刀立马的古代英雄一般，站立在小巷里。

那个少年是菠菜，在他这一声大喝之后，那三个小青年便停止了踢打，转过身来，打量着这身躯矮小却声音洪亮的小娃儿。

一个小青年说："妈的，你算老几，拿个铲铲，你以为我们就怕你了？"

菠菜毛了，说："我弄死你大爷。"说完，菠菜提着铲铲，便急速飞奔过来，举起铲铲就是一猛劈，其中的一青年反应甚快，往后急退了一步，另外两人神色大变。

混混们一看不妙，有人说："行，你小子有种，今天我们不跟你计较。"

说完，那三个人转身便跑了。

叶静俯身扶我起来，问："你没事吧？"

雨水和污泥夹杂在一起，搞得我一身黑。

但我还是要装得坚强，说："我没事，我身体好着呢。"

说完，我摸了摸自己的头。

叶静的脸色一下变了："你看你的手。"

我一看自己的手，全是血，还混合着黑色的泥水，这一下感觉到天旋地转，头开始剧烈地疼痛起来，像是要炸开一样。

我说："妈的，好疼。又被破头了。"

叶静焦急地说："我送你去医院吧。"

站在一边的菠菜终于说话了："路飞，你的头怎么这么不结实，碰一下就开花了。"

我站起来拍了拍菠菜的肩膀，说："菠菜，谢谢你，没想到你会出现。"

菠菜一把推开了我的手,说:"把你的血爪子拿开,衣服给我搞脏了。"

我笑了,说:"菠菜,没有想到,你这么讲义气。"

菠菜和叶静陪我去了医院,经过检查,没有大碍,只是我的头上被缝了几针,还缠上了白色的绷带。叶静看着裹得跟木乃伊似的我慢慢走出来的时候,捂着嘴哭了。

或许从这一刻开始,我们几个人的青春便被悄悄地缝合在了一起。

我笑着走到叶静的面前,说:"算命的说,我今年有劫,现在好了,劫过了,一切太平了。"

叶静看着我,我看出她的表情是感动。

叶静说:"路飞,谢谢你。"

菠菜说:"路飞,你这个样子回家,会被臭骂吧?"

我说:"没事,我爸妈回老家了,至少一个星期才能回来。"

叶静说:"那我们送你回家吧。"

我说:"好啊,走吧。"

叶静和菠菜走了,我一个人躺在床上,回想起今天晚上所发生的一切,像是一场梦。自己以英雄般的姿态出现,却被打成了狗熊,最后的好汉之名让菠菜抢了去。平日里总喜欢和自己抬杠的叶静在一瞬间变得温柔和善良,她哭泣的样子,为我哭泣的样子,拉动着年少时光里最敏感的神经,那美丽的容颜深刻地印在我大脑里,像是一幅绝美的画,跳跃着青春萌动的色彩。

太阳出来了,金色的光线穿透残留着潮湿的空气,照射下来。我望着明媚的天空,心情舒畅。

上学路上,我遇上了一个阿姨,她正牵着她的小孩子。然后我清楚地听到那阿姨说:"小孩子要乖,不要去学校和同学打架,你看旁边那个哥哥,头都被打破了。"

我好想冲上去跟那个阿姨解释，可是转念一想，自己的头确实是打架打破的，根本就没法反驳。

我傻傻地笑了，脑袋的疼痛似乎是另一种幸福，在众人的指指点点中，我浅笑着去了学校。

再见菠菜，他的脸上有种嘲讽的笑容。

菠菜问："来了，脑壳还疼不？"

我说："咋不疼呢，妈的，一扯一扯地疼，我都不想来上课了。"

站在一边的叶静走了过来，关切地问："路飞，你还好吧？"

我说："还好，没事，不用担心。"

菠菜噘了噘嘴，脸上流露出鄙夷的神色，说："假，女生面前你就假嘛。"

叶静笑着看我，没有说话。

我突然发现叶静的眼睛，在这样混浊的世界中如同水晶般纯净，而她身上那件浅蓝色的外套散发着清幽的洗衣粉味道，真的挺好闻的。

东西别乱踢

没钱，连个足球都买不起。

所以很多时候想踢球没的踢，就找其他东西踢，比如"乐百氏"酸奶瓶、矿泉水盖、不知名的纸盒以及一切可以踢飞的东西。实在找不到东西的时候，就踢小石头。有一次，我看到一块圆圆的小石头，上去就给它一大脚，结果它纹丝不动，我的脚疼得喊娘。定睛一看，原来是个钉在地上的螺丝。

算了算了，螺丝，我不怪你，是我先对不起你的，但这是哪个脑残志坚的家伙把螺丝钉在地上的，你没事找踢是吧。

有一次放学，我和菠菜在小巷里追逐一个烂皮球，准备一直踢着它回家，结果半途就被菠菜的凌空抽射打飞了。这一飞不打紧，直接命中了路边房子的窗户，玻璃碎了。

见此情况，我拔腿就跑，跑到觉得安全的地方，发现不对劲，菠菜没有跟上来。

难道他被捕了？

在路上等上半天，终于看到菠菜慢慢悠悠走过来了，我着急地问他："怎么了，被抓住了？"

菠菜说："没有啊。"

我松了一口气。

菠菜接着说："但是你被看到了。"

我问："为什么？"

菠菜说："刚才有个女生跑出来，看到你了，还问我，前面那个跑的人是不是路飞？"

我说："那么远也能看出是我，那你怎么说？"

菠菜若无其事地说："我说是啊。"

我简直想上去一榔头把菠菜捶成一烧饼。

我说："菠菜，你的脑子被驴踢了吗？你为什么不跑？"

菠菜说："越是危险的时刻越是要镇定。"

踢碎玻璃的第二天，有人找到学校来了。

上课的时候，我被班主任叫了出去，面前站了个阿姨，表情凝重。她对我说："你是路飞吧？是你把我们家玻璃踢碎了吧？"

我很气愤，为了块市场价值不超过五块钱的玻璃居然找到学校来了。

我说："真不是我踢的，我根本没有踢碎你们家的玻璃，绝对不是我。"

阿姨说："哎呀，你这个孩子怎么这样啊，我女儿都看到你了，跑得飞快。"

我说："我跑是因为我喜欢锻炼，根本不能证明我踢碎了玻璃。"

班主任看不下去了，呵斥我："路飞，你对长辈能不能有点礼貌？

你这一脚把人家女孩子的脸都划破了,我看你怎么收场。"

我傻了,没想到事情有这么严重。

我回头望了望,教室里一片沉寂,多想看到菠菜那个家伙站出来啊,他却埋着个头假装深沉,根本没有要站出来的意思。算了,这家伙居然当缩头乌龟了,这个黑锅看来我背定了。

阿姨哀怨地看着我,说:"路飞,我家晓彤正在家生闷气,又不吃饭又不说话,我怎么劝她也不听。我也不是要你赔钱,就是想让你去看看她,她从小就有点自闭。你好好跟她说几句话,给她道个歉,开导她一下,算是帮帮阿姨了。"

我"嗯"了一声。

我躲不过阿姨真诚的眼神。

周晓彤是我的小学同学,但我对她的印象仅限于名字,我们一句话没说过,我甚至记不清她的样子,她实在是太沉默太不起眼了。

现在她被划破了脸,我不知该如何面对了。

我找到了菠菜,希望他站出来。结果他跟我说:"周晓彤她妈太凶了,再加上她都认定是你了,你就帮兄弟我扛了嘛,如果要赔钱的话,全部由我来出。"

我说:"现在人家被毁容了,你就想拿点零花钱来赔?你做梦,准备好以身相许吧。"

菠菜说:"我想以身相许也得人家要我嘛。"

女生的秘密

我带着菠菜买的水果去周晓彤家负荆请罪了。

阿姨看到我的时候,笑容可掬,言语温柔,我有些愣了,我可是你认定的凶手啊,别这样对我啊,我会羞愧难当的。

周晓彤木然地坐在小房间的小椅子里,阴沉着脸,右边脸颊有一道长约两厘米的伤口,一看就是被玻璃划的。我很难过,我代表菠菜同学发自内心地对她表示歉意,并勒令他忏悔。

我们俩起码有一分钟没说话,我是不知道如何开口,但周晓彤看来是金口难开了。

还是我先打破了沉默,我说:"周晓彤,对不起,我们真不是故意的。"

周晓彤幽怨地看了我半天,说:"我是不是很丑?"

我差点没被吓倒!

但我的直觉告诉我,这是一个很严重的问题,也许这正是困扰了周晓彤多年的心魔,我必须帮助她战胜魔障。再说了,其实她一点都不丑,就是造型老土了点,要是以后化个妆什么的,不就成了一个美女吗?

我说:"谁说你丑的?其实你很漂亮,只是不太会打扮。"

周晓彤说:"我的朋友都说我丑,现在还多了一条伤口,那就更丑了。"

我说:"你的朋友是女生吧?我跟你说,女生最喜欢说别的女生丑,其实在我们男生眼里,她们说丑的女生往往都很漂亮,比如你。"

周晓彤的眼睛扑闪扑闪地发出光来。她说:"真的啊?你是不是为了安慰我,骗我啊?"

我说:"真的,宋波你认识吧?我们两个为啥天天从你家门前过?你知道吗?就因为宋波他暗恋你,你看,我们把你家玻璃踢碎了,他都不跑,为啥啊?还不是想看看你啊!"

周晓彤皱起了眉,说:"不会吧?可是宋波看起来好像流氓啊。"

我扑哧一笑,说:"菠菜是有着流氓的外表,但他的内心是善良的。"

我快受不了自己了,一直说这么多无耻的话。

我摸出了我的终极道歉武器,递给了周晓彤,说:"给,这是薰衣草精油,擦在伤口上可以消除疤痕,不过你要一直擦,还有,伤口结痂了也不能抠掉,要让它自然脱落。"

周晓彤好像感动了,噘着嘴看着我。

我不好意思了。

我的话也许起作用了。那天之后,周晓彤开始了她的美少女蜕变,先是会打扮了,衣服越来越花枝招展,以前梳的麻花辫换成了齐肩长发,笑容也多了起来,人变得开朗和自信了。

每次看见我的时候,周晓彤总会眯着眼睛冲我笑,那笑容特别舒展,有句话叫什么来着,回眸一笑百媚生。

站在我身边的菠菜感叹道:"以前咋没看出来周晓彤原来这么漂亮啊,早知道当初就不让你去她家道歉了,看嘛,现在人家一个劲地冲你抛媚眼。"

我说:"你内心邪恶,注定跟美女无缘。"

世事难料。

有那么一天,周晓彤突然神神秘秘地找到我。她一脸委屈地看着我说:"她们都说我骚,我现在是不是真让你们觉得骚啊?"

我说:"又是那堆女生说你骚吧?"

周晓彤点点头。

我说:"你知道吗,男生觉得女生柔情似水,风情万种,妖娆动人,你们女生都说骚。"

周晓彤依旧有些疑惑地说:"真的啊?"

我说:"当然。"

周晓彤呵呵地笑了。

我说:"没事了吧?你老把你的秘密告诉我,不怕我乱说啊?"

周晓彤说:"我感觉你值得信任。"

我突然无言以对了。

周晓彤说:"你上次给我的薰衣草,我还没有用完,还真有用,你看我的伤口现在都不怎么看得出来了。"

我说："那当然了，我家世代行医，我爸说了，我爷爷的爷爷还给慈禧太后看过病呢。"

周晓彤说："真的啊？"

我说："我骗你的，开开玩笑。"

周晓彤微微地笑了起来，突然含情脉脉地看着我说："路飞，我问过她们了，薰衣草代表着等待爱情，你说，你送我薰衣草，是不是……"

我愣了。

周晓彤接着说："是不是你喜欢我？"

我继续哑。

周晓彤继续说："要不，让我做你的女朋友吧？"

姐姐，我送你的是薰衣草精油，不是薰衣草的花，我看我再不说话，这个误会大了。

我说："晓彤姐姐，你吓着我了，我是挺喜欢你的，可是我不能做你的男朋友，我妈我爸要是知道了，还不把我拧了啊。"

周晓彤不说话了，神情有些难过。

我说："真的，现在我们年纪这么小，谈恋爱太早了。要不，我们先做心灵上的朋友嘛，你有什么心事，不开心的事，有什么麻烦，都可以来找我。"

周晓彤沉默了良久，最后终于说了一句："那好吧。"

我长出了一口气。

差一点就一失足成千古风流人物了。

作弊反击战

我不喜欢作弊，问题是班里很多人都寄希望于作弊，而我就成了他们眼中优良的供应商，服务好，够义气。其实我也想当客户，问题是班里愿意给我抄的，我还不如不抄；成绩好的、我可以抄的，人家不给我抄。所以到头来，我没的抄。

一次英语考试，一差生非要抄我的，我说，我英语也好不到哪去。

他说他不在意，总比他 30 分的成绩好。

我们之前约定了暗号，揉眼睛选 A，抓鼻子选 B，咬笔头选 C，弄头发选 D。

到了考场，我又是写，又是比画动作，累死了。刚开始抓鼻子、揉眼睛还没事，后来监考老师看出点端倪来，说："路飞，你别以为我不知道你在干吗，你眼睛里有那么多沙子吗，一直揉，你揉给谁看啊？"

A 计划中止，我只好启用 B 计划。

我把选择题答案写在了铅笔上，悄悄递给了那家伙，还给他比口型说，从笔头往右看。

作弊大获成功，但成绩太失败。

那家伙的英语成绩最终只有 4 分，几乎全是选择题的试卷，他只对了两道。

英语老师很生气地说："你故意跟我过不去，是不？知道哪个是对的，故意不选，是不？"

他很郁闷，跟我说："早知道就不找你抄了，还不如自己瞎蒙呢。"

我说："我考了 80 分，你不可能这么差啊，是不是哪搞错了？"

结果真搞错了，我说的笔头是有铅芯那头，他说的笔头是没削的那头，我们俩的理解完全相反。

我跟他说："你还是别抄了，我给你说个万能方法，三短一长选长，三长一短选短。两长两短选 B，参差不齐选 C，实在搞不清楚，BC 取其一。你试试，下次肯定不止四分。"

结果那家伙在一次英语测验中考出了 86 分的全班最高分。

老师对他刮目相看，问他怎么成绩提高这么快。他说是因为路飞教的方法，他说不清楚。

英语老师慈眉善目地跑来问我什么方法，这叫我如何回答？

伤不起的裁判

一年一度的足球联赛即将开打。

我们班组建了新的队伍，参加上届联赛荣获倒数第一的队员们纷纷离队，而那些怀揣着梦想，身体单薄，看起来像棵菜的新人们闪亮登场。

这里也包括了我，自诩为不锈钢后腰的天才足球少年。

我们的目标很简单，再也不能拿倒数第一了。

我们经常放学后自行训练，其实就是找个理由踢球，裁判球技虽然参差不齐，但理想是一致的，这一点很重要，至少队伍中没有人为了收点钱吃顿麻辣烫而打假球。

菠菜说，不怕对手是狼，就怕队友是猪。

还好，我们队里没猪。

即便是猪，现在也还没有被发现。

为了获得更多的比赛经验，我们常常与其他班搞友谊赛。

球员好找，裁判不好找，一般都是场边随手抓的同学。

这样选拔出来的裁判，水平肯定高不到哪去，可能连基本的规则都没有搞清楚就被强行拖上场了，人家本来就是来看热闹的，谁知道会成裁判啊？不过为了保证比赛的公平，通常情况下我们都会绝对服从于裁判，这是我们学校足球比赛的江湖传统，所谓"不管裁判有多菜，错判漏判都不怪"。

于是，就搞出了许许多多的闹剧：

因为踢球用力过大，命中场边观众，裁判给了红牌警告。

因为我扔出界外球，裁判吹了越位哨，我肯定不服，据理力争，裁判把我黄牌罚下了。

累计了三张黄牌的我依旧在场上奔跑。

完全没有争议的进球被吹掉了,裁判给出的解释是,门后面有同学干扰门将,影响了他的发挥。

打在门框上明显弹下来没进门的球被裁判认为有效,当时他跟铁面判官似的,下场后跟我们说,昨天跟射门那个同学吃过火锅,不好意思说他的球没进。

一场比赛12人对11人踢了很久,裁判终于发现了,坚决地要求12人那队必须走一个人。

下底低平球传中,裁判抢点把球打进了,他不好意思地说,看球来了,没忍住踢了一脚,不过按规则,进球有效。

其实学校足球赛的江湖传统还有不为人知的后两句:"踢完才找他算账,不听教育再开踹。"

帅门将

足球联赛开打了。

我们是公认的鱼腩部队,其他班都在嚷嚷着要比一比谁灌我们的球多。

特别是一班,水平不怎么样,但气焰嚣张,说去年打我们一个"六一",今年至少要来个"七一"。

第一场比赛是与一班对决。

一班的门将被女球迷公认为帅哥,其实我认为他不怎么帅,也就是梳了个刘德华的发型,而且还特喜欢用手拨弄。

我找到了叶静,跟她说:"我们的足球队需要你的帮助,你愿意吗?"

叶静说:"我能帮什么忙啊?最多也就在场边给你们加加油。"

我说:"别,你别给我们班加油,带几个女生去给一班的门将加油,到时候你们就一直喊'刘文强,你好帅!刘文强,你好帅!'就行了。"

叶静不解，问："为什么要这样啊？为什么非要我去啊？"

我说："第一个问题我现在不告诉你，到时候你就知道了；第二个问题，我现在回答你，因为你是美女，这事要美女做才有效果，太丑了适得其反。"

比赛那天，叶静依计行事，一班的帅门将刘文强果然中招，老往场边抛媚眼，还不停地拨他的刘海。我们的第一个球就是在他拨刘海的时候踢进去的，其实如果他不拨的话，刚好能救到，不过谁叫他装帅呢，活该。知道巴特斯为什么剃光头吗？就是为了少事，那些长头发的门将，像那个伊基塔老干傻事，技术再好也被自己毁掉了。

进球后，叶静终于领悟了我的真实意图，叫得更厉害了。

很快，我也进球了，大禁区外一脚重炮，打得刘文强连拨头发都来不及了。

我得意地往场边看去，除了笑容灿烂的叶静，还有那抿着嘴的朱莉，又是一身粉红色的连衣裙，在阳光下，那鲜艳的颜色有些晃眼。我们眼神相遇的时候，她冲我握了握拳头。哇，作为一班的女生，她居然为我加油，我好激动，好感动。

然后，我又进球了，不过这次方向反了，踢进了自家大门。

唉，丢人啊。

不过，即便是这样，也改不了我们凶猛的攻势了，我们最终酣畅淋漓地灌了一班9个球。

我独中两元，两边球门各进一个。

帽子戏法

第二场比赛是与六班对决。

我们对一班的大胜显然让所有人震惊，去年排名倒数第二的六班不得不重新审视我们。他们打造了混凝土式防守阵型，九个后卫加一个前锋，并派专人盯防及骚扰我们的核心球员——10号牙膏。顺带说一下,牙膏同学是一颗冉冉升起的新星,脚法出众,特别能带,能从自家后场带到对方禁区,看到没法起脚又带回自家后场。可就是这样天赋异禀的球员,居然在上一届比赛中得不到一分钟的出场机会,他很想上场,可班主任觉得他太瘦,上去经不起撞。可我们现在发现,要想撞他还真不容易,他跟猴似的。

但这一场比赛,牙膏陷入了低迷。人家盯人的球员不撞他,而是不断地搞小动作,一会儿拉手,一会儿拉衣服,一会儿故意摔倒挡路,一会儿瞎嚷嚷说牙膏犯规影响裁判发挥,而我们的进攻因此遇到了极大的困难。

在这样危急的时刻,是我站了出来。

先是我一脚大力远射,射到了角球点,然后又是一脚远射,球高出一个球门飞出去,让对方球员通通对我放松了警惕。我一拿球,他们都懒得来管了,还说等我射。

结果,我第三脚远射,跟战斧巡航导弹似的,直接打中门柱侧沿后弹进了球门。

对方的门将不服气地说:"妈的,刚刚射得那么离谱,这脚你踩了狗屎啊,运气那么好。"

我听见了,但我不跟他一般计较,我说:"刚刚我正在调准星呢,现在调好了,你不服啊?"

对方门将生气了,冲上来要打我,一时间发生了骚乱。

我受惊了,一个趔趄摔在地上,裁判也冲过来了,以为是对方门将打的我,直接把他罚下了。

他们的新门将是个十足的菜鸟,接个角球都把球打进自家球门了。

六班的防守体系崩溃了。

我又进球了,还是远射,只不过这次没踢好,球很偏,但打在一个小石头上变向了,对方门将反应不及,眼睁睁地看着球从他的身边飘过。

比赛临近尾声,我再次进球,这次也没踢好,问题是人家的门将没接住,手一滑,活生生地让球从他的胯下溜走了。

我太兴奋了,我上演帽子戏法了。

我冲进球门亲吻足球。

然后就抽筋了,在对方的球门线上抽筋。

为了不影响比赛,班里两个同学把我抬出了场边。

有人递了瓶矿泉水过来,我抬头一看,是叶静,她正微微笑呢。

哇,好幸福啊!

哇,好美好的时光啊!

又见帽子戏法

第三场比赛是与三班对决。

三班是上届冠军,他们有号称全年级最帅的球星——"黑风双煞",一个速度奇快,一个脚法犀利。

我们虽说赢了两场比赛,但对手都是不堪一击的乌合之众。

这一次,怕是凶多吉少了。

牙膏在赛前的动员大会上鼓励我们说:"今天,我啥都不讲了,一切随缘吧。"

作为联赛的重头戏,这一场比赛吸引了大量的观众。特别是女生,一窝一窝地来了很多,不过人家全是冲着三班的帅哥去的。

拜托,你们是来看球的,不是来看帅哥的。

朱莉也来了,在人群中,我一眼就瞄出她了,还特意跑过去跟她打了个招呼。她跟我说:"路飞,你要加油啊,我等着看你的进球。"

我说:"我那位置靠后,不容易进球。"

朱莉说:"上一场你不是进了三个?"

我说:"那是踩着无敌哈巴大狗屎了,这次怕是运气没那么好了。"

比赛很激烈，攻防节奏转换得很快。

因为赛前我们制订了严密的防守计划，"黑风双煞"受到了限制，场边的女生开始焦急了，没完没了地唉声叹气。

我说："你们至于吗，我把球踢飞了，怎么没见你们叹气？"

庸俗！

比赛的僵局被牙膏打破，他接连晃过了五个人，踢进了精彩绝伦的一球。

女生们沉默了。

你们公平一点好不，也为我们喝点彩嘛。

我也进球了，我在飞奔了60多米后，抢在三班的球员之前，将球碰进了自家球门。

女生们欢呼了。

你们有点球品好不？

很快，菠菜打进了他的处子球，他用他最不擅长的后脑勺顶进一球。进球后，他没有庆祝，而是咧着嘴开骂："大爷的，哪个撞了我的腰？"

我很快又进球了，解围不力，再进乌龙球一个。

我都不敢看朱莉了，太丢人了。

2:2的比分维持了很久，直到我石破天惊的那一脚。那是完全可以与贝克汉姆成名作媲美的一球，足球在球场上空划出一道优美的弧线，穿越了60米的距离，穿越了守门员的五指，华丽地钻进了球网，只不过进的是本队大门。

我真是想回传门将啊！

没想到啊！

苍天弄人啊！

我又上演帽子戏法了，乌龙球帽子戏法。

比赛最后关头，我们班扳平了比分。

我长舒了一口气，罪恶感稍稍有些减轻了。

走出球场的时候，朱莉淡淡地望着我笑。

我傻笑着走过去，说："你果然看到我进球了。"

朱莉说："你出名了，刚才那些女生都在说你。"

我说："她们说我什么？"

朱莉说："她们说，原来乌龙球也可以进得这么帅！"

超级电波

第四场比赛是与四班对决。

四班作为上一届冠军，人气还是非常旺的，虽说没三班那么多帅气逼人的男生，但有号称"永不消逝的电波"的召召同学。他那速度叫一个快啊，据说有次他不小心踩了狗一脚，那狗追着他跑，没追着。

啥狗啊，平时锻炼少了吧。

啥人啊，跟狗较啥劲啊。

比赛进行得很纠结，平分一直保持在两个鸭蛋的水平上。

终于，召召摔倒了。

当时我正冲上去防守他，离他起码还有一米多的距离，他突然就跟被电击了一般，轰然倒地，痛苦地在地上捂着脸打滚。妈的，老子根本没碰他。

四班的队员冲上来了，很气愤，说我打了召召。

我才气愤，老子终于知道他为什么叫"永不消逝的电波"了，有事没事都跟触了电似的，球品不好。

裁判被召召的表演蒙蔽，给了我一张黄牌，还送了一个任意球给四班。

黑哨。

居然进了，刚刚还痛苦万分的召召，在踢任意球的时候就生龙活虎了。

从这一天起，召召成为我中学时代的黑名单球员，我还下了两个诅咒，一咒他踢球摔断手，二咒他找不到女朋友。

没想到，诅咒很快就灵验了，召召又摔了，这次是真摔。菠菜看他跑得太快，气不过，下了黑脚，召召趴在地上痛苦地呻吟，我们班没人理他，结果人家真出事了，手脱臼了，被换下场了。

这是不是报应？

召召一下场，四班就少了核心进攻力量，我们开始了绝地大反击。

我又一次远射得手，这次要感谢菠菜，他的胡乱跑位帮助我把本来射偏的球挡了回来，我再次起脚抽射，四班门将目瞪口呆，比分被扳平了。

然后是牙膏的致命推射，这一球还是得感谢菠菜，他摔倒在人家的禁区挡住了防守队员，给牙膏创造了极其舒服的空间。这球一进，四班彻底被打崩溃了，他们火辣的女生啦啦队在场边一片死寂。

比分最终就定格在了2∶1。

奇迹般的胜利。最大的功臣是菠菜，他放翻了召召，帮助我射门，帮助牙膏射门，可人家四班有个女生放出话来了，让菠菜下来等着。

没事，反正我们赢了。

菠菜的事他自己会处理，被打被揍与我们无关了。

球赛后的事

足球说得太多了，会引起女生反感的。

所以，有关足球比赛的事我暂时不说了，反正我们最终夺得了冠军，去年我们还在赶鸭子，今天就成了头鸭。

不得不说这是一个奇迹。

我以5个进球屈居射手榜第二，但在乌龙球榜上，那是无人能及啊。菠菜对我说："其实你才是最佳射手，你进了9个球。"

足球赢了，输了人生。

以牙膏为首的一大票同学开始以足球为梦想，放弃学业了。他们以为他们有一天能成为职业球员，却没想到最终成了职业盲流。

"黑风双煞"转投足球学校了，一个去了国外，一个去了成都。

但最后，他俩都没能成为球星，你也不可能在电视转播里听到他们的名字，因为现在的他们，一个在银行数钱，一个开了家幼儿园。

当年多牛的追风少年啊，迷倒女生一大片，结果还是走不上足球路。

菠菜原以为四班那个女生会在比赛后找人揍他，天天躲猫猫，搞得跟地下党似的。

没想到那个美女可不是吃素的，直接跑到我们班教室登门拜访，宋波没辙了，硬着头皮出去了。

结果那个女生是过来表白的，她直白地跟菠菜说："我喜欢你，宋波。"

菠菜吓了个半死，一溜烟跑了，课都不上了。

后来我问菠菜："你干吗不答应啊？"

菠菜说："这么凶的女人我惹不起啊，我被我老爸打得已经够惨了，不想再找个人来继续打我。"

我说："你就不能想想人家也有柔情似水的一面？"

菠菜说："我看她里外都是火，有女生拎着男生衣领说'我喜欢你'吗？"

脑细胞

教室的窗外是最真实的夏天，阳光透过玻璃照到教室里，像是给课桌抹了一层金色的油漆，特别好看。飘浮在光束里的尘埃，缓缓地飞扬，像慢镜头一般拉慢了夏日的时光。

叶静摇摇晃晃的，一副想睡觉却又死命撑着的样子，然后开始哈欠连天，弄得我都瞌睡兮兮了。

我说："叶静，你干吗，一直哈来哈去的，昨晚没睡好啊？"

叶静说："不是，昨天晚上睡好早啊，可一上课就犯困了。"

我说："你知道你为什么想睡觉吗？"

叶静说："为什么？"

我说："如果脑细胞不够用，就需要更多的休息时间来恢复，所以说，越喜欢睡觉的人，脑细胞越不够用。"

叶静愣了半天，没反应过来。

一分钟之后，她终于领悟了，说："原来你在说我笨。"

然后又是一顿九阴白骨爪施暴于我。

丑女的发型

叶静的造型一直很清纯，我经常在上课的时候偷看她，微微漾起的刘海，浅浅地遮住额头，双眸清澈而明媚，长发齐肩而柔顺。她那个样子，像极了《大话西游》里的紫霞仙子。

可是有一天，紫霞仙子把头发剪短了，成了樱桃小丸子。

虽说叶静她天生丽质，但换了造型我就是不习惯。

她也不习惯，每天都拿小镜子照个不停。

她问我："路飞，你看我现在这个样子是不是变丑了？"

我说："不丑啊，挺好的。"

你说问一次就算了，隔十几分钟，她又来问一次，问多了，我就有些烦了。

最后，我终于忍无可忍了，说："丑的又不是发型，丑的是人。"

叶静生气了。

我的后背、大腿遭受了猛烈的袭击。

我左躲右闪，直到叶静打到我的某个要害地方后，我一声惨叫，趴桌上不动了。

叶静说:"不是吧,你这么不经打啊,打到你哪了?要不我帮你揉揉吧。"

我忍着痛苦说:"不……用……了,姐……姐。"

掐大腿
叶静突然掐了我大腿一把。

我大叫:"干吗啊?我没惹你啊!"

叶静微微笑着说:"我就想看你穿秋裤没有,没想到下手重了点。"

我说:"你一定要用掐才能知道吗?"

叶静说:"难道你让我摸你大腿啊?"

不要乱看书
自习课,窗外在下雨,叶静在看小说。

看得太投入,窗外多了个脑袋,她也没察觉到。我一把抢过她的书说:"不是说好了今天还我的吗,还看,不让你看了。"

叶静目瞪口呆,想骂我,但察觉到有黑影之后立马变聪明了,说:"你这书太难看了,我还你就是了。"

我把书塞进书包了。

我这点小伎俩没能逃过数学老师的法眼,他气势汹汹地冲了进来,翻出了那本小说。

数学老师随手翻了几页,越看眉毛越皱得紧,我深感不妙,看了看叶静,她的脸上一半无奈一边担忧。

结局很惨,请家长。

叶静太坑人了,好好一个女娃子,看什么不好,非看黄色小说,我都不知道怎么跟数学老师解释了。本来看书是件小事,但看黄书就是上纲上线的问题了,这黑锅还不得我背啊,我就算说这书是叶静的,人家老师也不信啊。

我又成老师心目中的龌龊少年了。

叶静一个劲帮我解释,他租的是言情小说,不知道里面是黄色的。

真相是知道了,但是请家长的悲惨结局躲不了了。

第二天,老妈去学校了,接受老师的思想辅导。

我忐忑了一天,回家的时候低着头,不说话。

老妈开门见山:"路飞,那种小说有什么好看的?"

我说:"其实那本书不是我的。"

老妈说:"你别骗我了,看了就看了嘛。"

我说:"我真没有看,真的。"

老妈显然不信。

第二天,我一见叶静就往桌上扔了一本书。

我说:"叶静,看这个,席慕蓉的《无怨的青春》,比你昨天看的那本书高雅多了,我可不想再帮你顶雷了。"

叶静有些不好意思地看着我说:"昨天谢谢你啊,不过,我真的不知道那本书是那样的。"

受伤的翅膀

菠菜的右手摔断了。事发当日我们正在操场上踢足球,菠菜这人点儿特别背,一脚踢在学校的围墙上,其实力量不算大,问题是撞上一个小石头,发生了折射,球居然直愣愣地翻过了几米高的围墙,掉到隔壁的工厂里去了。谁踢的谁去捡,如果走正规路线,从校门走出去,绕过几条小巷,来回得40分钟,等菠菜捡球回来,体育课都曲终人散了。所以菠菜选择了翻墙,球是捡着了,结果他准备翻回来的时候,突然跑出来一条恶犬,冲着他狂吠,他一受惊,从墙上滚下来了。还好,滚到了学校这边,不然的话这家伙除了断手还得被咬上几口。

菠菜缠着绷带上课了,最开始我们都取笑他,后来发现手断了其实也有好处，就是不用写作业，可以名正言顺地不交了。

没多久，我的手也受伤了。我不是因为翻墙，而是因为玩倒挂金钩，动作是很优美的，球也是踢到了的，就是落地的时候地上有个小石块，刚好磕着我左手肘关节的位置，我一声惨叫，躺地上了。

同学把我们扶起来的时候，问我："路飞，你没事吧？"

我说："没事，没事。"我伸了伸左臂，幽怨地说，"就是手臂伸不直了。"

后来去医院拍X光，发现里面有块骨头裂了。

医生给我涂了黑乎乎的膏药，我说："难道这就是黑玉断续膏？"

医生白了我一眼，没理我，接着给我上绷带了。

这下好了，我跟波菜成绝配了，一个左手绷带，一个右手绷带，同学们给我们取了新的封号，波菜叫"断臂右使"，我叫"断臂左使"。

我也学波菜不交作业，结果第二天物理老师就发飙了，在课堂上质问我："路飞，你怎么不交作业？"

我说："老师，我手摔断了。"

物理老师说："你断的是左手，右手还可以写，你别给我找借口。"

我蒙了。

物理老师说："还有那个断右手的，别以为手断了可以不写作业，等手好了全给我补上。"

嚼嘴巴

不知道是不是缠了绷带的关系，我特别能引起老师的注意。

上历史课的时候，我突然感觉到嘴里不舒服，所以就情不自禁地开始嚼嘴巴。

历史老师看到了我的举动，风风火火地走到我的面前，用命令的口吻对我说："路飞，把口香糖吐了。"

我吃了一惊,说:"啊!老师,我没有吃口香糖。"

说着,我张开嘴巴给他看。

历史老师一脸狐疑地盯着我,可是看到我空空如也的嘴巴,也只好走开了。

我本来就没有吃口香糖嘛。

没想到,下课的时候,我从办公室门口经过,听见历史老师在跟班主任告我的状:"你们班那个路飞太过分了,为了不被我抓到,硬是把口香糖吞到肚子里去了。"

我冤枉啊!大人!

狗狗的青春

关于我以及我的同学和狗发生的故事。

一

菠菜说,碰到狗的时候,不要跑,一跑它会以为你是小偷,会跟着咬你,所以你要用恶狠狠的眼神使劲瞪它,用不了多久,那狗就会被你瞪得吓跑了。

后来我试验过了,把狗瞪毛了,它冲上来就咬了我的腿一口。

我泪流满面,路边的野狗惹不起啊!

二

一朝被狗咬,十年怕哈巴。

被狗咬的阴影让我对狗产生了恐惧,见着它们,我都绕道,以免不小心入侵它们的地盘,导致它们的不理智行为。

不过,我不惹狗,不代表狗不惹我。有一次,就有那么一只不大不小的黑狗兴冲冲地朝我跑过来,当时我一愣,这狗要干吗,难道想咬我?

我心里有些毛了。

结果那狗根本就不是冲我来的，直接奔着我前面那根电线杆就去了，还翘起后腿，姿势非常不雅地撒了泡尿。

你这黑狗撒尿那么气势汹汹干吗啊！

三

上学路上，偶遇叶静，于是结伴同行。

走入一小巷，偶遇一大黄狗，站于街中，眼神凶恶。

叶静吓着了，紧紧抱住我的左臂。

好舒服，好酥麻的感觉。

叶静说："我们怎么办？它不动了，我们就这样走过去，它会不会咬我们啊？"

我望着那条大狗说："都说好狗不挡道，你要是好狗的话，就让开。"

结果那狗真的屁颠屁颠地走开了。

叶静看着我，泛起了笑容，说："路飞，你真逗，这狗跟你很熟嘛。"

我转过头，笑着看了看叶静说："你说错了，主要是这条狗比较色，有美女在，它就变乖了。"

说完话，我才注意到叶静死死抱住我的左臂。

叶静也猛然反应过来，松开了手，脸突然红得就像要烧起来。

时间仿佛在这一刻凝固了。

我说："走啦，被吓傻了？"

叶静说："你才傻。"

四

我攒了很久的零花钱，总共攒了50块，为了不把它花掉，我专门找人（其实就是我妈）给我换成单张面额 50 元的大钞。

结果掏包包的时候不小心掉地上了。

斜刺里突然杀出一条田园犬，把我的那张钞票叼走了。

我非常激动，准备上前逮住这家伙，结果这条田园犬转身就跑。

我就跟着追啊，追着追着，那条狗名正言顺地把钱咽下了。

我那个心疼啊，我那个无能为力啊。

一大街的人看着我发疯似的追着狗跑，还追不上。

小狗不见了

星期六的早晨本来是睡懒觉的，结果我妈吵醒了我，用她那 80 分贝的嗓音跟我说："你同学找你。"

我不耐烦地从床上翻下来，嘴里念念叨叨："没看到我睡得香，你就不能说我不在家啊？"

我妈说："是个女生，声音挺好听的，要是个男生，我就说你出去了。"

老妈，不带你这样的！

一接电话，麻烦事来了，周晓彤她家的狗跑丢了，叫我帮她一起去找。

女生一有请求，我总是难以拒绝，早饭都没来得及吃就跑出去了。

周晓彤她家的狗叫欢欢，我跟她就满大街叫着欢欢。别说，这狗叫欢欢的还真不少，在我们的呼唤之下，愣是有三条狗表现出了目光的停滞，有两条狗屁颠屁颠地跑了过来。可周晓彤说，这些都不是欢欢，她家的欢欢是条有点瘸的京哈巴，是她妈收留的流浪狗。

除了狗叫欢欢的，人也有叫欢欢的，后来遇见一女生，疑惑地看着我说："你叫我？"

我说："没呢，我叫狗呢。"

话刚说完，那女生脸色已然不悦。

我说："对不起，我们家狗跑丢了，它真叫欢欢。"

女生笑了笑说："我知道了，我就说我妈不好嘛，给我取个狗名字，走大街上老觉得有人叫我，结果又不是。"

中午饭没吃，周晓彤没有胃口，我有胃口，不好意思跟她说吃饭的事，只好饿着陪着她找狗。

找到太阳快落山的时候，我们终于发现欢欢了。

它静静地躺在一条偏僻的小路边上，全身血迹，周围好像还有被拖行的痕迹，看样子好像被车撞了。有人嫌它在路上碍事，就把它的尸体弄到了一边。

周晓彤看见欢欢的时候，泪如泉涌，不顾一切地把欢欢抱在怀里，暗红色的血迹弄脏了她的衣服。她只是用力地叫着欢欢的名字，可是欢欢的眼睛紧闭着，无论如何也不会再睁开了。

我什么话也没有说，只是回头望了望那一条空旷的小路，映着夕阳的余晖，突然很难过，觉得时光很短很短，一眨眼自己就快长大了，人生中好像有些事情必须要学会面对了。

周晓彤是一路哭着回家的。

她把欢欢也带回了家。

我悄悄地在门口跟她作别，转身的时候终于忍不住流泪了，回家的时候眼眶还是湿湿的。

结果老妈上来就问："跟女朋友吵架了？"

我吐出一口气，说："妈，哪有啊，别乱说，我才读初中。"

我妈说："初中怎么了，当年你爸初中的时候就有好几个女生喜欢他，我看这会遗传。"

早恋风波

星期天凌晨，家里座机响了，我妈接的电话，睡眼惺忪地跟我说："你女朋友找你。"

我说:"妈,真不是女朋友。"

我妈说:"这时候能打电话的,除了女朋友就是鬼了。"

电话是周晓彤打过来的,她跟我说:"路飞,你现在能出来一下吗?"

我说:"姐姐,天没亮,等太阳出来了,我们再出来好吗?"

周晓彤说:"不行,就现在,我在你家门口等你。"

我还是拗不过她,摸黑出去了。

见到周晓彤的时候,她顶着硕大的黑眼圈,眼睛红得离谱,我大惊:"周晓彤,你这个样子好像鬼啊。"

周晓彤怀里还抱着欢欢,一副忧伤的样子,跟我说:"路飞,我们去后山把欢欢埋了吧。"

我心里有些发毛,看了看暗沉的天空说:"现在去啊?"

周晓彤说:"你怕吗,我这个样子,鬼也会害怕的。"

我无言以对。姐姐,我也怕你把别人吓着。

我们把欢欢埋在了小溪边,那里有潺潺的流水声,周晓彤说欢欢听到水哗哗地响,就不会寂寞了。

她说着说着就哭了,我不知所措,望了望周围浓重的黑幕,居然没那么害怕了,原来悲伤会让一个人忘记恐惧。

周晓彤扑进我怀里了,她哭泣的声音在宁静的山林中变得异常清脆,我抱着她说:"别哭了。"

周晓彤说:"路飞,你别动,我们一直这样好吗?"

我说:"要不我们坐下来,好吗?"

周晓彤在我的怀中微微颤动,"嗯"了一声。

天色渐渐明亮,开始有人从山间小路走过,我有些不自在,因为这是我第一次跟女生如此近距离地接触。

我有些疲倦了,微微挪动了一下身体,周晓彤看着我笑了笑,昨早到现在,这是我第一次看她笑。

周晓彤说:"路飞,走吧,回家吧。"

我凝视着她,眼神中似乎多了些坚毅。

星期一去学校,出事了,我刚进教室就被教导主任喊去办公室了。

要干什么?审问我早恋的事,非让我交代到底跟哪个女生搂搂抱抱。我奇了怪了,你说山里面那么偏僻,发生点儿事,怎么教导主任就知道了?后来,我算明白了,人家教导主任天天约她的女朋友去后山晨跑,把我逮个正着。

我肯定不会承认的,但是也不能说出周晓彤,好歹人家是个女生嘛,不能坏了她的名节,所以我的策略是打死也不说。教导主任发火了,让我回家把家长请来。

我说:"你让我请,我就请啊?我又没犯事,你凭什么叫我请家长?"

教导主任冲我怒吼:"路飞,你有本事就别来学校了。"

我也怒了:"不来就不来。"

说完,我怒发冲冠地走出了办公室。

刚一出门,遇见躲在外面偷听的菠菜和叶静了。

我说:"教导主任说我早恋,他疯了。"

菠菜说:"好啊,你小子有女朋友了也不跟我说一声,活该被抓。"

我白了他一眼,懒得理他。

叶静皱着眉问:"路飞,你勾搭谁了啊?"

我说:"怎么你们都不相信我,我要有女朋友了就承认,可我真没有!"

菠菜说:"路飞,你现在跟教导主任吵成这样了,你打算怎么办?"

我说:"离家出走。"

我真离家出走了,其实也没有走多远,连车站都没去,只是去河边静坐,从早上坐到下午,从白天坐到天黑。

月亮姑姑出来的时候,我有些害怕了,这一个人在河边要是遇鬼怎么办?而且我一天没吃东西,肚子饿得不行了,所以后来老爸找过来的时候,我故意不跑,故意被他找到。跟我老爸一起的人,是满脸焦急的叶静。

被领回家之后,我原以为会被暴打一顿,其实已经做好了慷慨就义的准备,结果没想到我老爸跟我讲道理了。他说:"你跟老师生气,为什么是你爸遭殃啊?"

我说:"我就是气不过。"

老爸说:"气不过就要离家出走啊?你可以回来跟爸爸讲嘛。"

我说:"这事情讲出来了,难不成你能帮我收拾那个鬼老师?"

老爸说:"收拾你还差不多,我去找老师讲道理。"他接着说,"不就是说你早恋吗,屁大点事,搞出这么大动静。"

我说:"我没有做过的事,我永远也不会承认。"

老爸说:"你还不承认,我还想问问你,周晓彤和叶静这两个女娃娃,到底哪一个是你的女朋友?今天她们都跑到家里来了。"

我大惊失色:"啊?不会吧?哪有嘛!她们都不是我的女朋友,同学而已。"

老爸满脸狐疑地看着我说:"不会两个都是你的女朋友吧?我跟你说,不要脚踏两只船,否则最后死得很惨的。"

罚站风波

我的离家出走让教导主任始料未及,把他吓坏了,而且就因为说我早恋之事,他被校长臭骂了一顿,校长说他做事不讲方式方法。但是为了维护老师的权威,他还是对我进行了严厉的惩罚。连续三天,我只能站在教室后面上课,以儆效尤。

就因为我站着上课,不明就里的各科老师表现出了不同的态度。

生物老师见我站在后面，皱眉状，眉毛太浓，有点吓人。他说："路飞，你干吗，你回来给我坐着。"

我说："老师，不行，我被罚站了。"

生物老师说："啊，谁罚你的？"

我说："教导主任。"

生物老师说："哦，那你继续站着吧。"

物理老师见我站在后面，很不解，问："路飞，你跑后面站着干吗？"

我说："被罚站了。"

物理老师说："我这课要记笔记的，你站着怎么抄，你给我过来坐着。"

我说："不行，是教导主任叫我站的。"

物理老师说："你给我过来坐下，别管他，他是个疯子。"

地理老师，我的班主任，见我站在后面，和颜悦色地说："路飞，回到位置吧。"

我说："啊，我在被罚站啊。"

老班说："教导主任今天不在学校，没事，过来吧。"

我大喜："那是不是我今天都不用站了？"

班主任微笑："你做梦，除了我的课，其他课你还是要站，除非任课老师同情你。"

语文老师拨开眼镜纳闷中，问："路飞，你犯啥事了？"

我没说话，同学们帮我答了："他早恋。"

语文老师说："奇怪了，早恋了就罚你一个人啊？凭啥罚男生不罚女生啊？"

我还没说话，同学们又帮我答了："他女朋友不是我们班的。"

语文老师说："奇怪了，我一直以为是叶静呢。"

叶静脸红了。

我说话了:"老师,我没女朋友。"

语文老师说:"有就有嘛,有什么不好意思的,不过学校很搞笑,这事也拿来罚站。"

我说:"老师,不是,我是因为离家出走被罚的。"

语文老师说:"嘿,你脾气有点大啊。"

我还没说话,语文老师又说上了:"不过脾气大是好事,至少有种,老师就是脾气太小了。"

语文老师是有名的"耙耳朵"。

数学老师风风火火地进来,没看见站着的我,一分钟后,发现了,说:"路飞,你没事跑到后面去干吗?"

我还没来得及回答。

数学老师说:"你椎间盘突出了啊?不会吧,你年纪这么小。"

我说:"不是,我在被罚站。"

数学老师说:"凭什么我的课别的老师可以罚你站啊?你给我回来。"

我说:"是教导主任罚的。"

数学老师说:"嘿,主任又不是多大个官,还无法无天了。路飞,你回来坐下,我就不信他敢拿你怎么着。"

英语老师从后门进来,一直盯着我看,最后终于说话了:"路飞,站着挺累的吧。"

我点头:"嗯。"

英语老师说:"谁叫你违纪的,累也是应该的,这样站着也好,免得你一上课就睡觉。"

政治老师一脸坏笑地说:"路飞,不是老师说你,你就是有点自由散漫。"

我愤然。

政治老师说:"不过罚站太过分了,这站着能把书念好吗?"

我点头表示认同。

政治老师说："说起来，你站一下也没什么，反正你也不思学习。"

初中后记

拍毕业照那天，烈日当空，强烈的光线晃得每一个人都眯着眼睛，有些女生忍不住分离所带来的感伤，泪水终究还是从眼眶中流了出来，弄脏了脸。我昂着头站在最后一排，身上是那件自己最喜欢的克罗地亚球衣，红白相间的格子，没有一点黑色。

没有听到相机的"咔嚓"声，拍照的老师便说照完了，胶片能留下影像，却留不住青春。

好像要说未来了，好像要说离别了。

因为是差班的缘故，班里能继续读高中的人寥寥无几。唯一值得庆幸的，是我和菠菜还能继续当同学。

原本考上高中的叶静要辍学了，因为她的父母离婚了，她的妈妈说已经无力供养她继续读书了。叶静选择了去北京，去遥远的首都寻找新的生活。

有些人可以再见，有些"再见"却成了人生的告别。在学校里那条熟悉的大路上，两旁的梧桐树遮挡了太阳的部分光芒，树荫在水泥的路面上变成破碎的花朵，灰色的，或者是黄色的。

在那条路上的树荫里，我和叶静告别。我忧伤地看着叶静，从来没有想过有一天她会完全脱离我的世界，我已经习惯了她坐在我旁边的时光，习惯了她可爱而清秀的脸庞，习惯了她的笑容，习惯了她掐我所留下的疼痛。

我为什么这么难过，这难道是爱情吗？

叶静很平静地说："路飞，我就要去北京了，不知道以后什么时候能见到你，我到了北京会给你写信的，你要及时回我的信啊。"

我点点头,泪水悄然滑落,我用手抹了抹眼睛,说:"嗯,我知道了。"

叶静说:"路飞,其实我还有很多话想对你说,可是时间过得好快。"

我说:"你可以不去北京啊,你可以留下来继续读书啊,我们还是可以说话的,是吧?"

叶静微微摇了摇头:"我必须去,我没有选择。"

叶静总是这么倔强,我无能为力。

最后的送别时刻,叶静在汽车上拉开玻璃窗,跟我挥手,她大声喊:"路飞,我还给你的那本席慕蓉的书,你看了吗?"

我扯着喉咙答应:"还没有呢,还在我家书柜上。"

叶静说:"路飞,你回去看看吧,我走了,记得给我写信。"

我说:"叶静,我知道了,你要先写信给我地址啊。"

叶静:"我会的,你别转学。"

我说:"我成绩差,转不了的。"

汽车的轰鸣声渐渐地小了,叶静也悄然地离去了。

没想到,这一别居然隔开了我们的青春年华。

那天,我回家找到了那本席慕蓉的书,书名是《无怨的青春》。这是一本特别的书,因为叶静跟我借过好几次,我一直以为她是喜欢席慕蓉的文字,可是当我一页一页再次翻阅的时候,眼眶中的泪水再也忍不住了。

书页上有叶静娟秀的笔迹:

"路飞,我喜欢你,你知道吗?"

"我写的话你看到了吗?"

"每次难过的时候想着要见到你就没那么难过了。"

"我们能在一起吗?"

"每次暗示你,你怎么都不懂呢?路飞,你是个笨蛋。"

"你什么时候会看见我写的话呢?"

我真的好笨,我一直以为你喜欢看这本书。

现在我终于明白了,可是你已经在去往北京的路上了。

那么,一路保重吧。

我突然想起那个停电的晚自习,教室一片漆黑,我给你讲鬼故事,为了制造气氛,我还故意把脸贴过来吓唬你。那个时候,我离你很近很近,你没有我想象中那么惊恐,我却无意中察觉到你发热的脸。

可是,那样的夜晚不会再有了。

那样的15岁也不会再有了。

高中篇 告别花雨雾

高中来了

我读高中了,还是在县城的中学,不用换学校,只是换了教室和同学。

与初中入学有很大的不同,我直接被分到了大家公认的好班,虽然仍是五班,但是主力阵容全换了,同学们个个都是尖子生,老师也不怎么待见我了。

教室从低矮的平房换到了四层的楼房里,有点步步高升的意思。

有很多同学我不认识,但有两个是熟人:一个是周晓彤,一个是菠菜,前者愈发朝着青春美少女的方向发展;后者在初中鬼混了三年后,突然奋发图强,升学考试考出了超水平的成绩,而且数学特别好,所以沾沾自喜的他经常自诩为"数学王子"。

朱莉不见了,我总是细心地在人群里寻找,却始终找不到她的影子。后来无意中听到班里的同学提起,说朱莉去了艺术学校,并没有继续读高中。我轻轻地叹了口气,心中的失落,被自己悄悄地掩埋在感伤的沙砾中了。

原本以为可以再见,却被时光阻隔在不同的影子里。

两条无法相交的射线,一直朝着不同的方向延伸。

新的同桌是个强壮男生,叫丁大力,我跟他没两天就混得很熟了。这家伙喜欢看武侠小说,一上课就"举头望老师,低头看小说"了。我说:"你好歹听下课嘛。"他说:"好,看完这本就开始听。"

结果看完一本又接着一本，没完没了，所以他后来的成绩不太好。丁大力除了看小说，另外一爱好就是思春，每天说话都没个正经样，也算他遇上我了，我还跟他配合，算是给大家娱乐一下。晚自习课间休息，丁大力跟我开玩笑，搂着我的腰，嗲声嗲气地跟我说："哥，今晚下了自习我等你，你想干吗就干吗。"

围观的同学一阵哄笑，我正在笑的时候，转脸看见了班主任。

完了，怎么跟班主任解释？

出人意料的是班主任啥话都没说，安静地走了。第二天晚自习，班里位置大调整。以前的搭配基本上都是男配男，女配女，班主任认定了同性相斥的理，但时至今日，班主任的观念变了，全换成了男女搭配。这一换位，班里某些男生心里超级爽，终于得到机会了。

丁大力运气特别好，被分配到跟班花同桌。

我运气也不差，跟周晓彤一桌。虽然是熟人了，但坐同桌还是第一次，所以我们一直保持着可以维持纯洁友谊的距离，但唯一的缺点是两个人话太多了，属于话痨遇上大啰唆那种，一聊天就刹不住车。所以，老师经常横眉冷对我们俩，但被点名的总是我，脸红的那个是周晓彤。

翻墙

运动会。

整天的课都被取消，所有的学生都搬出凳子坐在操场上，密密麻麻的人头有些拥挤地围成了一个椭圆，空出中央的球场和跑道。

运动员是非常不专业的，穿牛仔裤的有不少，穿凉鞋跳远的也有。

观众也挺不认真的，有嗑瓜子的，有看小说的，还有躲在后面眉来眼去的。

广播里的通讯稿千篇一律，加油的声音不厌其烦。

我觉得很无聊，就约上菠菜一起翻墙出去打游戏。

在教师宿舍的后面，有一条隐秘的小巷，一路走到尽头，踩着那块有些破旧的石板便可轻易翻越红砖砌成的老墙，墙的那边是居民区里的小巷，走几步便可到大街上。

我身手敏捷地攀爬到墙上坐着，正准备起身往下跳的时候，突然发现墙外的小巷子里多了一条狗，确切地说，是一条恶犬。它用非常凶狠的眼光瞪着我，虽然庞大的身躯被链子拴着，但我仔细打量了一下，发现跳下去落脚的地方正好在它的控制范围内。我傻眼了，叫道："菠菜，快上来看，有条狗，怎么办？"

菠菜急匆匆地爬上来，然后开始与那条狗对视，对视了约莫半分钟，转过头来悻悻地说："通过我精准的计算，我们下去一定会处于狗的攻击范围内，它的眼神告诉我，它是一条极具攻击性的狗。我们下去等于入侵它的地盘，所以一定会被咬的，我们最明智的选择还是原路返回。"

我和菠菜垂头丧气地回到操场上，遇见了幸灾乐祸的周晓彤。她说："怎么了，不是去打游戏了吗？"

我说："不去了，我们决定迷途知返了。"

周晓彤说："乱说，是不是被狗吓回来了？"

菠菜很诧异，说："你怎么知道？"

周晓彤说："校长为了对付你们这些翻墙出去的家伙，专门弄了条狗蹲在那里，呵呵，看你们还敢不敢出去！"

我问："校长的事，你怎么那么清楚？"

周晓彤说："那条狗是我爸养的，现在卖给校长了。"

后来，我们决定翻墙的时候把周晓彤叫上。

她去安慰她家的狗，我们回来的时候给她买一本《少男少女》，或者是租几本漫画。

不知道这算不算过路费。

童年琐事

比起初中时老师的宠爱有加,我在高中的待遇可算是一落千丈,在优等生扎堆的集体里,我显得非常不起眼。

直到有一天,我的作文被选作了范文。

那篇文章叫《童年琐事》。

戴着大黑框眼镜的语文老师皱着眉在课堂上读了我这篇文章:

……

张家笙5岁了,指着天上的太阳问他妈妈:"妈妈,那是太阳吧?"

妈妈说:"是啊,那是太阳公公啊。"

张家笙又指着旁边的白云问:"妈妈,那是什么呢?"

妈妈回答:"那是白云姑姑呀。"

后来,张家笙看到了晚霞,又问:"妈妈,那是什么呀?"

他妈妈一下不知道该怎么说了,张家笙倒是接话了:"我知道了,那是白云姑姑跟太阳公公打架,流血了,被血染红了。"

张家笙有一颗勇敢的心。

第一次去医院打针,其他小孩哭得撕心裂肺的,张家笙却镇定自若。

护士小姐姐很漂亮。

张家笙忍不住一直看。

护士姐姐人美,技术也好。

一针下去,不怎么痛,还有麻麻的感觉。

张家笙激动地说:"护士姐姐,那边屁股能不能也扎一下,我觉得好舒服啊。"

……

老师把这篇作文归为反面典型，无前后呼应，没有正确的价值观，而且不知所云，不知道要表达什么中心思想。同学们是乐翻天了，我也暗自发笑，只有坐在不远处的张家笙眼神中充满杀气，说："路飞，看我下课怎么收拾你。"

下课的时候，有几个女生围在了我的周围，叽叽喳喳，她们很欣赏我写的作文，还有女生不断重复着鼓励的话，希望我能继续写和张家笙有关的文章。

我说："嗯嗯。"只是呵呵地笑。

张家笙跑过来，用他的头猛一下撞击我的背，背好痛，他的头好硬。

张家笙说："看你以后还敢不敢乱写我。"

有女生娇滴滴地跟他说："张家笙不要那么小气嘛，反正又不是真的，我们觉得很好玩的，你也出名了啊。"

张家笙无奈地笑了。

股票玩不起

老爸老妈进入股市，然后就开始了他们漫长的股民生涯。

其实我对股票也是很着迷的，自认为是玩股票的天才，只是苦于没有资金。但是万事总有个开头嘛，我拿出了自己压箱底的400多块压岁钱，让我妈给我买20股的四川长虹。当然，20股是不可能在股票市场里买到的，最少都是100股，这20股是我妈卖给我的，为了给我20股，她买了500股。

后来我还去买了本书——《巴菲特传》，我觉得我的灿烂人生就会从这小小的20股开始。

可是后来我认识了一种叫熊的动物。

我眼睁睁地看着这只股票从20跌到18、16、14，然后我的冰棍雪糕就在那一堆数字中蒸发了。

我妈天天有空就说我:"就是你嘛,非要买长虹,买个屁,这么长时间一直不红。"

我说:"放心嘛,会涨的,不涨只是暂时的。"

后来我妈还给我 500 块。

我很惊喜,就问:"为什么给我钱啊?"

我妈说:"全家都被股市套牢了,这个兆头太不好,所以把你解脱出来,好歹也有一个没被套的。"

爱你一万年

自习课。

我跟周晓彤聊周星驰的《大话西游》。

我阴阳怪气地说着至尊宝的经典台词:"曾经有一份真诚的爱情摆在我的面前,我没有珍惜,等到失去的时候才追悔莫及,人世间最痛苦的事情莫过于此。如果上天能够给我一个重新来过的机会,我会对那个女孩子说三个字'我想你'。"

周晓彤打断了我的话:"不是我想你,是我爱你。"

我说:"是我想你。"

周晓彤说:"不是,是我爱你。"

我摇头说:"我想你。"

周晓彤大声说:"我爱你。"

全班安静了,全部转过了头盯着我和周晓彤。

周晓彤的脸唰一下红透了。

她小声地嘀咕:"路飞,你整我。"

我笑着说:"我现在想对你说三个字,你太笨了。"

周晓彤说:"你乱讲,那是四个字。"

我说:"看来你还有点儿救。"

面壁思过

一 坠毁的飞机

下课的时候,几个同学围在走廊上扔纸飞机玩,比谁的飞机飞得远,盘旋得久。我跑过去说:"你们太不会玩了,我教你们一招——飞机坠毁。"众人不解,我当时正在吃口香糖,吐出嘴里的口香糖,用手揉了揉,粘在飞机头上,然后把飞机扔了出去。纸飞机因为口香糖的重量,失去平衡,在空中急速打转,我说:"看见了没,这就叫飞机坠毁。"

不过,最后坠毁的地点不好,坠到了教导主任头上,他一抬头,刚好看见我。

我很惨,被教导主任罚站,面壁思过两节课。

所谓的面壁思过,就是站在走廊上,面朝柱子,春暖花开。

二 神探班主任

因为老师生病,物理课改成自习课,全班处于自由散漫状态,我和周晓彤都离开了座位,围在某同学周围看他的"文曲星"。现在想起来"文曲星"算什么玩意嘛,问题是那时候稀奇,人家就玩个推砖游戏,愣是挤了好几个脑袋在看。

不过后来有人叫了一句"班主任来了"。大家顿时作鸟兽散,纷纷以闪电般的速度回到自己的位置端坐,等班主任走进来的时候,看到的是一片安静祥和的景象。

老班一点不傻,他说:"别以为你们干了什么我不知道,刚刚离开过位置的自觉站起来。"

没有人站起来,我埋着头,不吭声。

结果班主任阴沉沉地走到了我面前,说:"路飞,你起来。"

我不知所以,站了起来,老班用手摸了摸我的板凳,说:"板凳这么冷，你敢说你刚才一直坐这儿？你给我滚到外面去面壁思过。"

我耷拉着脑袋，缓缓往走廊走去。

班主任继续发怒中："周晓彤，还有你，一个女生不学好，天天跟男生打得火热，你也给我站到外面去。"

周晓彤也灰溜溜地往外走了。

最后被老师抓住的共有四人，两男两女，我们一人守着一根柱子，成了"四大龙王"。

等老师一走，周晓彤转过头来冲着我笑，大眼睛一眨一眨的，我也微微地笑着，做着鬼脸，一点悔过的意思都没有。

三　屡教不改

第二天，我和周晓彤因为上课听随身听再次被罚面壁思过。

罚站的时候，因为继续聊天，班主任勃然大怒，直接把我们带到了旗台，让我们在全校师生的注视下面壁思过。

来了一只蚊子，嗡嗡嗡的，一直不走。

周晓彤说她被蚊子咬了，起了好大一个包。

我说："你放心，我帮你报仇。"

一个拍苍蝇的英雄对付蚊子还不是手到擒来，我找准时机，一巴掌拍扁了那只蚊子，它吃得太饱了，搞得我手掌上全是血。

我摊开手掌给周晓彤看，说："你看看，这里全是你的血。"

周晓彤抓过我的手，看着那只死去的蚊子，说："唉，如果不是因为你吃了我的血，你也不会死在路飞的魔掌之下。"

我们两个呵呵地傻笑起来。

我们的背影，我们的一举一动，正好被教导主任看见了，他没有过来说什么，而是直接去我们班主任那里告状了，说我们在罚站的时候牵手，说话那叫一个亲密啊。

于是我跟周晓彤被带到了办公室，分开审问。

我一直坚持说没有牵手。

那边的周晓彤被教导主任气哭了，愤恨地说："牵手就牵手了嘛，有什么了不起。"

这下好了，两边"口供"对不上，教导主任信了周晓彤的话，我成了做伪证的人了，再加上初中的那档子事，跟现在的事联系起来，我更是百口莫辩了。

请家长吧。

我妈来学校被教育了一通，走的时候我妈问我："那女生是你女朋友吗？"

我说："不是，就是同桌。"

我妈说："你别骗我了，我一听她声音就知道她以前打电话来找过你。"她继续说，"牵手就牵手嘛，你也不用在旗台下面这么张扬吧。"

NBA 巨星

周晓彤跟我说，她知道两个 NBA 巨星，一个叫迈克尔，一个叫乔丹。

我需要保持淡定。

"衰人"的故事

很重要的英语测验，菠菜在做题的时候睡着了，睡就睡嘛，居然睡着睡着就流鼻血了，鲜血染红了试卷。等他醒过来交上去的时候，英语老师非常纠结，就让他重做，原本他是抄袭了前排那个乖乖女生的，现在重做等于要靠自己了，这让他方寸大乱。在最后的 10 分钟时间里，他居然摸出了一颗骰子来做选择题了。

对于菠菜的这种行为，英语老师的态度是睁只眼闭只眼，偏偏班主任躲在窗户外面把整个事情看得一清二楚，冲进教室就是一阵怒发冲冠的咆哮。

英语老师有些尴尬了。

菠菜独自低头苦闷。

事到如此，只有请家长了。

可菠菜那凶悍的老爸这几天刚好在家，一听说这事，那还不把菠菜放油锅里炒了。

于是菠菜心生一计，因为班主任没有见过他爸，他花了五块钱去雇了一个踩三轮车的伯伯，来冒充他的爸爸，瞒天过海。

晚自习的时候，我们看见菠菜和他的假爸爸从走廊上惺惺作态地走过，笑得我们半死。

谁知道班主任是火眼金睛，看穿了菠菜的伎俩，让他必须回家带真爸爸来，不然不准上课。

菠菜说他爸不在家，出去搞工程了。

班主任一拍桌上，说："你唬我，前两天我爸还跟你爸打牌，他说他大半年都不会出去了，你要是不去请，我就去家访。"

唉，麻将害人啊！

真家访了。

然后是惨烈的家法。

具体过程，菠菜打死也不告诉我们，只有他脸上留下的鞋底印诉说着他的遭遇。

所以，班里的男生给菠菜起了新外号，叫"衰人"，并把他的名字跟倒霉画上了等号，看着他来了，大家都要躲得老远，免得沾染一身霉气。

有一次，在走廊上，一群同学正在聊天，菠菜屁颠屁颠地跑过来了，去搭某同学的肩膀。

那同学非常不乐意，把菠菜的手拨开，说："走开，衰人，今天晚上还有考试，你不要把我整霉了。"

菠菜面露不喜之色，一本正经地说："我不是'衰人'，我是'摔人'，我的摔是摔跤的摔，不是衰神的衰，我运气好得很。"

说完，他就摇摇晃晃朝教室走去，恰巧地上有水，他脚下一滑，"吧唧"一下摔在地上了。

果然是"摔人"，名不虚传。

独角戏

文理分班。

在信奉"学好数理化，走遍天下都不怕"的年代，连周晓彤那种算数学题会抓脑袋的女生都选择了理科，我却出人意料地选择了文科。其实我理科成绩还算不错，只不过我受不了一天到晚跟数字纠缠的生活，更喜欢和文字在一起的感觉。

选择了理科班的菠菜对我说："你哪是喜欢文字啊，你是瞄上了文科班的女生。"

说实话，去文科班第一天报到的时候，女生扎眼的长发和马尾辫成了主旋律，整个世界仿佛都被女生攻陷了。我的心情出奇地好。好到我最后一个到教室，只剩下一个靠近垃圾堆的位置，我也没有任何怨言。我想，这位置肯定会调整的，老师不会随便让我们乱坐的。

结果等班主任一来，他说，就这样坐吧，不调整了。

真没见过这么随意的班主任。

原本盼着有个美女同桌的，现在成了独角戏。

万幸的是，这个独角戏并没有上演多久。第二个星期，新同桌来了。他一脸傻笑地看着我说："你好，我叫郭超，以后可要多多关照啊。"

我看着他那肥壮的身躯，脑海中突然浮现出《大富翁》里沙隆巴斯的油桶样子，而他也就是少了一件阿拉伯风格的长袍。

郭超是上一届留级下来的学生，他说他是因为生病休学赶不上进度，我看他那状态，就算不生病怕也是学不进去的，一上课就睡觉，满脑子都是女人，还拉上我给班里的女生按相貌打分。

我问他:"这个分怎么打?"

郭超说:"我跟你说嘛,李嘉欣给90分,我们参照这个标准打。"

一通分打下来,班里没几个分数过70的,大半女生不及格。

我说:"你给的分也太低了吧,搞得我们班跟恐龙中队似的。"

郭超说:"不错了,在我眼中超过50分都算美女。"

多年以后,再遇郭超。

我说:"我给你说几个人,你给打下分嘛。"

郭超说:"来嘛。"

我说:"就芙蓉姐姐、凤姐和范冰冰吧。"

郭超说:"芙蓉姐姐,给个55分吧。那个范冰冰充其量也就60分。凤姐不错,90分。"

我说:"你脑子是进水了还是短路了,凤姐漂亮吗?"

郭超说:"我就喜欢凤姐那种纯朴可爱型的,特别是她说话时候的样子,那牙齿简直是太迷人了。"

天哪!

睡觉有神仙

郭超超级嗜睡,不管上课下课,经常趴在课桌上睡得口水横流,还特喜欢垫本书在下面,醒来的时候书页都被浸湿了。郭超也不管,顺势翻一页,接着睡,后来,我送他一封号"课桌居士"。

郭超倒也不反驳,每次都是睡眼蒙胧的样子盯着我,一副无精打采的样子。

有一次,上数学课,郭超用两只手撑着头假装看书,实为睡觉,其实数学老师也不想管他,让他破罐子破摔。可是这家伙睡着睡着,居然打起呼噜了,声音还越来越大,全班同学都在狂笑,数学老师震怒了,直接扯起郭超的耳朵,把他拖到走廊上去了。

我们在教室里听到数学老师的吼声:"郭超,你太不像话了,给我好好站在外面清醒一下。"

郭超保持着摇摇晃晃的状态,还"嗯"了一声,把数学老师气得是七窍生烟。

大约过了20分钟,数学老师准备讲新课程,就对着教室外面喊:"郭超,你可以进来了。"

外面没有一点反应,数学老师便又喊了一次,还是没有动静。数学老师纳闷地走出去,结果发现郭超靠着走廊上的柱子睡着了。

郭超再次被拎进教室的时候,班里笑得炸开了锅。

我以一种崇敬的目光扫视着依旧没有完全醒来的郭超,说:"超哥,你太强了,看来'课桌居士'都难以形容你,你的称号得升级了,叫'柱子骑士'。"

这还不算最牛,还有一次,郭超上课请假去上厕所,一去不复返。下课的时候我们去厕所,发现他蜷在角落里睡着了,屁股还光溜溜地裸露在外面。我们把他叫醒,他站不起来了,脚蜷曲太久了,麻了,最后还是几个同学把他扶回去的。

这次事件以后,郭超被全班公认为"睡仙"。

还有更绝的。

晚自习,教室本来很安静,突然一下全黑了,顿时嘈杂起来。沉睡中的郭超醒了,突然开始大喊大叫:"我看不见了,我看不见了,我的眼睛睡瞎掉了。"

全班沉默了。

我说:"郭超,你大爷的,停电了。"

事情还没有完,郭超闹了一下继续睡觉。

后来来电了,郭超起身了,走到开关那里,径直把灯关了,全班一片寂静。

有人骂了一句:"郭超,你神经病啊,把灯关了干吗?"

郭超没有反应,还在睡熟中。

同学开始嘀咕,最后得出结论:郭超梦游了。

居然在自习课上梦游,郭超太神奇了。

后来,郭超又多了一个外号"觉皇"。

全校闻名的"觉皇"。

最后,奉上两句给郭超的诗吧:

"为什么你的眼里常含着眼屎?因为你睡觉睡得深沉。"

偏见

数学老师个子很高,每次进门的时候,我都忍不住会担心他撞到门框。每次上完课,他总能留下满满一黑板的板书,那些高处不胜寒的粉笔字,让值日生很苦闷。

轮到郭超值日的时候,他因为个子矮,就搬着板凳上讲台了,一边擦,一边骂骂咧咧:"什么破老师啊,非把粉笔字写在最上面,个子高了不起啊,没见你去打篮球为国争光啊,还不是在这里当教书匠。"

数学老师还没走,站在门口……

就这样,数学老师跟郭超算是结下梁子了。

后来郭超买了一双新皮鞋,锃亮锃亮的,他"爱不释脚",上课的时候还时不时地把脚支到课桌旁边的过道上,仔细欣赏,甚是臭美。终于有一次,在晚自习上,郭超一如既往地把脚支出去,结果很不巧,刚好把喜欢四处巡逻的数学老师绊了一跤。

数学老师最心爱的大框框眼镜,在地上摔了个粉碎。

大概就是这次事故之后,数学老师便对郭超有了更大的成见,每次看着郭超,都是一副无奈而厌恶的表情。

有一天,我前排的男生在说话,正在写板书的数学老师,突然转过身来,一根粉笔就飞过来了,嘴里还在大声呵斥:"郭超,不要说话!"

我声音微弱地回了数学老师一句:"老师,郭超今天请假了,没有来。"

超级碗

高中的时候男生特别能吃,在我们班,还形成了以郭超为代表的"饭盆流"。

说起来,郭超同学最早也是用饭缸的,就是那种圆桶状有个把的金属器皿。有一次吃饭人特多,郭超拿着饭缸历经千辛万苦终于杀到了打饭师傅跟前,嚷嚷着让师傅给他打红烧豆腐。师傅说:"你饭缸都没带,我咋打啊?"

郭超说:"我饭缸在这儿呢。"说完把右手一抬,发现饭缸只剩下把了,缸在汹涌的人潮中被挤掉了。

所以后来,郭超改用没把的盆了。

有一次,郭超拿着饭盆去吃饭,路上遇到一班的女生,女生问:"郭超,刚下课就去洗澡啊?"

郭超一脸困惑加一头雾水。

知道了吧,女生把饭盆当洗澡盆了,你说饭盆有多大。

助人为乐

班里有个小个子同学,在校门口被其他班的两个大个子同学欺负了,那两个大个子有点儿推搡的动作。

我和郭超路过,看见了这一幕。郭超说:"让我们上去收拾一下他们。"

我说:"人家个头比我们大,我们怕是去找打吧。"

郭超附耳过来跟我嘀咕了几句,我心领神会。

郭超背着手大摇大摆地朝事发地走去,我从旁边走过来,大声地喊了一句"郭老师好"。

郭超微微点头,"嗯"了一下。

正在欺负弱小的两个小子愣了一下,班里那个小个同学也愣了,但很快反应了过来,也说了一句"郭老师好"。

说实话,郭超长期的装扮都是老土的皮鞋加老土的西裤,人又长得老成,这下那两个家伙真把他当老师了。

郭超趁机装腔作势地把那两个家伙训了一顿,还让他们在校门口罚站一节课。

太牛了,两个傻孩子真这样做了,等他们班主任找到他们的时候,一听说是郭老师罚站的,犯迷糊了,学校没有姓郭的老师啊。

两人知道真相后,气愤不已,放出话来,要找机会收拾郭超。

要真干上了,油桶体形的郭超肯定只有挨揍的份,但郭超又想出了个好办法。他以生病为由跟老师请了几天假,让我们在这几天的时间里传播他是因为打架被公安局拘留的谣言。那时候这种事都是小混混干的,一听这个,大家都有点怕了。这次,两个傻孩子又信了。等郭超回来的时候,两个傻孩子没敢找他的麻烦。

但郭超的名声在同学中败坏了。

草鞋男

郭超住校,八人间的宿舍,没有阳台,衣服只能晾在唯一的小窗户外面,鞋就只能搁在窗台上晾。

郭超只有一双皮鞋,这双皮鞋搭配过西裤、短裤以及运动裤,基本上每天大家都能看到郭超穿着这双被他擦得黑亮的皮鞋。郭超有汗脚,为了保持皮鞋的干燥,他长期霸占寝室的窗台晒鞋,问题是他的鞋味道有点大,经常是来一阵风,一阵臭气就往寝室窜。室友多次告诫郭超,未收到成效。

终于有一天,郭超的那双皮鞋失踪了。全寝室简直是振臂欢呼啊。郭超气坏了,大骂:"到底是谁?那么臭的鞋都要偷,就不怕沾染我修炼了十几年的脚气啊!"

唯一的皮鞋没有了,怎么办?郭超还有一双草鞋。

穿草鞋上课很潮,同学们议论纷纷,一时间郭超成了全年级的风云人物。到了晚自习,凉风习习,郭超的臭脚丫子味在蓄积了一天之后开始四散,之前有皮鞋包着,大家还闻不到,这下全班都感受到了。

三天后,班里一女生神神秘秘地把我喊出去,递给我100块钱。我愣了。

她说:"这是我们全班女生合伙凑的钱,你让郭超去买双皮鞋嘛,我们怕直接跟他说,伤了他面子,就来找你帮忙了。"

我接过了钱,心情异样。郭超,你看你脚臭的,把班里女生都弄成这样了。

后来,我把这事原原本本告诉郭超了。

郭超没生气,反而呵呵地笑起来,还大言不惭地说:"不用买鞋了,我们寝室那几个人把皮鞋给我还回来了,我只是觉得草鞋穿着舒服就没有换,这100块钱就拿给我买足光粉吧,也算是为全班同学造福了。"

采矿记

郭超盯上了低我们一届的神仙妹妹。神仙妹妹是他说的,他不知道人家的名字,就随便给了个称号。我们也去跟着郭超采过矿,那时候我们都把看女生叫"采矿"。这个神仙妹妹长得很漂亮,被我们誉为金矿。一般稍微长得好看的女生就是银矿。所谓金矿,应该是非常出众的漂亮女生了。当然,除了金矿银矿,还有低一级的铜矿,再次就是铁矿。

金矿大家都喜欢,勘探出来了,要想挖掘就不那么容易了。郭超思量了很久,决定给神仙妹妹写封情书。具体内容我不知道,我估计以郭超那文采也写不出什么感动女生的美文,顶多就是告诉人家"我喜欢你"的告白书。

信是写好了，郭超不敢去送。他最后找到我，让我趁着做课间操的时候偷偷塞到那女生的课桌里。我说："超哥，凭什么你要去追女生，送鸡毛信的危险工作要我去做啊？"

郭超说："我比较胖，干这种偷鸡摸狗的事情不合适。"

妈的，敢情我是鸡鸣狗盗之雄耳？

为了郭超的爱情，讲哥们义气的我还是义不容辞地去送信了，还好，当时教室里空无一人，行动非常顺利地完成了。

结果晚自习的时候，有两个女生走到了我的位置上，敲了两下桌子，说："你出来一下。"

我看了看郭超说："郭超，叫你出去呢。"

女生说："不是他，就是你，出来一下。"

于是我在全班诡异的目光下，被两个女生带到了走廊。

这两个女生是神仙妹妹派过来的使者，她们说我送信的时候被她们看见了。

我纳闷了，咋了，你们班不是没人吗？

一女生说："教室没人，不代表看不见你啊。当时我们全班都在操场上呢，都看见你一个人鬼鬼祟祟地钻进我们教室了。"

我还以为瞒天过海，原来是一叶障目。

女生过来的意思是，神仙妹妹已经看过信了，但是现在高中学业这么紧张，可以先做朋友试试，如果可以的话，明天下了晚自习就在后边的校门口等我。

我晕了，原来郭超写情书没有署名，她们把我当成求爱者了。

我什么也没有解释，女生说什么我都说"好"，很快，她们走了。

我走回教室，男生们眼光中带着敌意，女生们神情中带着鄙夷，我受不了这种倍受歧视的氛围，走到位置上，冲着郭超嚷嚷："郭超，你写情书不写自己名字，我跟你说，等会儿下课，你自己去跟神仙妹妹说清楚。"

郭超说:"他们弄错了?把你当成我了?"

我说:"你是谁?你都没说你是谁,有你这样写情书的吗?"

一听说要当面表白了,郭超开始激动了,全身发抖,木头桌子都受不了了,跟着一起发颤。

我说:"超哥,至于吗?不就是去表白吗,反正信都收到了,也就剩下最后一个步骤了。"

郭超说:"你不懂,我很内向,我很羞涩,看见漂亮女生就紧张。"

我说:"你大爷的,上课看见女生流哈喇子,这叫羞涩?"

终于等到下课了,郭超拖着我跟他一起去,壮胆。在楼梯上,他激动地跟我说:"快,快,快扇我两耳光。"

我说:"郭超,你干吗啊?"

郭超说:"快点嘛,我需要勇气。"

我真扇了他两耳光,下手有点重,他脸上都有点手掌印了。然后郭超就带着这勇气去告白了,我看见他贱笑着走向了神仙妹妹,班里的男生开始起哄了。

很快,郭超和神仙妹妹走出了教室,到了走廊的尽头。

我听见前排有两个女生开始议论了。

女生甲说:"什么人啊,穿着草鞋都敢来表白,简直是疯了。"

女生乙说:"你不知道,据说他才被公安局拘留过。"

哎呀,他自己造的谣,现在总算自食其果了。

女生甲做惊异状:"你怎么知道,他这么坏啊?"

女生乙说:"当然了,我表舅就在公安局,据说当时抓的小偷就是这个胖娃儿。"

女生甲持续惊异中:"看不出来,这么憨厚一娃儿,居然偷人家东西。"

谣言猛于虎啊!

女生乙说:"真不知道校长怎么想的,这样的学生还不开除,他居然还恬不知耻地来追女生，简直就是悲剧。"

女生甲附和："眼睛瞎了才喜欢他，他就算长得像金城武，我都要考虑下，更何况是一副大叔样，他就是一个超级悲剧娃娃。"

古语说，最毒妇人心啊！

郭超的告白失败了，神仙妹妹的表情越来越扭曲了。

最后，郭超灰头土脸地朝我走过来，苦笑着跟我说："太好了，我又可以找新目标了。"

厕所的秘密

被拒绝的郭超一开始还表现出一副无所谓的样子，可过几天，他开始郁闷了。我问他咋了，他说他这是间歇性失恋。

郭超想不通啊，他说他一身正气，成熟稳重，咋就没有女生青睐呢？

我说他那叫一身臭气，幼稚醒脏。

郭超甩我一个白眼，不理我了，又去问前排的女生："你说我是不是长得很丑啊？"

女生说："丑啊？其实说实话，反正我看久了也就习惯了。"

女生不经意的一句话，让郭超有些伤心有些难过，而这种负面的情绪一直蔓延，发展到后期，就成了萎靡不振。

为了让郭超恢复自信，重新振作，我决定去做一件大事。趁着夜色降临，四下无人的时候，我悄悄溜进了女厕所。这可是冒着被骂流氓色狼的巨大风险，搞不好就身败名裂了，但想着郭超那张死气沉沉的大脸，想想我这是在拯救苍生，也就无怨无悔了。

我做的事很简单，就是在女厕所的墙上写了一句话：郭超，我喜欢你。

很快，关于女厕所的流言在同学之间传播开来，大家纷纷开始猜测，到底是哪个脑子进水的女生写下了这句话。但是郭超开心了，他也在寻思，究竟是何方女子对自己芳心暗许。他甚至跟我说，说不定很快就有女生跟他表白了。

我暗自偷笑，你等着山里冒出个蛇妖来吧。

不过，目的好歹达到了，郭超恢复自信了。

多年以后，谜团依旧没有解开，因为没有女生来告白，我也没有告诉郭超真相，就让他对高中时代保留一份纯真的回忆吧。

蹿天猴

老妈工作的单位，居然在过年的时候发了一堆烟花炮仗。据说是某烟花厂倒闭了，最后用这些玩意来抵账。那么多，根本放不完，所以家里剩了不少存货。有一天，老妈觉得这些东西放在家里有危险，就让我带去学校燃放了，于是在高中时代从不背书包的我藏了一书包烟花炮仗，雄赳赳、气昂昂去学校了。晚自习前，我散发给周围的同学，他们挺高兴的，无聊的学生生活中终于能找点事苦中作乐了。他们围在靠窗的地方，一根接一根地点燃蹿天猴，看着它"刺溜"一下像火箭一样冲入夜空，黄色的火花飞速击穿空洞的黑暗，在爆炸声响起之后，大家开始趁机躁动，起哄和欢呼。

这一幕被提前来到的班主任看了个一清二楚。

凡是站在那里的人，不管有没有参与，一律面壁思过。

那些同学还算讲义气，没有供出案件的主谋——坐在一边隔岸观火的我。

正在我庆幸自己躲过一劫的时候，班主任阴沉沉地出现在了我的面前，问："谁带的？我看你肯定知道。"

我装得一脸无辜，说："我不知道，真不知道，我下课在看书，没注意到这么多。"

班主任说："路飞，你上课都不怎么看书，还下课看书，他们就在你的位置上燃放，你能不知道？你们很讲义气嘛，那几个也不说，你也不说。好吧,不说,你也跟他们一样,去面壁思过。"

我黯然神伤,走出了教室。

走上走廊,郭超转过头来邪笑着说:"路飞,我就知道你不会有好下场的。"

我说:"郭超,就是你,闹得太凶,你那么激动干吗?"

郭超说:"不怕跟你讲,我长这么大,还是第一次放蹿天猴,我没见过世面,激动一下不可以啊?"

我说:"你的童年是怎么过来的?连蹿天猴都不知道?"

郭超说:"我埋头学习啊,哪像你啊,就只知道玩。"

我回他一个"呸"。

夜晚有些寒冷,我闭上了眼睛,脸颊能感受到从柱子两边吹过来的冷风。

郭超在一边小声地唱歌,虽然声音微弱,但我能在呼呼的风声中听到。说实话,郭超唱歌还真是好听,声线细腻,顺着风传递着丝丝暖意,这跟他的大老粗模样还真是不搭调啊。

突然,班主任一声惊雷:"面壁思过还唱歌,我看你们开心得很嘛。"

郭超装死不说话。

我说:"我没唱歌。"

班主任说:"我知道,就你那音乐水平,唱不出来。"

我保持沉默。

班主任说:"你们两个别站了,跟我去一趟教务处。"

我说:"干吗啊?"

班主任说:"问那么多干吗,班里来了新同学,你们去帮忙搬一下桌子椅子。"

郭超说:"班里不是坐满了,没位置了吗?"

班主任说:"把你的位置让出来不就有了吗?"

郭超说:"为什么不是路飞让啊?"

班主任笑着说:"路飞还有点儿救,你是无可救药了。"

那个夜晚很难忘,走到教务处门口的时候,郭超和我都惊呆了。

郭超说:"哇,美女,真的是美女!路飞,你快看,仙女下凡了。"

我有些目瞪口呆,眼前的女孩手中正抱着一摞沉沉的书,微微地笑着。

郭超拽了拽我的袖子,说:"你看,她在跟我们笑呢。"

女生慢慢走了过来,脸上一直保持着怡然的笑容:"怎么了,路飞,好久不见,你认不出我了?"

我说:"朱莉,你化成灰我都认识你。"

这下轮到郭超惊愕了。

朱莉说:"我知道你在文科二班,我们现在是同学了。"

我说:"你不是去读艺校了吗?怎么又突然跑来读高中了?"

朱莉说:"我想上大学,去读电影学院,所以就回来补文化课了,跟你们一起参加高考。你可要多帮帮我啊,我现在基础比较差。"

我笑着说:"其实我觉得你小学的时候,基础就不好了。"

朱莉做了一个微微皱眉生气的表情,简直是太可爱了。

郭超按捺不住,说话了:"朱莉,你好,我叫郭超,你别听路飞的,他不帮你,我帮你。"

朱莉笑着回应:"好啊。"

我说:"郭超你大爷的,就你那水平,是误人子弟。"

郭超说:"知道什么叫士别三日,当刮目相看吗?我已经不是从前的我了。"

我又回了他一个"呸"。

朱莉的位置被安排在我和郭超后面,她现在成了比我们更靠近垃圾堆的人。帮她整理好桌子椅子,我正准备在自己的位置上坐下,郭超问了一句话:"谢老师,我们还需要出去站着吗?"

老班挥了挥手说:"继续站着吧,站到今天晚自习下课。"

走到柱子跟前，我就开始抱怨了："郭超，你不提罚站的事情，我们就可以坐下了。"

郭超说："你咋不早说呢？"

我说："我怎么知道你笨得这么厉害。"

郭超说："你才笨，我这叫刚正不阿。"

我继续"呸"他。

和郭超抬杠的时候，我转头朝教室里望了望，不经意间与朱莉的目光相遇，我微微翘起嘴角笑了笑，朱莉做了个鬼脸。我胸腔中突然迸发出火辣辣的灼热，记忆中那个明媚而清澈的笑容，又回来了，那个已经沉沉的梦，在这个秋天里柔软地苏醒。

郭大侠

早自习，全班都在读英文，唯独郭超在读古文。

他读的古文很奇怪，反正我印象中没学过，但听起来有些耳熟。

"天之道，损有余而补不足，是故虚胜实，不足胜有余。"

我诧异了："郭超你读的啥？"

郭超笑而不答，继续读："其意博，其理奥，其趣深，天地之象分，阴阳之候列，变化之由表，死生之兆彰……"

朱莉也被吸引过来了，问："郭超，你读的哪篇课文啊，我怎么不知道啊？"

美女说话，郭超终于有反应了："你们太孤陋寡闻了，我读的是《九阴真经》。"

我说："郭大哥，你哪弄的？"

郭超说："不懂了吧，我问梅超风要的。"

我和朱莉面面相觑。

晚自习，蚊子肆虐，嗡嗡声不绝于耳。

郭超在课桌上小寐，原本是趴着的状态，却在瞬间猛地起身对着自己的左臂就是重重的一掌,声音超大。后排的朱莉吓了一跳:"郭超,你干吗啊?吓死我了!"

郭超说:"老子拍死他妈的蚊子他妈。"

我冷笑着说:"超哥,你这叫自残,你看都不看,我就不信你能打着蚊子。"

郭超低头看了看他的手掌,也不说话,只是"哼"了一声,然后慢慢地把右掌摊开给我们看,掌心真有一只蚊子,周围还残留着清晰的斑斑血迹。

我不由竖起大拇指:"郭超,你的功夫太了得了,我太佩服你了。"

朱莉微微地张开小嘴,神情也有些惊异。

郭超扬扬得意地翻动着他的手掌做了一个夸张的出掌姿势,说:"厉害吧,我这叫黯然销魂掌。"

我说:"你别说是杨过传给你的。"

郭超说:"你不懂,这是小龙女传给我的,杨过他见不得我。"

自此之后,朱莉给了郭超一个新称号"郭大侠"。

后来,郭超说:"你们别叫我大侠了,听起来好像挺老的,不好听,要不叫我少侠好了。"

朱莉看了我一眼。

我们一起"呸"。

打牌记

朱莉其实也不是好人,她晚自习觉得无聊了,就拉上我和郭超,在我们称为"垃圾堆铁三角"的地方开始玩拱猪了。

输了要有惩罚啊,要是郭超和我输了,就要被朱莉扇一耳光;要是朱莉输了,我们不好意思打她脸,就让她装可爱做各种各样的鬼脸。现在想起来,不论怎么说,我跟郭超都亏了。

玩得正开心，朱莉和郭超突然以风驰电掣之速度将牌藏入课桌，抓起书做看书状，只有我反应迟缓，手里还抓着牌呢。

然后是熟悉的踢踏声传来，我知道，魔王降临了。

我镇定自若地捏着手中的扑克，一张一张地放到桌上，放到第五张的时候，班主任发话了："路飞，干吗呢？"

我抬头看了看他，说："最近考试考得不好，我正在给自己算命呢。"

班主任笑了笑说："算出什么结果了吗？"

我说："还没算完呢，你就来了。"

我这招叫弃车保帅，牺牲我一个，幸福两头猪。我多讲义气啊，我都准备起身去面壁思过了。

结果班主任一声长叹："唉，算命是没有用的，命运还是掌握在自己的手中。路飞，你自己要加油啊。"

我突然有些感动，真挚地"嗯"了一声。

等班主任一走，朱莉和郭超笑趴下了。

我说："你们笑什么笑，我从现在开始，要努力奋进了，你们别影响我学习了。"

恶作剧

郭超喜欢睡觉，这让蔫坏的朱莉找到了捉弄的对象。

第一次，她在他头上扎个小辫，跟桃太郎似的，郭超这神人下课要去厕所，居然没发现，顶着小辫就出去了，那是一路的欢声笑语啊。

第二次，是涂口红，朱莉涂口红的技术非常厉害，轻盈而精准，郭超完全发觉不了，当然这跟他睡得像死猪也有关系。那天，千年不理郭超的英语老师突然发神经，把还在睡梦中的郭超叫醒。郭超一站起来，全班哄堂大笑，连历史老师都跟着笑。郭超毛了，说："老师，你要问问题就赶紧问，没事你笑什么？"

说实话,郭超不是傻子,每次被整,他都乐呵呵的,还盯着朱莉笑,巴不得朱莉整他,这人也太贱了。

于是朱莉的恶作剧升级了。

郭超的腿毛又长又密,夏天穿个短裤,远看就跟穿了长裤似的。朱莉打起了腿毛的主意,趁郭超睡觉的时候,和我换位,把郭超一条腿上的毛用剪刀轻轻地剪了,对,只有一条腿。

等郭超醒来的时候,他感觉到一丝凉意,往下面一看,成"黑白双雄"了。

郭超转过头朝朱莉傻笑着说:"我知道是你干的,要不你把我右腿的毛也剃了吧,好歹对称嘛。"

朱莉笑着摇头。

郭超看了看我:"要不你给我剪了吧?"

我说:"不剪,你就这样凉快着嘛。"

郭超没辙,跟朱莉要了剪刀,自己开始剪了。数学课上,没有朱莉心灵手巧的郭超还拿着剪刀咔咔地剪,被数学老师瞅见了。

数学老师呵斥:"郭超,上课不睡觉,在忙啥呢?"

郭超说:"没忙啥,你别管我。"

数学老师说:"不管你,你咔嚓咔嚓的,破坏课堂纪律了。"

郭超嘀咕着:"不就剪个毛吗,关你啥事嘛。"

数学老师耳朵尖,怒了:"郭超,你给我滚到后面去站着。"

然后我们就看见一个腿毛褪去大半的妖怪晃晃悠悠地朝后面走去,当然,右腿上还有一些毛。

全班都乐了。

数学老师也乐了,说:"郭超,你干吗,准备换毛过冬啊?"

郭超说:"毛多了,太热,不利于新陈代谢。"

长腿三侠

高中的运动会,基本上可以被称为田径运动会,除了跳远、扔铅球就是跑步。当时有学生提出过为什么没有扔标枪的质疑,老师的官方回复是我们学校标枪水平太差,如果开展,危险系数太大。这种解释可以应用于其他未被选进运动会的所有项目,所以运动会的重头戏就是跑。我们班是一群文弱书生,短跑不行,只有长跑,我们是属于常青藤联盟的,甚至可以说,那就是一段光辉的传奇,我们班长期包揽前三名,相当于中国乒乓球在奥运会上的水平。

其他班的各路好手和运动健将绞尽脑汁采取各种各样的加强训练计划,却始终无法超越我们班的三个神奇人物。后来,有好事的女生给他们取了一个可爱而亲切的名字"长腿三侠"。

第三名,单名一个勇,我们叫他勇哥,此同学成长经历颇为坎坷,他爸是个聋子,家里家外的事全是他妈一个人扛。说实话,一个家庭妇女能有什么捞钱手段,只能靠给别人缝衣服当保姆换点微薄的收入来支撑全家,所以勇哥家别说小康水平了,温饱都成了大问题,生活相当拮据。勇哥只有一套运动服可穿,大冬天的时候,他那衣服洗了,就只穿短裤短袖,还口口声声说他毛多不怕冷。吃饭也是个麻烦事,经常饱一顿饿两顿。每天早上第二节课下课后,他就开始找班里的同学借一块钱去买个面包,虽然我们都知道他借了肯定不会还,但还是会借给他,因为大家都知道那个面包其实就是他的中午饭。长期的饥寒交迫让勇哥过早地体验了人生的艰苦,也锻炼了他的忍耐力,所以别人跑得气喘吁吁的时候,勇哥却保持着一副气定神闲的样子,比起平日里那些苦闷的生活,这点距离又算得了什么呢。

第二名,赵敏,平时一直以数学成绩好为显著特征,没想到他还擅长跑步。赵敏同学住校,家很远,每次回家先坐两个小时汽车,然后改乘两个小时木头船顺江而下,再跋涉几十里山路。漫长的旅程很费时间,为了早一点回家,赵敏在凡是可以跑的情况下,都选择跑,跑的距离不亚于一场马拉松，久而久之，赵敏练就了长跑的绝技。

第一名，霍大平，女生们叫他霍大侠，他是赵敏的邻居。说是邻居，其实是翻过赵敏他家那座山，再爬上另一座山的半山腰，霍大侠就算到家了。其实霍大侠论耐力和赵敏不相上下，但速度要更快，因为他的体重要轻些，长跑能都跑出身轻如燕的感觉。

话说回来，每一段光辉历史背后都有着不同的辛酸。

所以，要想当侠就不是那么容易的。

县城三杰

县城里有三个著名人物。

第一个是拿着菜刀在农贸市场里游荡的冬瓜。据说是她家里人故意把她放出来的，因为她总是一边晃着一把钝菜刀，一边拿别人的菜还不给钱，如果有人要制止她，她就会躺在地上大哭大叫。

第二个是把三轮车打扮得花枝招展的余师。那时候，在通城坐三轮车都是一块钱，只有他标价一块五，因为他坚持说自己的三轮是豪华三轮。据说郭超初来县城的时候，不知道，还坐过一回，下车的时候，余师还跟他热烈地握了下手。

第三个是杰娃。他并不是神经病，而是智力上有些缺陷，因为发育停滞，所以个头一直长不高，年纪虽然不小了，但模样还是个孩子，智商上，甚至比不上一个数学总考不过70分的小学生。杰娃经常在智力游戏厅出没，我也不知道他为什么会认识我，反正每次他看到我的时候，总是会乐呵呵地打招呼："飞哥，又来了啊。"我也只好礼节性地冲他笑一下。有时候，我坐在那里打实况足球的时候，杰娃会安静地在旁边看，看着看着还会不自觉地傻笑。有其他人和我对战的时候，杰娃还会满脸神气地说："飞哥很凶，你打不赢的。"

于是，后来就有人老是跑来问我："杰娃是不是你弟弟啊？"最早的时候，我还要解费力解释一下，后来问的人多了，也就懒得解释了。

记得有一次，在去学校的路上，我匆匆地从两个女生身边走过，偶然听到她们不怀好意的对话：

"你知道吗？刚刚走过去的那个就是傻子杰娃的哥哥。"

"啊？他看起来不像很傻啊。"

"你傻啊，傻是一眼就能得出来的吗？"

我表示我只是飘过。

话剧演员

文艺会演。

班里的美女文娱委员找到了郭超，希望他可以出演其中的一个角色。

郭超很高兴，长期被女生遗忘的他终于有露脸的机会了。

排练的时候，郭超傻眼了，他的角色是一棵树，确切地说，不是角色了，算是移动布景了。

郭超很纠结，看在美女文娱委员盛情邀请的分上，他忍辱负重了。

正式会演的时候，郭超全身粘满了树叶，头上脸上都是，就露了两颗眼珠子出来看路。

演出完毕，郭超生气地跟我说："大爷的，就让我演棵树，一句台词都没有。"

我说："哪有，你还是有台词的，那呼呼的风声不是你弄出来的吗？"

数学习题集

有时候想起来，数学老师就是一个特派销售员，是各大出版社派来的，他总是抓住各种时机给我们推荐五花八门的数学习题集。对于完成正常作业都有些困难的我来说，这种做法除了增加我的学习压力以外，还增加了我妈的经济压力。后来，我妈对此提出了质疑："你们哪有那么多习题集要买啊？你是不是在骗我的钱啊？"

我承认我是骗过小钱，但就数学习题集这件事来说，我的诚实指数是100%。

我在内心是很讨厌这些莫名其妙的数学习题集的，它除了杀我的脑细胞以外，还在吞噬我的文学天赋，因为我不得不用大量的时间来思考一些根本无解的题。

有一次，我算了一个晚自习也没有算出那道外星人出的难题，班里绝大多数人和我一样，只有数学课代表说他算出来了。第二天，数学老师评讲，就在黑板上演算那道题，算了一节课，未果。他转过身来神情凝重地说："你们算出来了吗？"

全班回答："没有"。

数学课代表独树一帜地说："算出来了。"

他多兴奋啊，老师算不出来的他都算出来了。

数学老师说，条件都没给全，算出来真是见鬼了。

杀千刀的习题集啊！

悲催的数学课代表啊！

……

还有一次，我费尽脑力完成的习题集找不到了，这玩意不比作业本，可以再写一遍，我只好无奈地去学校上课了。

我正在苦恼怎么跟数学老师解释，他才会相信的时候，我妈来学校了。她在教室门口叫我："路飞，你的习题集忘带了，我给你拿来了。"

全班感动中。

我也在感动中。

我走到门口，接过饱含着深深母爱的习题集，问："妈，我找了半天都没找到，你在哪找到的？"

我妈当着全班的面说："你还好意思问，你把它放冰箱了。"

放冰箱了……

冰箱……

全班哄笑。

我窘在原地。

我是有多讨厌数学习题集啊,居然把它冷藏了。

换位记

朱莉要求跟郭超换位置,理由是她想借郭超的好位置睡觉(靠墙且有我挡着)。

郭超说:"凭什么啊,我也想睡觉啊。"

朱莉说:"你去后面睡嘛,反正老师又不说你,我就不一样了,被老师看见多不好啊,破坏我淑女的形象。"

郭超很无奈,但还是和朱莉换了。

有了第一次,就有第二次。

这次朱莉的理由是她重感冒了,说她呼气的方向是向前的,换位是为了不把感冒传染给我俩,郭超一听这个,立马换到后面去了。

第三次,朱莉说老师写在黑板上的字太小,她看不清楚,找郭超换位。

郭超说:"你往前挪一步就能看清楚了?"

朱莉说:"对,焦距刚好合适。"

郭超不情愿:"为什么又是我啊,找路飞不行吗?"

朱莉说:"人家路飞好歹是要学习的,你又不学习,你去后面最合适了。"

郭超一脸无奈。

频繁的换位被英语老师注意到了,她走到郭超的面前问:"郭超,干吗老跟朱莉换位置啊,你喜欢坐最后一排啊?"

郭超说:"不是喜欢,是她眼睛不好,我眼睛好,所以让她坐前面,方便看黑板。作为同学,还是该互相帮助的。"

英语老师一阵冷笑:"郭超,不是我说你,不用脑子,眼睛再好有什么用啊?"

当换位成为一种习惯之后,有近一半的时候,我的同桌就是朱莉了。她换过来其实也没有像她所说的那样认真学习,她最喜欢做的事就是跟我说话,在不能说话的时候传本子写东西以及进行各种花样的算命。有些老师看朱莉是个乖乖女生,不好正面批评她,于是总是用一种特别的眼光来震慑我们。当然,主要是震慑我,只有数学老师很直接,因为他看我不顺眼,看朱莉也不顺眼,当然郭超他更看不顺眼。所以他经常说,有些同学不爱学习,不要影响其他人嘛,你们要是不想听都可以睡觉,只要不打呼噜,我都不管你们。

说了几次之后,数学老师见我和朱莉没有改观,说话方式变了:"男生女生有那么多话吗?我读书的时候上课从来不搞这些,你们真是无可救药了,你们是准备要结婚还是要造反?"

朱莉傻笑,我嚼嘴巴。

转笔记

上课的时候是很枯燥的,这跟老师的教学水平有关,我们改变不了,所以只好自己找点乐子,于是很多人不自觉地喜欢上了转笔。这一不会影响老师讲课,二不会太影响自己听课,所以大家乐此不疲,老师对此也是默然许之。

朱莉的手指修长而灵活,她是转笔高手,会很多花样。我的手比较粗,且神经系统不够发达,所以转笔技术很烂,在虔诚地拜朱莉为师之后,仍然进步其微。可是我知道勤能补拙,所以努力练习,努力在课上练习,特别是数学课上。

终于有一天,那只被我折磨了千万次的圆珠笔,不堪重负,突然一下子散架了,弹簧、笔帽、笔壳以及笔芯全飞出来了。尤其是那个可恶的笔帽，居然色眯眯地钻进了朱莉的领口，我尴尬地看着朱莉，朱莉微微笑了笑，抖了抖T恤，然后从T恤下方把笔帽摸出来，递给我。

她说："给你，我胸小，卡不住。"

我无言以对。

数学老师又盯上我俩了，说："路飞，你们又在嘀咕什么？"

我说："老师，朱莉有点学习上的困惑，问我呢。"

数学老师说："问你？问你也是白搭。到底什么困惑？可以问老师，老师来给你解答。"

我说："是关于力的问题。"

数学老师有些火了，说："我这是数学课，不准研究物理，你们要学物理，其他课上学去，数学课只能学习数学。"

体检记

高考前的体检。

测试听力，轮到郭超了。

医生说："我说什么，你跟着说啊。"

郭超说："好。"

医生说："蛋糕。"

郭超重复。

医生说："面包。"

郭超重复。

医生说："冰淇淋。"

郭超说："医生，你不说吃的行不？我肚子都被你说饿了。"

测肺活量。

医生说："放嘴里吹气。"

郭超一把抓过去，顿了几秒，愣生生把吹气的那玩意往嘴里塞。

医生惊了，说："干吗，你要吃了它吗？"

郭超把那玩意从嘴里拔出来,说:"不是你叫我放嘴里的吗?"

医生说:"你没测过肺活量啊。"

郭超说:"啥叫肺活量?"

没做过体检的农村孩子可咋办啊!

腹部检查。

医生让把衣服提上去,露出肚子,然后用手东按西按。

郭超受不了,哈哈大笑。

医生说:"别笑了,你笑我检查不出来了。"

郭超的笑声停止。

医生再按,郭超又笑,松了手还在床上翻着滚笑。

医生怒了:"你干吗,再笑不给你检查了。"

郭超说:"你别摸我,我笑点低,要不换个女医生,我可能会好点。"

男医生没辙了,去隔壁找检查女生的女医生过来救急。

然后女生男生都在等郭超一个人的检查。

女医生一出手,郭超果然不笑了。

最重要的事

高考已经越来越近了。

在最后一堂动员课上,班主任神情严肃地走上讲台,安静了半响,终于蹦出一句话:"同学们,高考就快来临了,你们知不知道考试前最重要的事情是什么?"

同学们七嘴八舌地回答,整个教室里闹哄哄的。

"再复习一下重点。"

"放松,好好放松。"

"休息,一定要休息好。"

……

班主任眯着眼睛笑，不断地摇头，最后说了一句话："你们都错了，最重要的事情是上厕所，考试前你们一定要把什么屎呀尿呀的屙干净，不要上了考场才说要上厕所。"

高考那些事

高考只是一道选择题，它有四个选项：

A 读大学；

B 读高四；

C 读社会；

D 受不了打击，自杀。

A是最理想的选择，B就有点讨厌了，读高四之后也许还得读高五，运气不好，继续高六。我们学校有个哥们，一心要读重点大学，连续考了五年都没考上，到第六年，当年他的同学都回来当老师了，他还是苦学生一名。当然不可能所有人都这么执着，很多人读了一年看没戏还是只能选C，早点进入浑浊的社会洪流之中，去磨炼，最后也能成。当然最差的选择，是D，很庆幸，我的同学中没有一个选择这种极端的方式，其实条条道路通罗马，不能读书还可以当比尔·盖茨嘛。

我高考之前，很紧张，连续生病，先是考试前发烧输液，然后是考英语之前拉肚子，一考完就好了。后来医生给这种症状下定义了，叫神经性功能紊乱，只要一紧张就出事。

我紧张还只是在考场之外，班里的数学课代表专门在考场上紧张，平时数学没有下过140分，高考的时候心理素质极差，只考了50分。没办法，复读吧。第二年，再次紧张，数学得了70分，没能去梦想的大学，去了边疆。

大多数人考试都紧张，也有人超级不紧张的，那就是菠菜和郭超。菠菜是考试型人才，平时都不行，一到考试就发飙。数学考试那天他一个小时就交卷了，大摇大摆从教室外面走过。考完我问他："菠菜，你都不检查一下,这么早交卷,这不故意气我吗?"菠菜苦闷地说:"你以为我想交啊?我肚子疼要上厕所,监考老师不让去,他给我两个选择,要么现在交卷,要么憋着,我没办法啊。"不过菠菜运气就是好,不检查最后都是满分,和郭超大哥完全是两个极端。郭超也一个小时交卷,他也要上厕所,但是成绩只有菠菜的八分之一——25分。他的大学梦就此断了,有同学劝他复读,郭超说:"25分怎么读啊,就算能提到50分,还是丢人的料。"

半路出家拼命苦读的朱莉,倒是考出了不错的成绩。说起来,这个成绩有点怪异,她本来是报考电影学院,分数也不高,问题在于她的专业课成绩不行,文化课超水平发挥,可以去读不是电影学院的大学了。后来我笑着跟朱莉说:"你还记得我小时候跟你说的话吗?有些鸟再怎么努力也飞不起来,你不是当演员的料。再说了,你以后要是出名了,我们怎么高攀得起嘛!"

朱莉嘟着嘴说:"好了嘛,被你个乌鸦嘴说中了,你看我们坐在你旁边的,郭超和我,都没有考好。就是你,影响我们学习。"

我说:"姐姐,是你影响我学习好不好,本来我是考清华北大的料,你看看现在,混成什么样了。"

朱莉说:"你还北大清华,我跟你说,我在哪读书,你就得在哪,你得赔偿我的青春损失费。我叫你出来请我吃饭,你就得出来,还不能迟到。"

我说:"照你这样说,你干脆嫁给我得了。"

朱莉的脸红了。

我的脸也红了。

夕阳的余晖映着我们的脸。

高中结束了。

高中后记

菠菜去了北京，朱莉和我的下一站都是成都，但我们在不同的学校，许许多多的同学去向了祖国许许多多的地方，从前一个教室里看着同一个黑板的眼睛，现在有了不同的方向。

三年前，我们曾经执着地希望能够早一点结束高中枯燥的学业，可是真到了分别的这一天，却又突然开始真切地怀念过去的时光。那些操场上飞扬的尘土，那些刻在课桌上的小字，那些孤单的梧桐和它们浓密的树荫，还有男生女生的影子，都在这个灿烂的夏天，终于要跟我们说再见了。

眼睛中的颜色似乎变成了浅灰色，回忆的情愫悄悄地蔓延开来。

我们好像不能再躲在那些少男少女的懵懂岁月里了，因为有一个事实我们无法改变，那便是自己已经长大了，总算长大了，不想长大也长大了。

就像天边沉落的夕阳，青春也在黄昏来临的时候，悄悄地走了。

我们用19岁去换一个未来。

可是未来，我们却再也换不回19岁了。

大学篇上 不完美生活

大学的自由宣言

"雄赳赳,气昂昂,跨过鸭绿江……"

我在闷闷的车厢里哼哼着我最爱的调子,确实是调子,因为歌词不太能哼出来。

这一次没跨过鸭绿江,甚至连县城的那条青衣江都没跨过,直接从家里出来,拐了几拐,上高速公路了。

夏天似乎还没有真正过去,阳光虽然不刺眼,但热度犹在。天空依旧是四川特有的不够明媚的晴朗,树木的影子变得浅而短小。这是我第二次在空气混浊的桑塔纳轿车里长时间地待着,车里满载着杂七杂八的行李,我望着车窗外,景色像是被快速拉动的胶卷,把世界从3D变成了2D。

回想起小时候,桑塔纳对我来说就是高级轿车的代名词,小汽车就是桑塔纳,大汽车就是东风解放,什么奔驰、宝马,这些破车哪来的?完全没听过。

记得第一次坐桑塔纳,是跟着老妈旅游,因为吃饭没节制,下山的时候,那十八弯的盘山公路,把我甩了个晕头转向,半路上哇哇就吐了。吃的山珍海味全化作一团污秽,留在了干净整洁的公路上,留在了尚未完全打开的车门上,留在了司机叔叔幽怨的眼神里。

那一次,我明白了一个道理,在吃喝玩乐上无节制是没有好下场的。

那么，一定要好好学习，天天向上，不要少壮不努力，老大徒伤悲。

所以，曾经有着宏伟志向的我，也不得不低下高昂的头，泯然众人，在薄雾尚未散去的清晨，揉着眼屎读英语，在月光悄悄降临的夜晚，打着哈欠写作文。

高考前夕，学校外面有几家店不知死活，开始大张旗鼓地轮番装修，每天电钻敲击声不绝于耳。学校曾多次派人劝说，无奈人家是不习教化的野人，你说你的，他照旧装修他的，拼了命地在家里播种下甲醛的种子。

所以我的高考成绩不甚理想。

这好像是借口，某心直口快的同学说我："妈的，你说人家装修吵，那为什么别人考上北大清华了，而你没考上？路飞，就你这样的家伙，再读三年，也考不上北大清华。"

我不以为然地笑了。

言归正传，我总归是考上了大学，虽说不能去天安门看毛主席像，不能去黄浦江看璀璨的东方明珠，但可以去武侯祠吸收点诸葛亮遗留的智慧。我对此倒是挺看得开，360行，行行都能出状元，今天你看不起我，明天我就看不起你。

车轮滚滚向前，大学越来越近。

汽车马达的声音，轰轰的，像是在宣读《独立宣言》：人人生而平等，造物者赋予他们若干不可剥夺的权利，其中包括生命权、自由权和追求幸福的权利。

这会是自由吧，从来没有过的自由：远离早自习、晚自习的自由，远离没完没了的试卷和作业的自由，谈恋爱没人说，熬夜没人管。我们总算告别了一种令人烦闷的生活。

青春开始乱糟糟了。

生命开始散发出咸鱼和臭鸡蛋的味道。

我们感觉自己的热情像火山要喷发，但在别人的眼里，很有可能是令人喷饭。

我们终于可以做天空中的一朵云了。

但我们在后来不可预知的故事里,悲伤地发现很难投影在某人的波心,有时候徒劳无功,有时候遍体鳞伤。

我们曾经把过去说得一文不值,好像离开了就是劫后余生,却总会在后来,开始唏嘘不已地怀念。

从这个时候开始,我们开始喜欢遗忘,用来对抗成长的苦痛和忧伤,却在许多年之后,又开始忍不住回忆,去麻醉人生的残酷和冰凉。

后青春期的诗,总是有点五味杂陈。

501 寝室

正午阳光暴晒,晃着夏天的符咒,额头上的汗水唰唰地往下流,窜进眼角,有一丝灼热的疼痛。

我刚抬起手擦了擦汗,后面那头接近 200 斤的大胖子便呵斥了起来:"踩快点,快点,没吃饭啊?"

我没有吭声,只是用力地踩下每一脚,链条发出沉重的咔咔声,心里嘀咕着:叫,让你叫,一会儿老子就弄死你。

三轮车艰难地缓缓前进,拖慢了时光。

身体周围包裹着的炎热,像是穿越无形的河流。

从梦中惊醒的时候,我摸了摸自己的额头,湿漉漉的。

蹬三轮车,这是一个长期频繁出现的梦。梦里面我拉过风骚的美女,优雅的女教师,当然还有肩膀上文着黑龙的混混,而今天是一个胖子。之所以长期梦着蹬三轮,是因为高中时代老妈的咒语:"路飞,你不好好读书,以后就只能去蹬三轮了。"

实际上,我正躺在大学寝室的床上,思考人生。

其实,我不认为蹬三轮车有什么不好,再怎么说,也是为人民服务。

不过,都是为人民服务,为什么蹬三轮挣钱那么少?

所以，蹬三轮车不符合我的富豪梦，我是要开兰博基尼去接女朋友的，虽然我不仅没有兰博基尼，也没有女朋友。

但只要努力，总会有的。

我起床了，窗外的阳光特别好，经过四川盆地上空的厚厚云层过滤，它总是这么温和。

这里是501号寝室。

四张床，四个人。

有厕所，没淋浴。

最重要的是有阳台，对面是女生寝室，所以进寝室第一眼就能看到对面五颜六色的衣服暧昧地招摇，每天我们轻轻地挥一挥手，就作别了那天边的彩虹。

寝室中出现的生物，单数用坨，复数用堆，互相之间的称呼全为"喂""你大爷的"。

不管白天黑夜，寝室总是有人睡着，所谓白天不知夜的黑，夜晚憔悴没人追。

随着时间的推移，寝室四个同学一起睡觉的几率越来越小，最后几乎等于零。

不是刘德华

我的非著名室友，叫刘华。

据说刘华本名叫刘德华，他老爸给他取这名字的时候，香港那个刘德华还没出名，所以压根不知道这是后来"四大天王"之一的名字，想着自己的儿子有德又有才，就想了个"刘德才"。可惜这名字跟四川的大地主刘文彩特接近，没有政治前途，听起来也很俗，所以就改成了才华的"华"了。

名字饱含了父母的深情和厚望，却给我们善良而纯真的刘德华同学带来了无尽的烦恼。等香港刘德华一出名，家在犍为县罗城镇的刘德华小同学也火了，经常有同学在背后捂嘴偷笑，对他指指点点，很快他便成了全校皆知的笑柄。

刘德华毛了，要死要活逼着老爸给他改名字，去公安局的时候，管户口那阿姨还一脸坏笑地说："这毛孩子，还真叫刘德华啊？"

刘华看着那阿姨的狐狸眼就一肚子气，更是下定了决心，名字必须得换，不然人生就毁了。于是他和他老爸商量，把他名字中的"德"给拿掉了，正式取名为刘华。可回到学校，同学们依然不放过他，还给他取了个绰号，叫"缺德的刘德华"。

刘华没辙了，后来干脆不管了，大家爱怎么说怎么说，他无动于衷。所以这寒窗十余载，刘华啥都没有学好，倒把脸皮练厚了，死猪不怕开水烫。

不过上天总是公平的，在名字上没给刘华好果子吃，却给了他一张帅气精致的脸。我第一眼看他的时候，差点以为是金城武，不过定睛一看，身材要短些，脑袋上还有几撮倔强的头发乱七八糟地翘着，算是一个超级赛亚人版的缩水金城武。

尾随

第一天认识刘华，发现这人特能说，我问他一句，他能说上一串，说着说着天色都暗了下来。我本想去学校食堂尝尝鲜，结果刘华说学校外面有一家店的糖醋排骨不错，拉着我去开荤。我心想刚来不好扫室友的兴，便答应了，结果去了那叫一个悔啊。那个糖醋排骨真是霸道，糖是糖，醋是醋，吃起来一会儿齁甜，一会儿溜酸，刘华吃得津津有味，我痛苦得眉毛都快皱没了。

好不容易吃完了，刘华拽着我在学校外围散步。

我们以极其猥琐的姿态在路上瞄上了一美女，但见她容貌秀丽，长发齐肩飘逸，身材婀娜多姿，刘华顿生邪念，说："走，跟着她走走。"

我一脸鄙夷："妈的，刘华，你要干吗？"

刘华说："不干吗，找机会跟她认识，留下个产生姻缘的机会。"

我服了他。

于是我们一路鬼祟地尾随着那美女，她左转，我们也左转；她进了小巷，我们也跟着人家走进了一小巷。

刚走出小巷，那美女突然一个猛子停住，转身怒目而视："你们两个跟着我干吗？再跟，我就报警了。"

我胆小，吓得定住了，不敢吭声，还是刘华脸皮够厚，笑嘻嘻地走了上去，说："同学，别生气，我们没有恶意，就想跟你交个朋友。"

那美女翻了一个传说中的极品白眼——"卫生球眼"，单手一挥，甩了一句："走开！我没兴趣！"

然后转身潇洒地离去了，只给我们留下白裙飘飘的背影。

没过多久，我开始上统计学的课程，第一节课的时候，走进来一女老师，我擦亮眼睛一看，不就是我们尾随过的那个美女吗？当时脑袋一下就蒙了，心想完了，这统计学看来是挂定了。

不过世事难料，我抱着必死的信念反倒考出了优异的成绩，统计学分数位列全班第一。说起来，还得感谢人家这个美女老师，一是她胸怀宽广，不计前嫌；二是她敦促着我学习，就因为我怕期末考试时被怀恨在心的她故意"报复"，所以一节课都没有逃过，每次作业都一丝不苟地做，结果本来只想混个及格的我最后考了一个98分。当然，这也是我大学时代考过的最高分。

老子所说的"祸兮福所倚"，还真有些道理。

呼噜侠

我的第二个室友，叫梁国栋。

此人品性善良、正直，心中有不灭的梦想。他说，他妈给他取的名字的含义就是要成为国家的栋梁，所以他要为了祖国和人民努力奋斗。

话说得多好，行动完全相反，一天到晚都在睡觉。

记得有一个星期五的下午，我准备回趟家，就先回寝室拿点东西，发现梁国栋一如既往地藏在被窝里，只露出半截脑袋和一只手，手里还捏着本《浣花洗剑录》。

临走的时候，我望了望梁国栋，说："我走了，你不要一直窝在床上。"

床上传来裹着铺盖发出的瓮声瓮气的声音："哦，晓得了，你走吧。"

星期一的下午，我返校回到寝室，发现梁国栋依然窝在床上，跟我走的时候一个状态。我心里暗想，这个家伙不会在床上窝了三天吧。

我问他："梁国栋，你就跟一坨屎一样，你是不是一直在床上窝着，从我走的时候窝到现在？"

梁国栋沉静了半晌之后总算探出了头，盯着我，表情呆滞，不紧不慢地说了一句："我下来泡过面。"

我彻底无语，这家伙居然睡了三天三夜，睡觉之功力已经达到了出神入化的境界，所谓白天不知夜的黑，也不过如此。

所以我模仿徐志摩的《再别康桥》，写了几句诗给他：
悄悄地我醒了
正如你悄悄地睡
你蹬一蹬被子
不露出一根腿毛
……

梁国栋睡觉，还有一特点，那就是到了晚上鼾声如雷，他自己却如死猪，浑然不知。刚开始我完全受不了，大半夜躺在床上冲梁国栋嚷嚷："妈的，你能不能不打呼噜，让我睡个安稳觉行不？"此话一出，鼾声即止，我心中窃喜，不料未及片刻，鼾声再起，声势更大。

最开始我听着梁国栋的鼾声久久不能入眠，甚是痛苦，可过段时日，梁国栋宛如吹笛般规律的鼾声便成了我的催眠曲，反倒是梁国栋不在的时候，我辗转反侧，难以入眠。

后来我模仿顾城的《远与近》，写了首《醒与睡》，赠予梁国栋：

你
一会儿醒着
一会儿睡着

你醒着时很静
你睡着时很吵

爬水管超人

我们那栋楼有六层，有一个大妈在一楼守着。

过了十二点回来要登记，写原因，要写合理的，写什么看月亮数星星的，是忽悠不了她的。正儿八经地写了个理由还不够，还得听大妈啰唆，有的时候把她惹急了，她还会威胁我们说，要去班主任、系主任那里揭发我们。

我们不怕，不就晚归吗，多大点儿事啊。

人家大妈说了："没多大的事，我不可以把它说大啊？到时候有你们好看的。"

所以我们给大妈取了个外号，叫"守大门的女唐僧"。

后来，我们得知，大妈也给这栋楼取了个名字——"镇妖塔"。

501寝室在五楼，为了躲避大妈，我们选择爬水管。

没过多久，我去阳台，看见梁国栋正抓着水管上阳台，我脑子一阵眩晕，问："梁国栋，你疯了，爬这么高的水管，你不怕掉下去啊？"

梁国栋一脸茫然地说:"老子之前看你们也在爬啊,你们不就是这样爬上来的吗?"

我说:"我们爬到二楼就走楼梯了。"

梁国栋傻了。

郭富城发型

我的第三名室友,叫王洋。

此同学容貌俊俏,喜欢梳蘑菇分头,就是在20世纪90年代风靡一时的郭富城发型。

时过境迁,发型已经过时,但对王洋来说,倒是挺合适的,配上他那张有些稚气却乖巧的脸,就是一标准的奶油小生。王洋有轻度的近视,偶尔也会戴上眼镜,我总觉得,那个样子颇有徐志摩的味道,如果手里再拽本书,更是书生意气,定能迷倒众生。可惜王洋这家伙对散文、诗歌完全不感兴趣,最喜欢看的书是《蜡笔小新》。

每天早上,寝室第一个起床的一定是王洋。他端坐在自己的位置上,拿着一个小镜子狂照,鼓捣他的郭富城发型。

有一次,我跟他开玩笑:"王洋,一大早你就在那儿对镜贴花黄,你要去相亲啊?没事你瞎臭美啥子嘛!"

王洋转过头冲我眨巴了半天眼睛说:"我不臭,但是美,我可以承认。"

食堂那些事

据说在食堂的餐盘里能收集到7只小强的人,可以实现一个愿望。

食堂里最恶心的事,不是有人吐了一地,而是看见两个男生互相喂饭。

食堂里最开心的事,是隔壁坐着一对男女情侣,郎情妾意,你侬我侬,让我和梁国栋两个光棍很受刺激,所以我们决定,我们也学他们,互相喂饭,你一口我一口。我还发嗲地说,嗯,好吃。情侣受不了,走了,周围一群人投来鄙夷的眼光。

食堂里很幸福的事,是有陌生美女坐对面,喷了我一脸的饭,很不好意思地拿出纸巾给我擦拭,别人还以为我们是情侣呢。

更幸福的事,是陌生美女看我脸上还有饭,我却看着她傻笑,她忍不住再次喷饭,又喷了我一脸。

食堂里很无奈的事,是明明打的回锅肉,不就掉了片肉吗,就成炒青椒了。

更无奈的事,是打的南瓜像大便。

食堂里很糗的事,是外面下大雨,我打着伞一路进了食堂,还在队伍后面排了30秒,所有人凌乱的眼光啊。

更糗的事,是伞没来得及收,遇见班上美女韩雪了,她笑着问我:"路飞,食堂在漏雨啊?"

食堂没漏,我脑子进水了。

食堂里很丢人的事,是梁国栋用银行卡当饭卡刷,刷不出来还说机器有问题。

更丢人的事,是后面有个美女一直在等,一直笑。

比这还丢人的事,把银行卡放回去,发现没带饭卡,可是两个鸡腿已经打好了。

峰回路转的事,是后面的美女慷慨帮梁国栋刷了鸡腿,还请他吃了饭,然后两个人成了朋友。

最遗憾的事,是一直说要请帮刷鸡腿的美女吃日本料理,结果还没来得及吃,大家都毕业了。

最悲伤的事,是毕业后相约一起补上从前的日本料理,结果女生在广东,梁国栋在成都,等到女生准备回成都的时候,先去了北川,后来地震了,女生再也没回来。

我喜欢在学校外面吃饭,一般去食堂吃饭是因为遇到了经济困难。

一次为了省钱，打了三两饭，却只打了一个菜——红烧豆腐，因为有油，很下饭。

吃完没吃饱，又端着饭缸去打了三两饭，还是一个菜——红烧豆腐。

还没吃饱，再去打三两饭，依然要红烧豆腐。食堂师傅忍不住了，说："同学，要不我给你打个肉吧，算我请你。"

饭卡里终于有超过五十的余额了。

我决定大餐一顿，要了一碗牛肉面和一个两荤一素套餐来吃。

我一边吃面，一边夹菜吃饭，生活多惬意啊。

正在我埋头吃面的时候，食堂阿姨来了，以迅雷不及掩耳之势把我的饭盘子扔到了桶里。

我无辜地看着她，说："我还没吃完啊。"

阿姨愣了一下，又把盘子从桶里给我捞出来，摆在我面前了。

我是吃还是不吃呢？

最穷的时候，去食堂打一碗免费的粥，喝完再续，一般我要七擒孟获。

喝粥的时候，无意中瞅见楼上小炒部坐着我们班两个领助学贷款的哥们，又是啤酒又是肉，谈笑风生啊！

后来我算明白了，欠钱的都是大爷。

食堂有可乐机，一块钱一杯，物美价廉。

一日，付钱后拿可乐杯接可乐，按下开关的一刹那，我呆了。

没有黑色的液体出来，取而代之的是透明的白色液体。

我好心提醒："师傅，你们放错了，这是雪碧。"

师傅没理我。

我喝了一口，妈的，啥味都没有，居然是白开水。

我幽怨地看了看师傅。

师傅淡定地说："同学，你等会儿再打一杯吧，我忘加可乐了。"

敢情你们的可乐是勾兑出来的啊。

和尚班

隔壁寝室的仁兄跟我说,他们班是和尚班。怎么个和尚法?刚去班里开班会的时候,他的内心充满了绝望,因为班里一个女生都没有。

开完班会之后,他惊喜地发现,原来班里有女生,仔细看就能分辨出来。

我去班里报到之前,业已转投经济学专业的刘华幸灾乐祸,大肆渲染地讲着和尚班的凄惨景象:清一色的男生挤满了教室,放眼望去,满目皆是不修边幅的头发,爬满胡子的粗犷大脸;走入人群中,一股股的汗味四窜入鼻,心中是无尽的失望,在这样的世界里,连一个像如花的女人都会是稀世珍宝。

我们班不是和尚班,男女比例2:1。

有同学说,老师这样安排是要激励我们竞争,从而产生前进的动力。

班里有几个美女,我这样说不知道其他女生会不会生气,其实你们都是美女,只是有几个我比较喜欢。

有个女生叫韩雪,我看一眼就忍不住看第二眼,然后忍不住一直看,侧面尤其好看,长发也好看,背影还那么好看。

我突然萌发了在大学里谈一场恋爱的冲动。

是不是被压抑太久的雄性荷尔蒙终于爆发了?

工业工程

我学的专业是工业工程,英文叫 Industrial Engineering。

说中文的时候,人家以为是搞建筑的;说英文缩写 IE 的时候,人家以为是搞 IT 的,反正他们不知道其中的真正含义。所以寝室里面四个人,三个人叛逃了,投靠了其他专业。他们的爸妈一听见被调到这专业,着急了,对他们的儿子将来的前途表示很担心,于是宁愿出钱也要换。

只有我没有换,我认为,条条大路通罗马。

其实我是觉得,我老爸肯定不会同意给我出钱的,他一定会跟我说"条条大路通罗马"的。

第一次班会,终于见到我们的班主任了,是一个戴着小眼镜的中年男人,头发有些短,有些蓬乱,胡子好像没刮太干净,这和我想象中的大学老师的神圣形象有太大的差别。以前头脑中大学老师的轮廓,是一种完美而纯正的雕塑,而现在站立在面前的这个老师,却是个普通人,身上似乎还有些痞子气。

在简短的自我介绍之后,班主任就开始噼里啪啦地介绍工业工程了。他说,工业工程是美国五大工程之一,美国获得第二次世界大战的胜利就是靠工业工程。他还说,苏联跟德国激战,在斯大林格勒,在库尔斯克,都很惨烈,伤亡人数比德国还多,问题是最后人家苏联赢了,为什么?德国一个月造1000辆坦克,苏联一个月造2000辆,我虽然坦克损毁得比你多,但我造得比你快,所以到最后你还是打不赢我。看吧,这工业工程的价值体现了,我们的目的就是想方设法地花最少的钱还能多造1000辆坦克,别小看这个,这可是关系重大!

我心潮澎湃,原来我们的专业这么重要。

学别的专业是为了找好工作,我们学习是为了振兴中华。

我想起了周总理的那句话,"为中华之崛起而读书"。

多么伟大的专业啊!

七剑下天山

最近寝室发生了一怪事。

连续两天在我们寝室门口发现有撒尿的痕迹,早上一开门,一股尿骚味扑鼻。

我们很是气愤，哥几个没什么仇人啊，我们估计，除了王洋的情敌，没人能干出这事。

问题是他的情敌在跑马溜溜的山上呢，就算骑着快马也不可能半夜三更地赶过来嘛。

所以，恶作剧的可能性很大。

所以，我们决定通宵守夜，抓捕这个变态的凶手。

熬到半夜，哥几个全扛不住了，爬上床睡了，说一听着动静就起来。

结果一阵呼噜声后，我们期待已久的凶手出现了。

只见梁国栋麻利地下床，开门，然后拉开裤子对着墙壁嘘嘘了，再神道地走回来，嘴里还说着什么"七剑下天山"，上床，睡觉，一气呵成。

我们惊呆了。

梁国栋梦游了。

我们不敢把他叫醒，怕把他吓死。

第二天趁梁国栋睡着，我们把门反锁了，让他无路可游。

结果他把尿直接撒门上了。

早上醒来，他闻着尿味还瞎嚷嚷，说定要把凶手找出来。

我们没说话，不敢戳穿他，怕他心理压力大，改变路线梦游，去阳台撒尿，不小心掉下去，那可伤不起。

我们为了拯救梁国栋，上网搜罗了很多关于梦游的信息。

经研究，大家得出结论，梁国栋前几天连续通宵玩拖拉机，过度疲劳，是梦游的主因。

于是我们用心良苦地天天拉着梁国栋玩拖拉机，并依靠三个人的默契配合，让他天天输，以至于他对自己的拖拉机水平产生了严重怀疑。同时，我们都早睡早起，刻意创造良好的寝室氛围，让梁国栋正常睡觉。

梁国栋的梦游终于好了。

锤子哥

我跟刘华说:"我给你说一个谜语,我们寝室只有梁国栋在,打一电影名。"

刘华说:"还用说,不就是《春光乍泄》吗?"

我说:"你那个不够贴切,真正的谜底是《蜜桃成熟时》。"

我脑海中浮现出梁国栋丰满的胸脯和一身泡泡肉。

梁国栋不喜欢穿衣服,特别是在夏天,他只穿那条肉色的内裤,就跟全裸似的。

我说他:"梁国栋,你只穿条内裤在寝室里,不怕被对面女生看见啊?"

梁国栋说:"锤子,你不让我穿内裤,难道裸着啊?"

连王洋都看不下去了,说:"梁国栋,不穿衣服有那么凉快吗?"

梁国栋说:"你们不懂,我这叫风干,什么灰尘污垢都随风而去了,连澡都不用洗了。"

我和王洋无言以对。

刘华忍不住了,走过去摸了梁国栋的胸一把。

梁国栋顿时"草容"失色,慌忙把刘华的手拨开,说:"把你的狗爪子拿开,你摸个锤子啊!"

摸个锤子,我们都愣了,但后来反应过来了。

王洋说:"梁国栋,你说自己是锤子。"

我说:"梁国栋,你真的是个锤子。"

刘华说:"梁国栋,以后我们就叫你锤子好了。"

梁国栋急了,说:"锤子,不准叫我锤子。"

刘华说:"那好吧,我们叫你的英文名好了,Hammer(锤子)。"

哦,锤子哥,Hammer。

神秘的大叔

大学的夜晚静悄悄。

我一个人在教室里自习,不远处传来阵阵美女翻书的声音。

突然,闯进来一个身着保安制服的大叔。

他身后跟着一个容貌乖巧的小姑娘。

大叔环顾教室,然后气势汹汹地冲我走了过来。

我心里咯噔一下,大叔,我没干吗,一没有猥亵妇女,而没有打架闹事,你干吗冲我来啊,就算刚才多看了旁边那个美女两眼,这也不犯法啊。

大叔还是走了过来,他问我:"学什么呢?"

我说:"没学……什……么。"

大叔顿了一下,神秘兮兮地拿出一张纸,说:"帮个忙吧,看看这道题怎么解?"

我豁然开朗,接过了那张纸。

居然是小学的算术应用题。

看着小姑娘水汪汪的眼睛,我决定用我的智慧来帮他们的忙。

可五分钟过去了,我也没算出来。

当十分钟过去的时候,我放弃了,跟大叔说,这题太难了,我解不出来。

大叔皱起眉头看了看我,说了声谢谢。

我好惭愧啊,小姑娘那哀怨的眼神,更是让我无地自容啊。

后来大叔找了旁边那美女,人家两分钟没到就给解出来了。

少壮不努力,老大徒伤悲啊!

我们都很穷

梁国栋说:"我很穷,连一辆保时捷都买不起。"

刘华说:"你不是穷,是投错了胎。"

梁国栋摇了摇头:"嗯,命运的车轮已不可改变!"

刘华说:"我是说,你应该投胎去做猪,因为做猪就不会想那么多了。"

梁国栋说:"钻石戒指太贵了,有那个钱还不如买台电脑。"

刘华说:"那你以后求婚的时候扛着电脑去嘛。"

梁国栋站在阳台上仰天长叹:"苍天啊,你扔500万来砸我嘛。"

刘华说:"掉500万个硬币下来,砸死你。"

……

梁国栋说:"我没有女朋友,都是因为我没钱,有钱能使鬼推磨。"

刘华说:"你没有女朋友,是因为你人品差,人品太差鬼都怕。"

梁国栋说:"我做梦的时候中彩票好几回了,醒了之后一次都没中过。"

刘华说:"哥哥,拜托你先去买一注彩票行不?"

梁国栋身份证丢了,一直都拖着不去补办。

直到有一天,他火急火燎地去学校的派出所办了新身份证。

我很诧异,问他:"平时你都不急,这次哪根筋不对了?"

梁国栋说:"我昨天做了一个梦,梦见我中彩票了,但领奖的时候,工作人员说我没身份证,愣是不发给我。"

我说:"那只是一个梦。"

梁国栋说:"可是我不能让这样的情况发生第二次。"

洗澡

浓郁的书香气息中那座总是冒着白烟的小楼房,便是学校的澡堂。那里散落着许许多多的光辉传奇,有美丽学姐飘零的头皮屑,有眼镜师兄拔下的胳肢窝毛,还有只会在传说中出现的直径为50毫米的巨大眼屎,后来人还给它取了好听的名字,叫"光之结晶"。据说凡是能触碰到"光之结晶"的人,都能鲤鱼跳龙门,从此转运,飞黄腾达,甚至名留青史。可是这种神物都是可望而不可即，早就随着那些肥皂泡和沐浴液混杂的液体一起烟消云散了，让后人长吁短叹，原来都是浮云。

我和刘华便走在通往传奇的路上。

确切地说，是堵在路上了。

澡堂设施年久失修，学校艰苦朴素舍不得更换，导致位置越来越少，所以浴室门口的队伍总是排得很长，仅次于吃饭高峰期的食堂。刘华眼见此种光景，大为不满地说："这澡堂子比成都的一环路还堵。"

我说："你见过穿个短裤，踩双拖鞋，端着搪瓷盆子堵在一环路的吗？好歹人家也坐在车里嘛。"

刘华说："我觉得学校太抠了，早就该修新澡堂了，最好能整个温泉桑拿，跟外面的人一说，多牛啊。你看，我们学校澡堂里都可以推拿按摩，你们来吧，来我们学校吧，保证你四年不愁洗澡排队。"

我说："你就梦吧，我看我们还是学梁国栋好了，直接让我们的身体风干了，一可以省钱，二可以为国家节约资源。"

雾漫漫其朦胧兮，吾将上下左右而搓澡。

我和刘华一进澡堂，就陷入了一片浓重的雾气。两人到处找位置，位置没找着，却遇上一奇怪的男同学。那位仁兄当时穿着内裤悠然自得地沐浴着，我和刘华多盯了他几眼，他便表情怪异地回瞪着我，我觉得不好意思，把头扭开了，装作没有看见。那个人居然说话了："没见过穿内裤洗澡啊？少见多怪。"

我和刘华顿时愣了。

果然是传奇之地。

人都是那么不一样。

刘华的澡洗了一个小时，我等了半天他才出来。

我质问他："你也在洗内裤吗？洗了那么久？"

刘华头上还在冒烟，振振有词地说："老子花了两块钱，肯定要把它赚回来，不然亏大了。"

我说："老子看你皮被洗掉一层，那才叫亏大了呢。"

刘华说："放心吧，我皮厚，坚强得很。"

我说："我看你是欠抽。"

回寝室的路上，路过一老旧的宿舍，隐约传来一阵歌声。

我和刘华又走了数十步，歌声变得清晰起来，是任贤齐的《对面的女孩看过来》：

"看过来，看过来，这里的世界很精彩。"

我望了望二楼，只见一个男子正拿着水桶在公共厕所里冲澡，而那嘹亮的歌声也是他发出来的。

刘华瞅了瞅对面的女生宿舍楼，又瞅了瞅这边的二楼，说："牛，哥们，你真牛，墙上那么多洞，对面的女孩可真能看过来。"

我说："确实牛，不过我们也可以学他。"

刘华说："怎么学，在厕所里唱歌？"

我说："拉倒吧，我是说在厕所里冲凉。"

刘华说："可是在我们的厕所看不到女生宿舍。"

蚊子的烦恼

记得小时候有几句顺口溜："春天不是读书天，夏日绵绵正好眠，秋有蚊子冬又冷，收拾书包过新年。"可谓说出了大多数学生的心愿，但也告诉了我们，不管是21世纪，还是公元前1万年，反正只要是秋天，便是蚊子多多的季节。母蚊子要趁着冬天到来之前产卵，繁衍后代，所以这金秋时节就有了它们最后的疯狂。说起来，这蚊子也算是世界上生命力非常顽强的动物之一，人家可是跟恐龙同时代的。这踩一脚地动山摇的庞然大物都灰飞烟灭了，它这一巴掌就能拍死的小东西却顽强地活到现在，还广布世界各地，比人类都牛。

所谓"嗡嗡床上蚊，一天来一拨，寒冬杀不尽，春风吹又生"。

对于我来说，蚊子除了带来点儿算不上噪音的噪音，基本上是不会影响生活的。我一不用挂蚊帐，二不用点蚊香，更不用插灭蚊器，每天都能安安稳稳地睡个踏实觉。

在这里，我要感谢王洋，感谢他长得细皮嫩肉的，蚊子都喜欢他，只要有他在，蚊子绝不会袭击我们三个。

一日，夜已深，大家都睡得迷迷糊糊的，我莫名地想起韩雪来，陷入春思，迟迟无法入睡。朦胧中，王洋突然一下坐起来，挠了挠他的大腿，说："蚊子，你去咬梁国栋嘛。"

然后他轰然倒下，接着呼呼地睡了。

蚊子歼灭战

跟刘华一起回寝室，一推门，却见烟雾缭绕，朦胧之中隐约有人影晃动。

我往后退了一步，说："着火了？刘华，快点去拿灭火器。"

刘华从容而淡定地说："路飞，我觉得我们该先打119，这种状况不是凭你我二人之力可以搞定的。"

我说："等你去打完电话，房子都烧成灰了。"

说话间，黑影从烟雾中走了出来，那人不是别人，正是王洋。

我说："王洋，寝室怎么了？那么大烟，你没事吧？"

王洋皱了皱眉说："你们大惊小怪的干吗，我在熏蚊子呢，你们现在要么选择在楼梯上等着，要么进去。我要关门了，再这样开着，我的灭蚊计划就会被破坏了。"

我卷起舌头，看了看刘华说："咋办？人家在闭关呢。"

刘华耸了耸肩，说："算了，我们先去吃饭，吃完再回来。王洋，一个小时，你那烟雾能散吗？"

王洋说："放心，一个小时之后我一定让蚊子死光光。"

刘华说："我是说，烟能散吗？"

王洋说:"能散,你们先去吃饭嘛。"

我说:"王洋,你吃了吗?要不一起去?"

王洋说:"不去了,蚊子一日不除,我一日不得安宁。"

一小时后,我和刘华返回寝室,烟雾已经散去大半,只有浓郁的蚊香味道残留在空气中刺激着鼻黏膜。王洋呆坐在位置上,守着一台小风扇一言不发,那风扇像要散架般发出"呼啦呼啦"的声响。

我走了上去,拍了拍王洋的肩膀,说:"行了,行了,这烟雾都散了,不用吹了。"

王洋也不看我,盯着一旁,冷冷地说:"我没吹烟。"

我问:"那你在干吗?"

王洋说:"老子要把那些蚊子吹成面瘫。"

蚊子走了,伤心地走了,它们在王洋的血腥镇压下不得不选择了阶段性的撤退。

共享阶段

灭蚊战役算是取得了小小的胜利,可501寝室也沦陷了。

王洋天天搞得寝室乌烟瘴气,不仅让蚊子痛苦,也让室友们苦不堪言。为了躲避蚊香,为了躲避他身上异样的花露水味道,我和刘华、梁国栋不约而同地采用了一个策略——三十六计,走为上计,能不在寝室就不在寝室。寝室顺理成章地被王洋独占,然后在不到20天的时间里,从宿管大妈口中的星级宾馆变成了垃圾场,那些散落在地上的零食包装袋,被残忍地撕裂了躯体,地面上原本雪白的瓷砖变得斑驳,臭袜子的味道混杂着汗水的清香弥漫在狭小的空间内。估计那些曾经居住在这里的蚊子,都会被臭得从空中掉下去,再也飞不动了。

话说回来,王洋熏蚊子好歹还算为寝室谋福利,刘华洗衣服那叫一个人见人恨。这家伙自创了自然化解法,一有脏衣服就丢到盆子里用洗衣粉泡一两天,让洗衣粉中的化学物质自动地去溶解衣物之上的脏东西，然后再从盆子里拎出来直接用水清，就算洗完了。最牛的一次，刘华把T恤泡在盆子里，忘了，十几天后终于发现了，水都臭了，T恤拿出来一看，已经五颜六色了，用手一拧，成抹布了。

原本意志薄弱的我和梁国栋，慢慢屈服了，最后，干脆也抱着破罐子破摔的心态，跟着王洋和刘华沦落了。

501寝室由此步入了共享阶段，只不过物质财富是相当匮乏。

寝室里长期只有一袋洗衣粉、一瓶洗发水和一支牙膏，四个人共用刘华在地摊上花九块钱买的电动剃须刀；寝室也没有穿衣镜，一到早上，大家就哄抢着王洋的小镜子梳各种各样的头。

包包里只有20块大洋了，为了江湖救急，还得分10块给弹尽粮绝的兄弟。

限量版的皮卡丘T恤晒在阳台上，回来准备收的时候，发现正穿在其他哥们身上。

然而物资短缺并没有吓到充满智慧的天之骄子们，比如我，经常一物多用，早上用于刷牙的牙刷，到了晚上可以当作刷鞋的刷子，到第二天早上，洗洗，又能当回刷牙的牙刷。梁国栋说我恶心，我笑着回答："你不懂，我这叫艰苦朴素，为祖国节约资源。"

孤单的袜子

天空中散落着几颗星，像是遥不可及的梦想，虽然那么真实地划过视线，却永远也够不到。

微弱的光穿透了世界，却仍然改变不了如浓雾般的黑暗，我独自站在阳台上，本来准备晒衣服，却不知不觉中望着星空发了一小会儿呆，等回过神来的时候，惊奇地看到绳索上有一只袜子昭然地夹在衣架上。

我的眉头皱起来，转身问："你们谁晒袜子了？就晒一只，太扯淡了。"

还睡在床上的刘华探出了一个脑袋说:"我晒的,有什么问题吗?"

我说:"刘华,你终于洗袜子了啊,很不错,不过我有一个小小的意见,有你这样晒袜子的吗?还有一只袜子在哪?"

刘华不紧不慢地说:"找不着了。"

我说:"找不着,你还不如不洗啊。"

刘华说:"路飞,你不懂,我先把这只洗了,下次再掉一只的时候,我还能凑一双袜子,要不然它们都会孤单了。"

第二天上课,我一直觉得不对劲,老闻着一股脚臭味,四处张望,只有一个娇小玲珑的女生把鞋脱了。她穿着干干净净的白袜子,微微翘动着大脚指,我看她花容月貌,也不像是臭味的来源,于是继续寻找。寻觅寻觅,寻觅到最后,我终于发现元凶,龟儿子刘华的袜子不知何时跑到我的衣服兜里了,就算是在兜里,都没能掩盖住它嚣张的味道。我赶紧溜去厕所,一手夹着鼻子,一手把那袜子提了出来,好嘛,原本白花花的袜子,已经在时光的侵蚀和刘华的毒害之下,变成了黑白相间的熊猫色,大拇指那地方还烂了一个椭圆形的洞。那飘散的臭味即便在掩鼻的情况下,仍然令人作呕,就跟放了几个月腐烂了的带鱼一般。

洗头

梁国栋洗头,抓起那瓶空空如也的洗发液,使劲摇了摇,见没动静,又翻转过来鼓捣,还是没搞出丁点残余。

梁国栋毛了:"你们太缺德了,一点洗发水都不给留。"

我说:"我本来打算去买的,结果发现我没钱了。"

梁国栋湿着头转过身来,跟鬼一样看着我说:"那我现在怎么办?"

我说:"要不,用立白洗衣粉吧。"

还真别说，就梁国栋那一个月都没有洗过的脑袋，就适合用洗衣粉。我原本以为洗出来的水会很黑，结果走近一看，从梁国栋脑袋上流下来的水，居然是绿油油的，太牛了，估计头上都长青苔了。

洗完头发之后，梁国栋随手从我的衣柜门上抓了一个干毛巾，蒙上头便擦。我坐在一边暗自发笑，等梁国栋擦完，我说："锤子哥，我告诉你一个秘密嘛。"

梁国栋皱着眉问："什么秘密？"

我说："你用的那个是我的洗脚帕。"

梁国栋瞬间便把手里的毛巾扔到了我的书桌上，说："锤子，我说怎么有怪味胡豆的味道呢！"

我跟他开玩笑："你太过分了，用完了，谢谢都不说一声，还给我乱扔。"

梁国栋说："我谢你个屁，你敢拿洗脚帕害我。"

我说："那是你自己拿的，关我屁事，不过我那个洗脚帕不经常用，最近也就昨天用过一下。"

梁国栋说："不常用，那你有几天没洗脚了？"

我说："昨天之前，也就一个星期吧。"

梁国栋有种作呕的感觉，哀怨地看着我说："算了，我不跟你说了，出去买一个吹风机。"

我说："你一个月不洗头，我都没嫌弃你，我一个星期不洗脚怎么了？"

梁国栋说："头跟脚能一样吗？"

梁国栋说着便拧开门下楼了。

梁国栋是一个雷厉风行的人，很快便带了一个完全不知名的牌子的吹风机回来，满脸得意地跟我说："很划算，这个才 25 块钱。"

我跟他开玩笑："锤子哥，你很会买东西嘛，用烂 10 个就成 250 了。"

梁国栋一脸的不高兴,说:"锤子,老子这个吹风机,至少要用到大学毕业。"

那个吹风机噪声极大,梁国栋按下按钮的时候,就跟来了台拖拉机一样,我受不了这种声音,冲着梁国栋叫:"锤子哥,你就不能让头发自然风干啊,你的吹风机太吵了,我衷心地希望它坏掉。"

有了吹风机的日子,梁国栋爱洗头了,从一个月不洗变成了天天洗,连续洗了七天。

就在第七天,梁国栋像往常一样抓着吹风机吹他的大脑袋,我则用双手堵着耳朵满脸郁闷地看着他,他一副自在的样子,突然,电吹风"嘣"的一声爆了,缕缕青烟飘出。

我高兴坏了,看着一脸惊呆的梁国栋,眉开眼笑地说:"可以嘛,梁国栋,终于得道成仙了,在哪个道场修炼啊?"

梁国栋把吹风机拍到桌上,气急败坏地走到我面前,掐我的脖子。

他说:"锤子,路飞,你赔我吹风机。"

我还是忍不住笑:"你的吹风机自己爆了,关我什么事?"

梁国栋说:"就是你,经常诅咒我的吹风机,把它咒坏了。"

在吹风机爆炸事件发生以后,梁国栋意识到了品牌的重要性,赌咒发誓再也不用杂牌货了。

于是他省吃俭用,节衣缩食,从他一个月的俸禄中抠了200多块大洋去买了一个"松下"的吹风机。

这个吹风机很快成了寝室里的抢手货,梁国栋看着大家肆无忌惮地用他心爱的吹风机,满是牢骚,最后生气地把它锁在了柜子里。

完全不知情的刘华在寝室里,高高兴兴地洗了他那赛亚人的头,想用梁国栋新买的吹风机,死活就是找不到。于是,他走了到梁国栋的床前,矫揉造作地跟睡在床上的梁国栋说:"锤子哥,借你的吹风机用一下嘛。"

梁国栋说:"好,等一下。"

刘华在梁国栋的桌上找了本杂志，边看边等。

等了三分钟，梁国栋纹丝没动。

刘华毛了，使劲地摇梁国栋的床，大声地喊："锤子哥，你睡个锤子，吹风机呢？"

梁国栋揉着双眼迷迷糊糊地说："锤子，还让不让人睡觉了？"

刘华说："你说给我拿吹风机，喊我等一下，我等了你半天，你还不下来。"

梁国栋继续保持晕乎乎的状态："锤子啊，我什么时候说过？"

刘华说："搞了半天，你在说梦话呢。"

卷毛小乖乖

刘华把头发烫了。

眉目清秀的他乍一看像女人了。

临近宿舍关门，刘华匆匆冲进宿舍楼。

看楼大妈大声叫："那个女同学，你站住，半夜三更你往男生寝室跑什么跑？"

刘华无辜地看着大妈，说："我是男生。"

大妈怒了："你以为大妈是瞎子啊，别以为平胸就可以装男生，你给我出去！"

桃源大饭店

一直记得那个灯光朦胧的夜晚，梁国栋叼着烟，目光深邃，一副迷倒众生的模样，在饭店前等待。

我们相逢的一刹那，梁国栋激动万分地说："你终于来了，老子都快饿扁了。"

梁国栋最终还是把他的吹风机从柜子里永久地拿了出来，虽然他每天总是哭穷，但我觉得，他骨子里还是个很大方仗义的人。

就像他买了六个橙子，在回寝室的路上愣是能送出去五个，当然，对象全是女生。

我说："你怎么不全送出去呢？"

梁国栋说："你懂个屁，我要和美女们共享甜蜜。"

相比于王洋和刘华的平淡，我和梁国栋两个人的关系开始火热起来。梁国栋大大咧咧、傻里傻气的性格让有些沉默，却让特喜欢拿朋友开涮的我找到了一个完全不会生气的开涮对象，两个人在一起的时候，就跟说相声似的，我是冯巩，他是牛群。

于是，我和梁国栋的身影总是成双成对地出现在学校里，两个人一起去学校里的小书店看一下午的书，用三天时间看完了一部小说却一本没买；一起去找最偏远的理发店剪三块钱的头，出来的时候我不停地抱怨，剪得太差，又回到了"马桶时代"。

当然，更多的时候，是抱着各自的大饭缸去食堂吃饭。

土豆烧牛肉丢了一坨牛肉只剩下土豆的事，在食堂可谓司空见惯。梁国栋的食量很大，他曾经创造了一顿吃20个包子的惊人纪录，所以食堂的斤斤计较和掌勺师傅的抠门，便和梁国栋长期得不到满足的饮食需求形成了巨大的矛盾。

所以我经常拉着梁国栋去学校外面的小馆子开荤。

桃源大饭店是我们俩常去的地方，当时一看这饭馆的名字，我便被这强大的气场震慑了，真是大饭店啊，不得了啊。不过里面只有七八张桌子，因为空间不够，摆放得极不整齐，椅子也比较破旧，坐上去吱呀吱呀地响，就跟要散架似的。老板养了只黄色的小猫，估计是用来吓老鼠的，不过倒是经常把我吓着，刚一屁股坐下，就有一个黄影从桌下钻出来，一闪而过，后来我管这只猫叫小飞侠。

小飞侠不怕人，特别不怕我，每次我一来，它都会跑到我的脚下喵喵地叫，装出一副楚楚可怜的样子。心地还算善良的我敌不过它乞求的眼神，经常夹肉扔给它吃，看得一边的梁国栋那个心疼啊，他说：

"路飞,少喂它吃点,人家老板都不喂,你管它干什么?"

我说:"又没吃你的肉,你心疼啥嘛!"

梁国栋说:"谁说不是我的肉?"

这个饭店厨子不够,所以上菜特别慢,经常有人拍桌子踢桌子腿,以不吃饭走人为要挟跟老板瞎嚷嚷。我和梁国栋耐性都比较好,觉得这里的菜口味还不错,所以对这种慢吞吞的服务已经习以为常,反正也没什么事,坐着聊聊天,也是件挺惬意的事。

国庆节那天,我和梁国栋都没有回家,便到这桃源大饭店小聚一下,算是庆祝。我们叫了啤酒,一边吃一边聊得兴起,这时来了一个神情酷酷体形胖胖的女生,她进门便在我们旁边坐下了,还大声吆喝:"老板,给我来碗牛肉拉面。"

服务员赶忙跑过来,眼睛眯成一条缝,温柔地说:"不好意思,拉面我们这儿没有。"

胖女生说:"那来碗酸辣粉。"

服务员有些郁闷,说:"这个我们这儿也没有,我们这儿只有炒菜,你要是想吃面食的话可以去隔壁的面馆。"

女生的神情已经有发毛的迹象了,她说:"算了,算了,给我四个肉包,我带走。"

服务员崩溃地说:"我们这儿只有炒菜,没有包子。"

那个女生站起来重重地拍了拍桌子说:"妈的,什么破饭馆啊,怎么什么东西都没有,算了,算了,老子不吃了。"

说完愤愤地走了。

我和梁国栋面面相觑。

闹钟

在我们毫无知觉的情况下,王洋突然有了女朋友。

她的女朋友叫田娅,长得挺乖巧一女生,被王洋的甜言蜜语欺骗了。

其实人家田娅一直有男朋友，只是相隔两地，结果王洋这家伙不顾江湖道义，乘虚而入，从第三者晋升为正位选手了。

梁国栋感叹："这人长得帅就是好啊，'翘盘子'都这么容易啊。"

我说："你懂个屁，王洋一直装勤奋呢，天天约田娅上自习，搞得自己好上进一样。"

梁国栋说："我呸，原来是这样啊，太卑鄙了。"

我说："我们就不卑鄙，所以我们只能继续当光棍。"

如火如荼的大学爱情让王洋华丽变身，他的生活也随之变得规律起来，从刚进校时的三天打鱼，两天晒网，变成了日出而作，日落而息。

梁国栋说，王洋这是患上了"田娅综合征"。

这个症状最明显的临床表现，便是强迫性早起。自从陷落在爱情的温柔乡里，王洋每天早上六点半起床，闻鸡读书，还是有模有样地读英语，为此他还专门将他封存了许久的闹钟请出了山，每天一到时间，就"哐当哐当"地响，以催促自己起床。

闹钟声音大，其实平时也没有什么，闹钟一响，王洋就会自觉地把它掐掉，所以一向爱睡懒觉的刘华和梁国栋对此也没有什么大意见。

不过几天之后，意外发生了。王洋这小子不知道到哪里去和田娅厮混了，反正整夜都没有回寝室。可是他的闹钟并没有跟着他一起消失，早上六点半一到，便准时开始响，声音还越来越大。响一会儿就算了嘛，问题是不关它，它就一直响个不停，不响个几分钟不罢休。刘华发毛了，直接爬到王洋的铺位上，准备找出这个闹钟，就地正法，结果找了半天，却只闻其声未见其影。

后来发现，闹钟被王洋放到衣柜下面的抽屉里，锁住了。

等王洋回来的时候，梁国栋就跟看到仇人一样，冲他嚷嚷："锤子啊，你龟儿子总算回来了，赶快把你的柜子打开，你的宝贝闹钟被锁到里面，每天早上一到六点半，准时开始叫，我们都两天没有睡好觉了。"

裹在被子里的刘华愤愤地说:"王洋,你最好把你的闹钟处理了,要不然我们就亲自把它处以极刑,你以后再也别想见到它了。"

可王洋完全没有悔过的意思,嬉皮笑脸地说:"喊你们早起,有啥子不好?"

梁国栋说:"王洋,你还狂,信不信我们弄你。"

王洋埋着脸阴笑。

肯德基

第一次。

春熙路上的小妹妹给了我一张优惠券。

我想我还没有吃过肯德基,拿着券兴冲冲地就走进去了。

把券递给服务生,他看了我半天,说:"先生,这是麦当劳的优惠券。"

第二次。

我不用优惠券了,直接用钱,买了一个鸡腿堡。

服务生问:"还需要别的吗?"

我说:"有峨眉雪(我家乡的特产饮料)吗?"

服务生说:"对不起,我们这儿没有这个,有可乐。"

我说:"那给我杯可乐吧。"

第三次。

要了一个套餐,有可乐有薯条有汉堡,不用单独选了。

服务生问:"先生,我们今天搞活动,加3块钱就送一个圣代。"

我顿了一会儿,说:"不要了,我就在这儿吃,不用袋子。"

第四次。

吃完东西在肯德基坐了很久,享受空调,因为天气实在太热。

突然想上厕所,一个猛子冲进厕所,拉肚子了。

发现没纸，就在挎包里找发票，各种小票。

极其艰难地解决完了，蓦然回首，却发现，白花花的卫生纸就在白花花的墙壁上。

第五次。

刘华说请我吃肯德基。

我想这娃肯定哪根筋短路了，居然大方慈悲地请我吃东西，我想不吃白不吃，就跟着他去了。

走到门口，刘华说："借我100块钱吧？"

我问："干吗？"

刘华说："请你吃肯德基啊。我没钱，你不借就你请好了。"

我想一脚踢飞他，但我下不了脚，没办法，借给他吧，好歹也算是他请我。

他说很快会还我。

结果，这么多年过去了，他还没有还我。

地震

梁国栋进厕所的时候，是带着一本武侠小说进去的，我对他有些不满，因为这样的话他在里边的时间将至少超过20分钟。

10分钟过去了，梁国栋还没有出来，我有些生气了，因为我也想上厕所了。

以我对他的了解，他肯定是不会让我的。

于是我想起从前叶静对付我那招，在门口高声喊："地震了，地震了，梁国栋，快出来，快出来，我先跑了！"

然后我飞速躲到了阳台的角落里。

"啊——"

厕所里传出无比惊奇的声音，接着是整理皮带的金属碰撞声，然后门轰然被拉开，梁国栋头也不回地提溜着裤子就跑出寝室了。

我成功了，得意地走进厕所。可接下来发生的事，让我有些瞠目结舌了。

梁国栋挨个去拍周围寝室的门，大声地叫喊着："地震了，地震了，大家快跑啊！"

这是一个多么善良的小孩啊，在他的呼应下，地震的消息一传十，十传百，几乎整栋楼的男生都在往楼下跑。

那时候，我真感觉房子在震了。

一堆人冲到了楼下的草坪上，他们气喘吁吁地望着好像在晃动的大楼，以为自己幸运地跑掉了。

我傻站在阳台上，看着一堆傻孩子，不知道说什么好，不知所措。

有好心的孩子对我喊："同学，快下来，地震了！"

我说："我知道，我钱包落寝室里了！"

梁国栋扯着嗓子吼："路飞，你要钱不要命了，你不是早跑了吗，怎么还在上面？"

我还没有来得及回话，看寝室的大妈走出来了，厉声说："你们哪个神经病在喊地震？地震，我看你们是脑子震坏了。"

"没地震啊？"

"废话，你看别的宿舍楼有人跑吗？"

"真是啊。"

人群中一片哗然，纷纷将目光投向了梁国栋。

梁国栋一脸无辜，指着阳台上的我，哀怨地说："真地震了，我没骗你们。"

"神经病。"

"有病。"

"变态。"

新生晚会

举行新生晚会那天，我去晚了，没能找着班里的大部队，便随意选了一个既靠后又靠着过道的边缘位置坐下。

当时晚会已经开始了，一首《春天的故事》正以一种人们极其熟悉的旋律将震动传到每一个角落，这注定是一场层次很高的晚会。

我来只是为了听韩雪唱歌，可她的节目被安排到有些靠后的位置，前面的节目很无聊，除了跳舞就是大合唱，连个冷场相声都没有。

当《青藏高原》在激昂的音乐中开始，那些根本没有藏族女孩气质的女生长袖飘飘，晃荡出来的时候，我彻底崩溃了。大概从初中开始，我所经历的每一次校园演出，一定有《青藏高原》的舞蹈。高二那年，居然同时有《青藏高原》《雪山之魂》《珠穆朗玛》三个极其雷同的藏族舞蹈，最后一个还是我们班的压轴戏，的确够压轴的，连服装都是在别人跳完之后去借的。

我靠着椅子睡着了，然后慢慢往下滑落，往右滑落。

突然一声闷响，我一个猛子倒在过道上了，摔着头了。

我隐约感觉有人推了我一把，爬起来的时候，看到一女生正瞪着我。

我一脸愤然地说："干吗呢？"

那女生火气也挺大，她说："干吗？你靠我身上了，你还好意思了。"

我仔细打量了一下那女生，说实话，挺漂亮的，所以我的火气就没有马上上身。

我说："同学，我又不是故意靠过来的，至于吗？"

女生说："至于，你靠就靠嘛，你流口水干吗？"

我看了看那女生胸前，湿了一片。

我说："对不起，同学，我一般不流口水的。"

女生说："你把我衣服弄脏了，怎么处理？"

我有些怒了："湿了就湿了嘛，是你的衣服重要还是我的头重要？"

女生说："你不靠过来，你的头就不会有事，你这叫咎由自取，我这叫正当防卫，我不说你性骚扰已经很不错了。"

突然，灯光熄灭了，体育馆陷入了一片黑暗，报幕员说："来自机械学院的韩雪就要登场了。"

我说："算了，我懒得跟你计较。"然后坐回了原位。

巨大的光束射在了舞台中央，韩雪踩在光圈里，拿着麦克风，轻盈地唱起王菲的《执迷不悔》。

熟悉的歌声萦绕着舞台，人影晃动。我想起两年前的夏天，朱莉也这样在学校里唱歌，只不过没有炫目的灯光，而是被夏季里的骄阳烘烤着，坐在前排的自己清晰地看见朱莉唱歌时额头上的汗珠，还是那首《执迷不悔》。

旁边的女生又说话了："看美女，看得哈喇子都流出来了。"

我懒得去理她。

女生继续说："我说怎么不计较了，原来是看见美女了。"

我说："我就喜欢看美女了，怎么了，总比看到你这种丑女好。"

本想用更恶毒的语言攻击，但瞧见这女孩清秀的脸庞，我心软了。

女生呵呵地笑："你说我嘛，我一点都不生气，但是我要诅咒你，诅咒你在大学里找不到女朋友。"

我说："你怎么知道我现在就没有女朋友？我跟你说，台上那个就是。"

女生说："吹牛嘛，你别逞能，我跟你说，我的诅咒很灵验的，你居然敢得罪我。"

我说："我从小学马克思唯物主义，不吃这套。"

我们两个唇枪舌剑的时候，体育馆闹哄了起来，有男生捧着一大束红色的玫瑰花，当着几千名师生的面，跑去台上献花了。

韩雪有些不知所措，只是微笑，微笑着接过了花。

花刚脱手,那男生突然大吼了一声:"我喜欢你。"

体育馆沸腾了,我的眼睛都看绿了,不由收拢了眉宇。

女生幸灾乐祸地说:"怎么了,不是你女朋友吗?有人来跟你竞争了,你怎么不吭声了?"

我没有说话,突然有些难过了。

花束很大,那耀眼的红色遮盖住了韩雪娇小的身躯,我的视线里只有她的腿,在光影中晃动。歌声仿佛分隔开了时光和灯光,让我沉浸在幻化的世界里,像是一场奇异的梦,置身于美妙的爱丽丝仙境。

歌声结束的时候,韩雪走下了台,然后被那个送花的男生叫走了。

我不知道心里为什么会有一股一股像酸水一样的东西往外冒,头也莫名地晕起来。

晚会尚未结束,我离开了,一个人悄悄地从人群中消失了。

"喂,喂……等一下……"

走出体育馆大门的我转过头,有些诧异,刚刚坐在旁边和自己吵架的女生居然追出来了。

我问:"你是在叫我吗?"

女生说:"是啊,我想问一下,你的头没事吧?"

我摸了摸头,已经有个大包鼓起来了。我说:"我这头硬着呢,小时候被石头砸过都没事。"

女生说:"真没事?要不要明天去医院看下?"

我说:"没事了,只要你不找我洗你的衣服就好了。"

女生好像想说什么,可我一转身低着头阴沉沉地走了。

唱歌那些事

寝室室歌是刘德华的《男人哭吧哭吧不是罪》,每晚睡觉之前刘华必唱,梁国栋和王洋选唱。

终于有一天,楼下的哥们受不了了,在阳台上吼:"楼下的大哥们，求求你们换首歌嘛，我已经失眠几个晚上了。"

第二天，刘华换歌——古巨基的《楼下有人》。

第三天，刘华继续唱《楼下有人》。

梁国栋只会两首英文歌，一首是《泰坦尼克号》的主题曲 *My Heart Will Go On*，一首是 *Happy Birthday To You*。

……

王洋最喜欢唱的歌是"我有一头小毛驴，我从来也不骑"。

有一次我问他："不骑，你拿来干吗？"

王洋用奇怪的眼神盯着我，然后开始眨巴眼睛。

眨巴了半天，他说："就算我不骑，也不会给你骑。"

后来的后来，有了《快乐男声》。

当年没有实现唱歌梦想的梁国栋也去尝试了一把。

歌没唱完，评委说话了："门在那边。"

电话守望者

每天晚上，王洋一定会霸占着寝室电话，和田娅煲电话粥。

所以当我的传呼响起的时候，我只能明智地选择去外面的 IC 电话亭回电话。

在手机还是稀缺物品的年代，IC 电话亭比太古里的网红餐厅还要火爆。很多时候，我屁颠屁颠地跑了大半个学校，也找不到一个空的电话亭，所以只能傻傻地站在一边，当电话亭外的守望者。

这一次也不例外，我抱着踏破铁鞋一定有觅处的信心，苦苦地搜寻着遍布于学校各处的 IC 电话亭，好不容易看见一个空亭子，里面却有一对情侣在打激烈的"嘴唇战"，无奈只好转寻其他地方。最后我终于在体育馆的边上，发现了一个没有人候着的亭，里面只有一个女生在打电话，于是我走到一旁安静地等着。

可是十分钟无知觉地从风中跑过了，那女生还没有要走的意思，我等得有些不耐烦了,开始偷听她说话。

又过去了十分钟,那女生应该还在和男友情意绵绵,我已经受不了了,想换个地方了,可转念一想,都等这么久了,现在放弃太可惜了,于是便耐着性子继续等。

又过去了五分钟,听那女生说的话,意思是要走了,我想,终于可以轮到自己了,结果那女生居然拿着话筒发嗲了:

"亲我一下嘛。"

……

"没有亲到,再亲一个。"

……

"嗯,我也亲你一个。"(亲吻的声音)

……

"我要回去了,你也要早点休息呀。"

……

"不准和其他女生鬼混呀。"

……

"不行,你还要再亲我一下。"

……

"嗯,我也亲你一下。"(亲吻的声音)

……

我已经彻底被那个女生征服了。

皇天不负有心人,那女生终于走了,我风一般冲进了电话亭,急急忙忙拨通了电话。电话那头是熟悉的声音,朱莉有些不高兴地埋怨说:"路飞,给你打传呼,怎么这么晚才回呢?"

我胸中那口闷气还没有消散,张口便说:"不是,刚才有个女生,亲了半天,让我……"

"……什么?路飞,你在说什么?"

女生寝室

这是进入大学以来,朱莉第一次打电话给我。我也不知道朱莉是从哪里搞到了我的传呼号码,但这些其实已经不重要了,因为听到朱莉的声音,我已经激动得语无伦次了。

我们天南海北地说着,一聊便忘却了时间,我新买的 IC 卡被无知觉地打爆,电话突然中断,只剩下令人郁闷的嘟嘟声。

我正准备离开的时候,那 IC 电话又轻盈地响了起来。

我兴奋地抓起话筒,电话那头依然是朱莉柔美的声线:"路飞,把你的卡都打爆了,真不好意思,你什么时候有空嘛?来我们学校玩玩嘛。"

"我的时间多的是,这个周末就可以。"

"那你过来嘛,我们寝室有个美女,长得超像徐静蕾。"

"徐静蕾啊,那我更要过去了,那好,这个星期六,我过去找你玩。"

"一说美女,你就这么兴奋啊。"

"哪里,我是开玩笑的,我是过来看你的,好不好?"

悻悻挂断电话,我一个人在 IC 电话亭旁边呆立了良久。学校里的景象,在视线中抽动成朦胧不清的画面,脑海中是朱莉安静的样子,久久难以散去,她的一颦一笑,或许已经成为我生命中无法遗忘的事物。

也许我一直在期盼着什么,却又一直在选择无可奈何的逃避。这是一种奇妙的感觉,反复出现在梦境中的笑脸,在伤感时所挂念的女孩,总是萦绕在自己的思绪之中,像是时光的影子。

星期六的早晨,白雾如吐丝般浮在空气中,走出房间的我,有种飘逸成仙的感觉。

因为要见到朱莉了,整个世界都变得美妙起来。

那是一种难以言状的心情,怀揣着期盼却又畏首畏尾。

在爱与痛的边缘中纠结着，我风尘仆仆地赶往师范大学。

朱莉早早等在公交站台，她安静地把自己与整个世界分开，熟悉的笑容像是将时光拉回了过去。

简短的寒暄，一路上只是述说着高中的事，我心里怦怦乱跳，一路低着头，以一种从未有过的害羞姿态跟着朱莉走，去了她们的寝室。

终于见着了朱莉口中的"徐静蕾"了，那模样确实很神似，不过我只和那个"徐静蕾"说了两句话。

我说："你好。"

"徐静蕾"说："你好。"

我说："我是朱莉的高中同学。"

"徐静蕾"说："嗯。"

我连自己的名字都没有来得及讲出来，人家那个女生便以骄傲、冰冷的态度打消了我继续说话的欲望。

果然是冰清玉洁的小龙女啊。

我只能移形换影找其他女生说话避免尴尬了。

朱莉所在的寝室，住了六个女生。我去的时候，因为是周末，有两个女生回家了，所以寝室里就剩下四个人。

第一次坐在师范大学的女生寝室里，我觉得不太自在。房间里飘散着不同种类的香气，各种女性的衣物在阳台上满满一排，五颜六色地冲我招摇，搞得我非常拘谨，只能坐在椅子上当木头人，不敢乱动，生怕碰到一些不该碰的东西。

朱莉寝室的女生除了那个"徐静蕾"，另外两个特开放，其中一个女生还跟我说："你晚上就在我们寝室睡嘛，我们不介意，你可以去睡朱莉的床，朱莉去睡空床。"

我说："啊？这样不好吧。我是男生。"

那女生说："难道你还想和朱莉一起睡啊？"

我的脸一下涨得通红："不是，不是，我不是这个意思，我不是要跟朱莉一起睡。"

那女生说："怕啥子嘛，我们把蚊帐一拉，你们干什么都看不到了。"

我红着脸说不出话来。

朱莉说："说什么呢？"

我心里暗想：堂堂一男子汉，晚上躲在女生宿舍，且不说我会不会偷窥，就这满屋子的香气都会让我失眠一晚上的。

我连连摇头说："不了，不了，我有地方睡，真的，谢谢了。"

最长的一夜

安静的叶子因为风的缘故，学会了在天空中跳舞，孤单的楼宇因为人的缘故，趁着阳光喧闹不已，师范大学给我带来的感觉就像是小说里描写的那样，清新可人，连空气里都沁入了女生花朵般的芬芳。

反正见不着那些阴森森的实验室和钢铁成群结队的金工实习车间，我的心情就便会出奇地好，更何况还有美女朱莉带着自己漫步校园。

两个人谈天说地说了半天，也走了半天，有些累了，便在路边的长椅坐了下来。

朱莉问："路飞，你没找到地方睡吧？"

我挠了挠头，说："还真没有，但是我总不能睡你们寝室吧。"

朱莉说："那你怎么办？"

我说："要不，我去看通宵电影好了。"

朱莉说："行，那我晚上陪你去。"

我说："啊？女生熬夜好像不太好。"

朱莉说："没什么，正好我好久都没有看电影了，就通宵一次，没问题的。"

那时候，师范大学外面的投影厅众多，其规模就跟小电影院一样，今天上映什么，明天上映什么，都有像模像样的海报张贴出来。这里也是小情侣扎堆的地方，因为在光影交融的朦胧黑暗中，他们可以无所顾忌地摸来摸去。

通宵电影从晚上十一点开始，刚入场的时候，我和朱莉还有股兴奋劲，但越往后就越犯困了，特别是靠着软软的沙发，更是睡意绵绵。两三点的时候，我们俩就扛不住了，我看了看旁边的朱莉，她眼皮也开始打架了。投影厅的老板算是经验丰富，恰合时宜地放了一部《山村老尸2》，我从小就有些胆小，每次看这些恐怖的鬼片，便会心里发毛，时不时地埋下头避开有些镜头。朱莉也不敢看，闭着眼睛，可是那毛骨悚然的声音还是会传到耳朵里，比不看更恐怖，所以到最后，她还是硬着头皮看了。一部鬼片，让两个人顿时睡意全无。

凌晨四五点，是人最犯困的时候，朱莉已经靠着沙发睡着了，我也迷迷糊糊地躺在沙发上，偶尔在恍惚中睁开眼睛看看电影的画面，然后又闭上眼睛。旁边有一对情侣肆无忌惮地缠绵，那男生动作越来越过火，女生也不断扭曲着身体配合，最后两人相拥在一起激吻上了。我靠在沙发的椅背上，脑子里乱乱的，根本睡不好。

终于熬到天亮了，我醒来的时候，发现朱莉的头正紧紧地贴在自己的肩膀上，她柔软的发丝抚着我的脸颊。我稍稍转过头，静静地看着朱莉。那时的她，双目沉沉闭着，双唇微微贴合，呼吸轻巧而均匀，可能因为天气转凉，脸上泛起了隐隐的红晕，那样子就像一只乖乖待在窝里的小兔子。我不敢挪动身体，害怕将溺于美梦中的朱莉惊醒，于是又闭上了眼睛，靠着沙发假装休息。

或许我是在享受这片刻的时光，朱莉枕在自己的肩上，我枕着少年时的梦，幻想过的场景，成了今天的现实，这是爱情吗？即便是，又能怎样，朱莉和我总是处于不同的时空，各有各的梦想，两个人从梦境交集的地方开始朝反方向走，然后越来越远，永远无法在一起。偶尔的回头，也只是遥望对方模糊的背影，徒然感伤。

朱莉终于醒来了，她有些惊讶地从我的肩膀上挪开，但转瞬之间，便恢复了平静。

朱莉说："路飞，我们走吧。"

我看着她的眼眶变成了黑圈，笑着说："朱莉，这是你第一次熬通宵吧，你看你，都成熊猫公主了。"

朱莉微微皱了皱眉说："真的吗？真成熊猫了啊？我确实没有熬过通宵，这还是第一次。"

我说："这样啊，我好过意不去啊，早知道就不让你熬通宵了。"

朱莉说："没事啊，下次再出来玩，我们一定要找个床好好睡一觉。"

朱莉话刚说完，便发觉说错话了，脸颊绯红。

女中豪杰

吃过早饭，我打算回去了，因为一晚上没有睡好，特晕乎。再说了，朱莉也很疲倦，也该让她回寝室当个睡美人，好好补觉了。

本来说一个人去坐车就好了，但是朱莉打着哈欠说，一定要送我去坐公交车。

师范大学的女生特别多，昨天我跟着朱莉在学校里闲逛的时候，视线里便全是花花绿绿的颜色，看得眼花缭乱。今天等公交车的时候，更是离谱，放眼望去，整个站台女生是一堆一堆的，屈指可数的男生就像夹杂在花丛中的小草，一副风吹就倒的样子。

我问朱莉："这么早，你们学校的女生就出来坐车了，太勤劳了吧，忙着去赶集吗？"

朱莉笑着说："你说对了，她们就是去赶集，她们要去逛街，一到周末的早上，都这么挤，下午要好得多。"

我说："你喜欢赶集吗？"

朱莉说："我是一个'宅女'。"

我淡淡地笑了。

等待有时很长，有时却很短。

和朱莉在公交站等待的时间就特别短，那时的宇宙仿佛都是被压缩了一般，我甚至期待着公交车坏掉，因为这样，我便可以多和朱莉说一些话，多一点时间待在一起。每每看见她的时候，我的心中便会滋生出一种无法言表的喜悦情绪，有些从未跟别人说过的话，好像只有面对朱莉的时候才能讲出来。

可是，不解风情的公交车很快就夹杂着庞大的发动机声音来了。

朱莉冲我挥挥手说："路上小心。"

我微微笑着回应："嗯。"

说话间，周围的女生就呼啦啦地一窝蜂冲向车门了，本来我的位置距离车门还比较近，但是因为动作过于迟缓，被那些蜂拥而至的女中豪杰硬生生地挤到了后面。那些表面光鲜的佳丽完全不惧怕在拥挤中被吃豆腐的危险，而我则被夹杂在一片花红柳绿之中，挣扎着挤上了车，本来想跟朱莉打个招呼告别，结果视线还被挡住了，左探右探，终于找到了一个缝缝，瞅到了朱莉的身影。她正朝着汽车轻轻地挥手，车却不识相地轰然开动了，我一下没有站稳，踉踉跄跄，摇摇晃晃，差点撞到旁边的美女，还好我动作迅捷，一把抓住了一根扶杆，却碰到了同样握着扶杆的一只纤纤玉手。手的主人柔中带怒地瞪着我，我只好略带歉意地把扶杆松开了，改抓吊环，再一看，那条缝缝没有了，车也开远了。

那时的世界像是被放置到无声之中。

汽车行驶到终点站，准备赶集的同学被昨天赶完集的同学挤得下不了车，我懒得动，等到所有的拥挤完结之后，最后一个下了车。

我站在站台上，突然觉得很孤单。

车子很快便又发动，隆隆声逐渐远离了耳膜，关于朱莉的故事，好像又变成了从前的事。

推销达人

郭超来成都打工了，约我周末去他那儿玩。

超哥在成都租了套小房子，说小也不小，号称是"一套二"，只不过有一间房里堆的是房东的杂物，真正能住人的房间只有一间。

房子很旧，墙面上糊的是报纸，家具发黄得像古董，床垫看起来要新一点，但中间好像凹陷了。整个房间里，唯一的亮色，只有超哥贴在墙上的女明星海报。

其实到郭超这里，我也没怎么玩，除了在附近的街道没有目的地逛逛走走，便是听郭超没完没了地讲他工作的辛酸。当然，因为超哥还不具备技术实力，所有的工作都是以销售为主。

第一份工作，卖郭超自己都不会用的清洁剂。

因为不好卖，老板给支着儿，说免费给别人清洁桌子椅子什么的，然后别人不好拒绝了。

结果遇见一大妈，很热情，让郭超清完书桌清餐桌，累得郭超满头大汗。

最后大妈来了一句："小伙子，你辛苦了，清洁剂我还是不要了，家里没放钱。"

他改推销奶茶。

站路边吆喝半天，没人理睬。

终于看见一美女婀娜多姿地走过来，郭超心里一喜，看来生意要开张了。

郭超都准备好卑躬屈膝了，结果人家是过来问路的。

他又改推销洗面奶。

郭超背个包，在公园里四处晃荡。

好不容易瞅见一有购买意向的小妹，郭超急匆匆地走了上去。

当时四下无人，挺安静的，那小妹吓得花容失色，说："你要什么我都给你，别伤害我，好吗？"

郭超无奈地说："小姐，其实我是来推销洗面奶的。"

卖衣服

因为销售工作很难开展，郭超开辟了第二战场。

自己进货，然后推着三轮车去大街上买T恤，还是"愤青"T恤，衣服前后都写着"愤怒"的口号。

我到这边来，说是看他，其实他的主要目的就是拉上我和他一起去街上卖T恤。

别说，这东西还挺好卖，没多久，就销出去十多件。

遇见一个半熟人了。

就是在新生晚会上推我一把的美女，真是冤家路窄啊。

她很诧异地问："哇，你辍学了，在这儿卖衣服了？"

我说："没呢，帮朋友卖的。"

她说："我还以为你脑子坏了，不能读书了。"

我无言以对。

她说："大家认识一场，我也买一件T恤嘛。"

我说："你随便挑，10块钱一件，不讲价。"

她选了一件，然后递给我50块钱。

我正准备找她钱的时候，郭超推着三轮车就跑。

我说："超哥，你干吗呢？"

郭超说："城管来了，快跑！"

我慌了，跟女生说："你等我一会儿，我一会儿过来找你钱。"

我们发了疯似的跑呀，做个生意真不容易。

半小时后，我回到刚才逃窜的地方，女生不见了。

我心想，反正是一个学校的，回学校再还给她好了。

狭路相逢

别过郭超,我匆匆往学校赶。

成都很拥挤,车堵人也堵,反正黄金时间段半路上车肯定没位置。我只能把着冰凉的扶杆站着,或许是昨天晚上和郭超聊得太久,或许是因为被城管追得太累,我很疲倦,站着站着,居然拉着吊环就睡着了。最后还是在售票员大声的吆喝中才醒了过来,却郁闷地发现,自己坐过了站。

我急匆匆地下了车,无意中摸了摸自己的牛仔裤口袋,妈的,钱包不见了。我在身上一阵乱摸,眼光四处扫荡,心瞬时冰凉,钱包是千真万确地被偷了,那里面有自己所有的钱,也包括了今天卖T恤的分红。唯一值得庆幸的是已经没有生活费的银行卡被放在了寝室里,不然它今天也会跟着三只手的恶天使一同飘走的。

我只好一路走到了回学校的公交车的站台上,看能不能遇上相识的同学。

很可惜,想见他们的时候,他们一个个都不出现。

我望着从自己眼前驶过的公交车,萌发了逃票的念头,可徘徊了半天,却始终没有这样的勇气走上去。

在这样无助的时候,韩雪出现了。

她有些惊奇地嬉笑着跟我打招呼,我纠结的心情顿时舒展,我有救了。

真是天无绝人之路啊!

跟着韩雪上了车。

后来有了位置,我们还坐在一起了,真是幸福啊。

下车的时候,我还沉浸在甜蜜中,却被一声怒吼震晕了。

车站那儿正站着那个悍女,就是推我一把害我撞头,还在街上买了"愤青"T恤的女生,她见着我就嚷嚷:"骗子,你给我站住!"

我说:"我不是骗子,我回来找你钱的时候你已经不见了。"

那女生说:"放屁,我在那儿等了一个小时,都没见你影子,没想到啊,几十块钱就让我看出你有多卑鄙。"

我说:"啥啊,我半个小时不到就回来了,没见到你啊。"

那女生顿了一下说:"不允许等的时候上趟厕所啊?"

我尴尬地干笑了一声。

那女生说:"既然这样,那你把剩下的钱给我。"

我忧愁地看着她说:"我要是跟你说,我钱包丢了,你信不?"

那女生上来一把揪住我的袖子,说:"好啊,我说你是骗子嘛,还真不给钱了,你今天要是不给,就别想进学校的大门。我跟你说,我不在乎那40块钱,我是咽不下这口气。"

韩雪看不下去了,从包里摸了50块钱出来,说:"同学,别那么大火气嘛,这钱我帮他还,可以吗?"

女生看了看韩雪,怒气未消地说:"哟,这不是唱歌的姑娘吗?他是你男朋友吗?我跟你说,他这人人品很差,你别好心帮了坏人。"

韩雪说:"他就是我男朋友。"

女生紧紧抓住我袖子的手松开了,她的表情有些惊讶,有些不解。

她说:"钱,我不要了。"转身气呼呼地走了。

我感激涕零地看着韩雪,这女娃子简直是又漂亮又善良嘛。

韩雪说话了:"别看了,上课偷看我还没有看够啊?"

我简直是太羞愧了。

韩雪说:"你是不是喜欢我?"

我哪敢表白。

韩雪说:"刚才我说了,你是我男朋友,你答应吗?"

我激动得说不出话了,上天太眷顾我了。

韩雪说:"傻了啊,说句话嘛,不答应,我走了。"

我说:"我答应,我太高兴了,我没……没想到,我真……真没想到。"

韩雪走过来一把挽住我的手臂，说："走嘛，从现在开始，我就是你女朋友了，你要照顾我，体贴我，别惹我生气。"

我说："没问题，但是……今天……你要请我吃饭。"

韩雪冲我笑了笑，挽着我走向了路边的小餐馆。

天啊，像我这样的家伙，居然都有女朋友了！

第三者

幸福来得太快，我都有些接受不了。

每天晚上，我都会和韩雪一起，甜蜜地在校园里散步。韩雪的寝室在学校的最东面，而我的寝室在最西面，每一次送韩雪回寝室，都像是一场小小的旅行。路边那座彩色顶棚的体育馆，远远望去，好像童年时在画纸上留下的七色花瓣，在夜色中灯光璀璨，宛如海市蜃楼般迷幻。

爱情是如此美好，仿佛少年时的梦。

然而，这样的美好没能持续到一个星期，出状况了。

我和韩雪如往常一样，悠然地走在学校的小路上。

突然冲出一男生，上来就说："你太过分了，你不是说要永远和我在一起吗？"

我惊呆了。

男生不理我，继续说："难道我们就这样结束了吗，你不喜欢我了吗？"

我没辙了，转过看了看韩雪，她却出奇地平静。

韩雪似笑非笑，沉默不语。

那男生哭了，看着我哽咽地说："你破坏了我们的感情。"

我彻底晕了，我又看了看韩雪，她的眼角居然湿润了。

原来你们两个是一对啊！

原来我是第三者啊！

悲催啊！我的第一场恋爱啊！

苍天啊！别跟我开玩笑行不！

那天晚上，韩雪跟我摊牌了。她说，她是跟男朋友怄气时，恰巧遇见了我，一时冲动，才让我做她男朋友的。

她说："对不起，路飞。"

我说："没事的。"

别过韩雪之后，我的眼泪直往外流。

考试

寒假正幸福地朝学子们招手，考试也连珠串地踏雪而来。王洋心甘情愿地当上了小白脸，每天被田娅领着，美其名曰去教室里上"爱情小自习"，实际上躲在角落里卿卿我我，搞得周围正儿八经要自习的人很是不爽。

王洋曾假惺惺地邀请梁国栋一起去上自习。梁国栋心想，你娃牵着田娅的手幸福得像是吃了一桶爆米花的猴子，我要是去了，得是多大瓦数的电灯泡，于是连连摆手说算了。所以梁国栋总是在寝室里上自习，反正神出鬼没的刘华和行踪飘忽的我，倒是客观上给他创造了一个安静的寝室环境。

一天晚上，我没有出去，寝室里没有别人，只有挑灯苦读的梁国栋。

我开起了玩笑："锤子哥，可以嘛，学习很刻苦嘛。"

梁国栋继续看书，头也不回地说："我本来就刻苦，你以为我跟你和刘华一样啊，一天到晚就晓得耍。"

我说："是的，我们不爱学习，你是好好学习的有志青年。不过，我倒是觉得以你的资质，根本不用看书。"

梁国栋一听这话来劲了，沾沾自喜之情溢于言表，说："我没有那么厉害啊，不看书也不行，书还是要看的。"

我笑着回复："我是说，以你这种资质，看了也等于白瞎。"

梁国栋被我说中了，看书根本就是个幌子，后来他开始打小抄了。

我说："现在不是流行用电脑打印吗？"

梁国栋说："来不及了，现在太晚了。"

说完继续埋头奋笔疾书。

第二天考试，监考老师发飙了，没收了纸条无数。

梁国栋被逼急了，顶风作案，拿出小抄偷偷摸摸地抄。

监考老师，走过来把手一伸，说："拿出来吧。"

梁国栋乖乖地奉上了小纸条，其实他还有几张，可他只上缴了一张。

监考老师一看梁国栋的纸条，呆了，他说："哎呀，你这还是手抄版的啊。"

梁国栋低头不语。

监考老师语重心长地说："真没想到，这年头居然还有人愿意用手抄的，当年老师也是这么过来的，那么，我把纸条还给你吧。收起来好好答卷吧，不要再违反考场纪律了。"

教室里一片哗然。

这一科，梁国栋考了全班第一，90分。

但愿面长久

放寒假前的最后一天，刘华在寝室里泡"康师傅"牛肉面吃。

面泡好了，我和梁国栋刚回寝室，拉他出去喝酒。

面没吃，他屁颠屁颠跟我们走了。

对酒当歌，人生几何。

我们把着酒杯畅所欲言，最后全醉了。

第二天，我们还处于晕乎乎的状态。

于是，我们晕乎乎地走了，回家了。

昨天的泡面刘华还没吃。

一个寒假过去了,我回来了。

一进寝室,傻了,成苍蝇的乐园了。

漫天飞舞的苍蝇,嗡嗡声不绝于耳啊,我泪流满面了。

我没动刘华的泡面饭缸,说实话,我不敢动,等到他来的时候,我狂骂他。

自此以后,刘华与泡面断绝了一切往来。

阳台上的艳遇

我一直觉得刘华是个奇怪的人,却不知道如何来形容他,后来还是梁国栋给予了刘华最贴切的描述:静若呆子,动若疯子。刘华安静的时候就一个人坐在椅子上,翻翻汽车杂志,在本子上用圆珠笔画画汽车,又或者一个人站在阳台上望着,眼光无神,一副痴呆的模样;但这家伙要是闹起来,就不得了,在寝室里跑来跑去,嘴里还念念有词,或者大声地用乐山方言唱歌,最擅长的还是那首《男人哭吧哭吧不是罪》。唯一有午觉习惯的王洋,也无法安然入睡了,全因为刘华的噪声。

我总跟刘华说:"你肯定太空虚寂寞了,所以天天闹,你还是去找个女朋友嘛。"

每次一说这话,刘华就一脸楚楚可怜相:"你说得容易,哪去找嘛?你帮我找嘛,你看我好惨。"

"妈的,你就站在阳台上看,对面女生多得很,看到合适的,你就去追嘛。"

其实这只是我的一句玩笑话,没有想到,刘华还当真了,时常守着阳台张望了。

最后,他还真找着了。

有一天,他兴奋地拖着我去阳台,指着一个体态婀娜的女生说:"快看,那个美女,就是穿粉红色外套那个,漂亮不?我决定去追她。"

我说:"那么远,都看不清楚,不过从体形上看,身材还不错,应该是个美女。你要追就趁早,学校女生资源稀缺,男生都在拼命开采。"

刘华说:"好,我决定去追她了,你们要支持我啊。"

我说:"没有问题,为了你的爱情,你就是喊我扮坏人,你扮英雄打我一顿都行。"

我笑着回应,心里却在想,你这个家伙最好赶快找个女朋友,免得一天到晚神神道道地来烦我。

那天下午,全寝室都投入到了刘华的猎艳计划中。我和梁国栋从《徐志摩诗集》里给他抄了好几段诗,拼凑在一起作为刘华的情书,而王洋则负责去田娅那里打听关于此女生的各种信息。

第二天,吃过午饭,大家就轮流在阳台上蹲点,只要那女生一出现,就让刘华下楼去送情书。等待并没有白费,中午一点左右的时候,梁国栋老远就看见那女生正慢慢悠悠地走在路上,他激动地转过身来大声喊:"刘华,快点,快点,小粉蝶来了!"

刘华跑到阳台看了一眼,确认无误之后,便抓起桌上的情书,风一样地从寝室夺门而出。

我和梁国栋站在阳台上,目不转睛地盯着那个女生,等待着浪漫的邂逅上演,结果直到那女生徐徐地走进了宿舍楼,也没有看见刘华的影子。

我心想,刘华这家伙不会临阵退缩了吧。

几分钟后,刘华一瘸一拐地回寝室了,梁国栋很诧异:"不是送信去了吗?你送到哪去了?"

刘华一脸郁闷:"跑得太快,在楼梯上踩滑了,屁股在楼梯上坐了梭梭板,现在都很痛,还不知道有没有摔到骨头。"

我无语了。

第二天,刘华吸取了上回的教训,决定守在楼下送情书,以确保万无一失。

这一次他成功了,我在阳台上,清清楚楚地看到他羞羞答答地把情书递了那女生,女生先是愣了一下,可还是接受了他的信。

回寝室后的刘华可谓一脸春风,可是没有得意多久,就开始焦虑了,在寝室里踱来踱去,坐卧不安,还老是问:"梁国栋,你说这电话咋还不响呢?"

梁国栋说:"你放心,人家要是没有意思的话,这电话一直都不会响。"

其实不到一个小时,电话便如他所愿地响了,正是那女生打过来的。刘华激动地抓起了话筒,有些胡言乱语,但说着说着,刘华的神情又变得极其嗫嚅,靠在一边的我清晰地听到那个女生用娇柔的声音说:"有空的时候可以出去喝水。"

挂了电话,刘华激动得像是赢得了一场世界杯决赛,先是跑过来狂摇坐着看漫画书的王洋,边摇边说:"我成功了!我成功了!"接着又跑去摇梁国栋的床,对着睡在床上的梁国栋吼,"我成功了!"

梁国栋受不了了,在床上大叫:"你是个疯子!"

海阔天空

刘华所追求的女生小粉蝶,真名叫杨乐晨,跟我们同级,工业设计专业,住在对面寝室四楼。

其实那次送信之后,刘华和杨乐晨的关系便开始"大跃进",其速度快得让人有点无法接受。梁国栋说,看来这人长得帅就是好,谈恋爱都能省不少时间。

转眼便是刘华的生日了,他约了杨乐晨一起过,还非把全寝室的人都拖上。我说:"你自己去跟小粉蝶两人小世界嘛,非把我们拖去当电灯泡干吗?"

梁国栋也不去,可是当刘华跟他说杨乐晨会带美女一起出来的时候,那家伙动摇了,最后叛变了。

梁国栋既然都去了,我也卖刘华一个面子,去见识见识他所说的美女。

王洋天天忙着和田娅过小情侣生活,所以我们也不管他了。

在校门外的火锅店聚会,我们终于见到了在刘华口中成为传说的美女了。见面的那一刻,我跟梁国栋都活活被惊住了。

这哪是美女嘛,分明是一个帅哥嘛,发型是金城武那样的,穿着宽大的男式外套加大裤脚的牛仔裤。说实话,要不是之前刘华说她是女生,我们真以为她是个哥们了。

刘华都给震蒙了,习惯性拿烟出来发(见到男生,他才这样干),人家二话没说接住了,还很自然地从口袋里摸出打火机,给刘华和梁国栋点火。

这个假小子叫张美娟,多女性化的名字,可惜看了真人之后,你会觉得名字太不靠谱了。

吃完火锅,在刘华的提议下,去KTV唱歌,我和梁国栋接着被震。刘华和杨乐晨在黑暗中讲悄悄话,张美娟就抓着话筒唱完一首又一首,全是Beyond的歌。唱《海阔天空》的时候,感情特投入,隔壁桌不认识的男生女生还情不自禁地给她鼓掌,估计都以为是个男的唱的。

结果,从旁边溜过来一美女,眼睛扑闪扑闪地看着张美娟,说想跟她交朋友。

这什么世道啊,我和梁国栋两个正宗光棍在一边呢,魅力居然赶不上一个假小子,叫我们情何以堪啊!

旷课

刘华跟我说,杨乐晨长得极像他从前的女朋友,第一次见她的时候,还以为是他从前的女朋友跑过来找他,后来仔细地看,发现并不是同一个人,杨乐晨的脸略微瘦些。

其实刘华在阳台上给我指杨乐晨的时候，他已经不是第一次见她了，他一早就盯上小粉蝶了，因为他说，从杨乐晨的脸上可以找到他从前爱情的回忆。

刘华平时嘻嘻哈哈，看起来玩世不恭，其实很多时候，也会目光忧郁地望着远方发呆。所谓的嬉闹折腾不过是他掩饰自己的面具罢了，在骨子里，他或许和我一样，是喜欢活在回忆里的人，总是怀念，总是孤单地待在自己的世界中，不能自拔。

我听刘华讲过他美好的初恋故事，却始终不知道是如何完结的。那些属于刘华的过去，那些时光中弥散的记忆，那些夹杂着青春和感动的过往，似乎早早地被放到了透明的玻璃瓶里，悄悄投进了无人知晓的河流，漂呀漂，不知到哪里去了。

可是有一天，却会惊奇地发现，那个被自己扔掉的玻璃瓶，奇迹般地再次出现。

杨乐晨便是刘华的玻璃瓶，她突如其来地进入了刘华的世界，刘华便从寝室里蒸发了，不见人影，有时候还会彻夜不归，留下混乱不堪的床位。

王洋和田娅也越来越如胶似漆了，一起吃饭，一起去教室看书，一起去学校外面的投影厅依偎着看电影，天天形影不离。王洋也就和刘华一样，从寝室的集体活动中消失了。

所以很多时候，寝室里只有我和梁国栋相依为命，孤苦做伴。梁国栋天天闷着头看小说，让我觉得寝室一下从刚进来时的热闹变成了沉闷。

去教室上课也成了我郁闷的因子。由于和韩雪发生的那档子事，我们现在形同陌路。虽然每次在教室里，我总能看到韩雪安静地抱着书本走来，可是她的目光却刻意地从我身上掠过。有时候我总想找她说些什么，却不知如何面对，曾经的友谊因为那短暂爱情而变得支离破碎。

很多时候，我都不愿意去上课，所以，我开始选择旷课。

旷课让时光变得更空洞，很多时候，我都不知道自己能去干什么，漫无目的地在校园里晃荡，或者干脆选择堕落，沉溺于游戏。

后校门有PS厅，我常常去那里玩《实况足球》，专注于大师联赛能让人忘记那些郁闷的事。我越玩越上瘾，最后到不可收拾的地步。有一次，天刚蒙蒙亮，我便因为在床上想着要买戴维斯打后腰，买比尔霍夫打前锋而亢奋得睡不着觉，早早起床，小跑去了游戏厅。到游戏厅的时候，卷帘门还紧闭着，我愣是把老板敲醒了。那个30多岁的女老板眯着眼睛穿着睡衣给我打开一个小门，我侧身溜了进去，坐下的时候，抬头望了望墙壁上的挂钟，还不到七点半。

大约九点的时候，班里那个旷课大王孙新伟也来了，看到蜷缩在角落里专注的我，跑上来打了个招呼，我也没空搭理他，随便"嗯"了一声。

晚上七点半，孙新伟又来了，看见我还坐在那个角落，有些纳闷地问："路飞，这么快就吃了饭过来啊？"

我目光恍惚地望着孙新伟，说："我还没有回去。"

孙新伟惊了："你的意思是，从我早上看到你开始，你一直坐到现在？"

我点点头："啊，好像是。"

其实一天到晚这样玩游戏是很费钱的，PS是两块钱一个小时，从早上七点半坐到晚上七点半，是十二个小时，也就是二十四块钱。因为我是老主顾加大客户，老板总是会优惠一两块钱，可是天天这样消耗，对于靠领生活费过日子的我来说，还是承受不起的，于是我开始寻找更便宜的娱乐方式。

学校里有个机房，电脑比较老旧，人也不多，收费很便宜，一块钱一个小时。于是我就把战斗的阵地从PS厅转移到这里，虽然机子速度很有些慢，但是玩《金庸群侠传》和《三国志Ⅴ》这样的老游戏，还是绰绰有余的。

我还是习惯一大早就去机房里面蹲着,玩《太阁立志传》,一玩就会忘乎所以地投入其中,完全不顾时间。

后来守机房的老师实在看不下去了,走过来对我说:"同学,你去吃个饭嘛,现在都晚上了,我看你一天都没有吃东西了,吃完了再回来嘛,我把机器给你留着。"

春暖花开

刘华疯了,他在寝室里深情地朗读海子的名作《面朝大海,春暖花开》。

他念诗,我们都不敢打岔,让他安静地读完:

从明天起,做一个幸福的人
喂马,劈柴,周游世界
从明天起,关心粮食和蔬菜
我有一所房子,面朝大海,春暖花开。

从明天起,和每一个亲人通信
告诉他们我的幸福
那幸福的闪电告诉我的
我将告诉每一个人。

给每一条河每一座山取一个温暖的名字
陌生人,我也为你祝福
愿你有一个灿烂的前程
愿你有情人终成眷属
愿你在尘世获得幸福

我也愿面朝大海，春暖花开。

第一遍结束，正当刘华想念第二遍的时候，我们全寝室阻止了他，问他到底受什么刺激了。

刘华说，他失恋了。

我们继续刨根问底，刘华把他和杨乐晨的故事给抖出来了。

事情的起因是杨乐晨怀孕了，她来找刘华坦白，说希望刘华陪她去医院做人流。

刘华蒙了，他跟杨乐晨就牵了一下小手。

刘华愤恨地说："孩子是谁搞出来的，你去找谁去医院啊！"

杨乐晨悠悠地说："说实话，我不知道是谁的。"

刘华彻底惊住了。

杨乐晨说："刘华，我觉得你是个好人，不会见死不救的。"

她可怜兮兮地看着刘华。

刘华不忍心，陪她去了医院。

医生没有好脸地看着刘华，嘀咕道："现在你们这些男生啊，就为了自己的快乐，让女生来吃苦。"

刘华真是有苦说不出。

手术完毕，刚走出医院，一男生冲了过来，一拳把刘华打倒在地，嘴里念念有词："他妈的，我的女人你都敢碰！"

刘华崩溃了，爬起来一个人转身走了。

杨乐晨追了过来，说："刘华，对不起，刚才那个不是我的男朋友，他只是喜欢我，我一直都不同意的。"

刘华无辜地看着杨乐晨说："你到底有几个男朋友？"

杨乐晨说："男朋友就是你一个。"

刘华说："你当我智商是负数啊。"

杨乐晨没有再说话，也没有力气反驳了。

见网友

在受到小粉蝶事件的沉重打击后，刘华转变了策略，开始通过网络结交新的异性朋友。

在那个网络刚刚开始普及的年代，网吧里的电脑几乎都是没有摄像头的，所以一般是看不到对方的。数码相机也是奢侈品，所以大部分人是没有数码相片的，最多有一些胶卷相片扫描之后的电子照片，还透着一层朦胧，完全是雾里看花，最多也就能确认照片上的人是否五官齐全。这让网友见面，变成一件扑朔迷离的事，因为完全不知道对方是一个威震四海的恐龙，还是一个娇嫩欲滴的美女。有时候，就算厚着脸皮在网上问，都不能全信，因为没有人会承认自己丑啊。

在见过一些网友之后，刘华得意地跟我分享他的独家经验：要确定一个女生是不是美女，你可以先问她一些问题，比如有没有男朋友，以前有没有过男朋友。如果她说有过，那就是最好的，因为在中学谈恋爱的女生一般都是美女，而有过证明她现在还没有男朋友，所以你就有机会了。如果她说都没有，你就要小心了，撞上泰坦尼克的几率极大。但是只通过这点，并不能完全判断，还可以通过其他方面来分析，比如说话比较自信开放的是美女的概率要大些，感觉有些自卑保守的是丑女的概率要大些；一天到晚都挂在线上的最好不要见，因为她要是有魅力的话，好耍的东西很多，绝对没有那么多时间泡在网络上。

刘华的歪理讲得头头是道，我也动了心，决定跟他一起去见识见识。

约会人物：白衣飘飘的女生。

约会地点：北校门进门后第二棵树下。

我陪着刘华站在树荫下，刘华叼着烟吐着烟雾走来走去。我不时地往广场那边张望，在来来往往的女生中挑选着白色的身影，但是白色的身影太多了，每一个朝我们走来的白衣女生，我都会用一种怪异的眼神盯着她,直到她们被看得不好意思,低下头走过。

等了大约有五分钟,终于见到一个白衣女生目光坚定地朝着这边徐徐走来。

那个女生面无表情,但五官分明,样子有点像刘若英。她走上来也不多看,径直就盯着刘华问:"你是天上星吧?"

刘华很激动:"是啊,我就是天上星,你就是圈圈熊吧?"

美女笑了笑,说:"我不是本人,我只是帮她出来见一下你。"

刘华傻了:"啊?这样啊!为什么啊?圈圈熊很忙啊?"

美女说:"对,她有事来不了,所以让我先见你,先了解你的情况,再回去告诉她,然后她才会决定要不要见你。"

那美女始终保持着微笑,镇定的气场令人惊异。

刘华的脑子此时估计全灌进豆渣了,愣在一边不说话,我出来圆场了:"要不,我们请你吃饭吧,反正都出来了,认识一下。"

我心想,要是这个美女回去了,刘华一郁闷,我的蹭饭计划肯定要落空了。

美女笑着应允:"好啊,我正愁着这顿饭呢。"

刘华终于从混乱中恢复过来了:"去哪吃?你想吃什么?"

美女说:"随便,你们说去哪就去哪。"

刘华说:"你喝酒吗?"

美女说:"什么酒都可以喝。"

刘华说:"要不就去侧门喝扎啤好了。"

美女说:"OK,你们带路。"

学校侧门的外面,有各种各样的小摊,看起来很简陋,卫生也不好,可总有大量的男男女女在这里流连忘返。卖扎啤的地方就在路边,老板摆了十几张桌,桌边围着白色的塑料椅。我们去的时候,因为还未到晚上,所以没什么人,刘华挑了一个角落的位置,叫了几份小菜,每人来了一大杯金黄的扎啤。

美女说:"总觉得这啤酒看起来就跟尿一样。"

我附和着美女说:"我第一次喝它的时候,觉得就跟潲水一样。"

刘华说:"路飞,酒都喝不来。"

我扭开脸对着刘华微微地笑:"我晓得,你是猪嘛,这种潲水的味道只有你最享受。"

刘华有些愤然:"你龟儿子连猪都不如。"

女生在一边掩着嘴笑,说实话,笑容很好看,有邻家女孩的感觉。

刘华问:"对了,还不知道你的芳名呢。"

女生回答:"我叫吴若兰,她们一般都叫我朵朵。"

刘华说:"我叫刘华,刘德华缺一个'德'就是我的名字了。"刘华说完自己,又指着我说,"你看我旁边这个挺神的,叫路飞。"

朵朵抿起嘴笑。

我假意地挥舞起拳头:"你才神,小心我把你不光彩的事情抖出来。"

刘华邪笑着说:"朵朵,你不要听他乱讲,他最喜欢把他自己的事换成我的名字说出来。"

朵朵不说话,一个劲地傻笑。

我还是没有把刘华的糗事讲出来,怕影响他在朵朵心中的初次印象,一看到朵朵纯净的眼神,总是无法说出那些龌龊的话,算了,还是让刘华在美女面前装一个好好青年吧。

谈话中,得知朵朵是工商管理专业的,跟我们同级。

那一天的扎啤喝到晚上十点左右,天空已经变得一团黑,在昏黄的灯光映射下,三个人说得很带劲。原本刘华想讲点鬼故事吓吓朵朵,没想到朵朵是个谈鬼说怪的高手,又反过来绘声绘色地讲了不少离奇的校园鬼故事。到最后,我和刘华听得都有些发毛了。

回寝室了,我的脑子里还是那些关于冤魂恶鬼的传说,不敢闭上眼睛,我怕那些鬼的模样会极其恐怖地出现自己的梦境里,一直熬到半夜,还睡不着,在床上翻来覆去。这时,刘华说话了:"妈的,路飞,你睡不着哇?老子也睡不着,朵朵太坏了。"

我说:"就是太坏了,一个女生家家的,天天不好好学习,光看这些莫名其妙的东西。"

骚扰电话

刘华买手机了,哥几个还在用传呼的时候,他先进入信息时代了。

每天都鼓捣那个手机,现在想起来就那个单色屏幕只能玩下方块贪食蛇的破手机真没啥好玩的,可是在过去,那可是身份的象征啊。

那时候,手机经常欠费许久却不能被停机,所以刘华经常肆无忌惮地打电话。

终于有一天,他拨下了一个陌生的号码。

刘华按了扬声器给全寝室听,手机效果不错,赞一个,我们听得都很清楚。

刘华用夹生的四川普通话说:"你好,请问你们是××大学的吗?"

对方诧异地说:"是啊。"

"请问,你们是不是使用过诸如飘柔、海飞丝、潘婷等品牌的洗发水?"

"用过啊,怎么了?"

"是这样的,我们这里是宝洁公司成都分公司,正在搞一个活动,要在大学生里找一些幸运用户派送我们的新产品,价值200块的洗发水和护发用品,很高兴,你们成了我们的幸运用户。"

"真的啊?"

"我需要你们提供一个收件人的姓名,还有地址,我们会在三天内发货。"

"说我的行吗?"

"可以啊，你说，我记一下。"

"何媛媛，何就是无可奈何的何，媛就是女字旁的那个媛。地址是××大学××宿舍C栋704。（这不正好是我们斜对面的女生寝室吗？）"

"好的，你的信息我已经记下来了，我们的奖品将会在三到五天内到达，请注意查收。有什么问题，我会再联系你的。"

说完刘华挂掉了电话，寝室里起哄了。

刘华把电话递给王洋说："来，你继续拨这个电话。"

王洋看起来有些头疼："我说啥子啊？"

你自己想嘛。

刘华说完就躺床上了。

王洋又拨通了那个电话，聊上了。（那时候寝室电话都没有来电显示，所以那边的女生全然不知道是从哪打来的。）

"喂，是××大学××宿舍C栋407吗？"

"是啊，你是哪位？"

"请问何媛媛在吗？"

"我就是何媛媛啊。"

"我这里是成都市金牛区公安分局。"

"啊？发生什么事了？"。

"是这样的，最近有些不法分子，打着宝洁公司的旗号，进行诈骗活动，我们一直都在跟踪他们，最近发现他们开始盯上你们这些在校的大学生了。"

"盯我们干吗，我们都是些没有钱的学生啊。"

"就是你们这些女生，特别容易受骗，最容易成为他们的目标。"

说到这里，王洋实在忍不住了，笑出声来了。

对方终于明白了："你们在打骚扰电话？刚才那个说中奖的也是你们那边的人？"

王洋不知道说什么了,把电话挂了。

寝室里一阵狂笑,王洋爬下床,把手机递给我说:"该你了。"

我说:"你们都暴露了,我说什么嘛?"

刘华说:"我看那个女生好耍得很。"

我再次拨通了那个电话:"喂,喂,你好啊。"

又是何媛媛接的,她已经有些崩溃了:"还是你们啊?"

"对啊,我们就是刚刚打骚扰电话的,前面两个是我的室友。"

何媛媛的语气甚是无奈:"你们要干吗呀,你们真的很无聊。"

我来劲了:"要是觉得我们无聊,你怎么还是要接电话呢?你应该直接挂掉我们的电话呀。"

"我求求你们,放过我们好不好,我挂了你们还不是会打过来,如果电话一直响,怎么睡觉嘛!"

"你可以拔电话线呀。"

"我总不能一直拔嘛,有人找我们怎么办?我们寝室不能断电话的。再说了,我也不会拔啊。"

我偷笑:"那对不起了,我代表他们两个给你道歉。"

何媛媛说:"不用了,只要你们不要再骚扰就好了,小女子先在这儿谢过了,别打我们电话了。"

"好的,好的,不打了,但是我不敢保证那两个家伙不会打。"

何媛媛快哭了:"你们要干吗?要不我们联谊嘛,好不好?"

"你说真的呀?"

"只要不骚扰我们,联谊就联谊,我说真的。"

"好啊,要不我们明天就出来见见嘛。"

"好的,千万别打骚扰电话了。"

联谊寝室

骚扰电话骚扰出一联谊寝室。

我说:"这算是天下掉下几个林妹妹?"

刘华说:"就怕是体重超标的林妹妹,掉下来哥几个全被砸死了。"

梁国栋则是充满了希望,见面前的两个小时,在寝室里狂试衣服。因为寝室里没有穿衣镜,他就跑到阳台上去照玻璃门,关门,开门,关门,开门,一阵瞎折腾。其实无非是西装加牛仔裤或者毛衣加牛仔裤的搭配,再怎么配,只要脚上蹬着那双大头皮鞋,那就是火车北站卖黄牛票的。

这次历史性的会晤,总共去了七个人,我们寝室三个,女生寝室四个。

见面的一瞬间,有五张脸都扭曲了,剩下两张是茫然。

那个跟我在晚会上吵架,后来买了我的T恤又在校门口堵着我还钱的女生,就是夏岚。

冤家路窄啊!

还有一个曾被我的口水流星命中,然后翻隔壁阳台冲进我们寝室对我破口大骂的彪悍姐,也在当中(后来才知道,她就是我们学校的传奇女侠——魏佳星)。

缘分啊!

还没完,朵朵也来了,刘华看见她的时候,眼睛都绿了,和我一起惊呼:"怎么是你?"

世界太小了,合同为一家。

夏岚就跟见着仇人似的,杀气腾腾地走上来。

夏岚说:"原来是你啊,今天带钱了吗,该还钱了嘛。"

我说:"带了,带了,你不是说不要了吗?"

夏岚说:"那天不是你的钱,女人的钱我不要,我只要你的钱。"

魏佳星走上来就推了我一把:"你可是答应了我,要请吃饭的,今天我们寝室来齐了,不要放我鸽子啊。"

我说:"不放,不放,单怕我钱不够啊。"

魏佳星说:"你怕个屁,不够,你们寝室不是还有兄弟吗,他们不会见死不救的。"

我委屈地看着她说:"他们会的。"

梁国栋站一边傻了:"敢情你们都认识啊。"

我说:"命中注定的缘分,躲都躲不过啊。"

剩下一脸诧异的何媛媛,说:"不是说今天才见的联谊寝室吗?怎么你们都认识啊?这不是一个圈套?"

我说:"这个美女应该就是何媛媛吧,你好,我是路飞,这绝不是圈套,而是天注定的世界真奇妙。"

何媛媛说:"路飞,你好,声音我听出来了,世界真科幻。"

经过错乱有趣的交流,我们7个人就像天上的北斗七星一样,进入了彼此人生的奇妙阵列。

魏佳星的凶悍我见识了,夏岚的厉害我也见识了,朵朵倒是温柔似水,我以为,704寝室最安静的女生,是何媛媛。

但是后来发现,我看走眼了。

喝酒前的何媛媛是一个人,喝完酒的何媛媛又是另外一个人。

棒棒糖

过去的恩怨随风去,美女一笑泯恩仇。

好歹我们是打着联谊寝室的名号出来的,和平共处才是王道。

所以七个人在闲逛了学校半天之后,去体育馆附近的草地打牌了。

夏岚说,打牌最重要的是愿赌服输。

梁国栋说,他最大的优点就是信守承诺。

第一局,梁国栋输了。

女生们嚷嚷着让他去买棒棒糖。

梁国栋没法,拍拍屁股起身去遥远的小卖部买了10根棒棒糖。

梁国栋捏着棒棒糖回来了。

他问："我不在的时候，你们怎么惩罚输家的？"

夏岚说："就扇嘴巴子啊。"

梁国栋不乐意了："凭啥我输的时候就是去买棒棒糖，你们就是扇嘴巴子，早知道，我也让你们扇嘴巴子了。"

刘华起身给了梁国栋不重不轻的一嘴巴子，说："你想被扇嘴巴子，我成全你，这下公平了嘛。"

梁国栋被扇愣了。

梁国栋又输了。

女生们嚷嚷着让他去给旁边也在打牌的女生送棒棒糖。

梁国栋问："人家四个女生，我送几根过去啊？"

魏佳星说："就一根，送给穿红衣服的最漂亮那个。"

梁国栋说："凭啥又是我去呢？"

魏佳星说："愿赌服输，再说了，我们这不是给你创造认识美女的机会吗？"

梁国栋无奈，屁颠屁颠地过去，把棒棒糖小心翼翼地递给那美女。

那美女还算大方，欣然接受了。

我们笑喷了。

梁国栋继续输。

夏岚说："这次我们便宜你了，去把刚才送出去的棒棒糖要回来。"

梁国栋快哭了，说："不带你们这么玩的。"

夏岚笑着说："不就是根棒棒糖吗，至于吗？"

两个人声音很大，旁边走过的同学看着身躯巨大的梁国栋惊呆了。

这么大人了，不给棒棒糖居然要哭了。

醉酒当歌

风萧萧兮易水寒,请女生吃饭,钱一去兮不复还。

晚上,我被魏佳星和夏岚威逼利诱,说请大家吃火锅,但我跟他们是有言在先,约法三章:"今天你们随便吃,我请客,但是如果我钱不够,最后大家凑。"

夏岚说:"还凑,揍你一顿还差不多。"

我说:"我说如果揍我能抵钱的话,随便揍,不过仅限女生。"

去了个不大不小的火锅店,选择的理由是服务员女生挺漂亮的,这是引用梁国栋原话,他就不怕被联谊寝室的四个女生抽,敢当着女生的面说其他女人漂亮。

大家进去坐下了老半天,都没有人搭理,梁国栋火气来了,扯起喉咙就喊:"老板,赶快把菜刀拿来。"

终于有女服务员走过来,战战兢兢地说:"先生,你是不是要菜单?"

有女生在的时候,我会变得比较勤劳,拿菜倒水端盘子,样样在行。

后来去了趟厕所,出状况了,隔壁桌的一个阿姨冲我一边招手一边叫:"小弟娃,你过来一下。"

我一头雾水地过去了。

阿姨说:"这有烤鸭吗?"

我说:"不知道。"

阿姨说:"你怎么会不知道呢?"

我说:"我怎么会知道呢?"

阿姨怒了:"你这什么服务态度,把你老板给我叫来。"

我强忍怒火:"你要搞清楚,我不是服务员。"

阿姨说:"你不是?刚刚我明明看见你又是端茶又是倒水的,你现在还装,信不信我让你在这儿干不下去。"

我彻底怒了,说:"年纪大就可以乱咬人啊?"正准备开战的时候,刘华在我身后出现了,彬彬有礼地说:"美女,有什么需要就说嘛,不要生气嘛。"

阿姨说:"你看这个小弟娃多有礼貌,我就是想问一下,你们这儿有没有烤鸭?"

刘华说:"有,但得等会儿。"

阿姨说:"要等多久?"

刘华说:"看情况,我得上北京给你拿去。"

阿姨唰一下脸都气绿了,开始瞎嚷嚷了。

我和刘华华丽地撤离了。

704的女生们,笑容凌乱了。

吃火锅没什么,喝啤酒也没什么,问题是我钱不多,啤酒喝多了,我怕要把自己押在这里当长工了。

所以我叫了瓶二锅头,刚说出口,何媛媛说话了:"拿什么二锅头啊,来两瓶江口醇,500毫升那种。"

我愣了:"姐姐,我喝不下那么多。"

何媛媛说:"你怕啥,你当我们几个是摆设啊。"

704的女生果然是高手啊!之前我和刘华已经见识了朵朵,今天算是见识另外三个了。魏佳星喝啤酒是不用杯子的,直接灌瓶子,何媛媛喝白酒不带打嗝的,不知道还以为喝雪碧呢。

喝到最后,501寝室的几个男人全醉卧酒场了,世界在摇晃,天地人凌乱,月亮不见了,星星在打战。

704寝室的姐姐们还好,脸虽然红彤彤的,但没见失态。

我忍不住了,奔向厕所了,拉开门就是一阵狂吐。

刚回去,一阵骚乱。

梁国栋指着墙上郑秀文的海报嚷嚷,非要让老板卖给他。

酒疯子谁惹得起啊,老板说:"兄弟,我送你得了。"

梁国栋说:"送的话我不要,我就要买,我有钱。"

老板拿他没办法:"兄弟,你给多少?"

梁国栋说:"不超过两块。"

老板差点去捡板砖了。

刘华也醉了,趴在桌上胡言乱语。

我们准备走了,拖他起来,他死活不肯,还说:"我不去动物园。你们要把我关在笼子里。"

请问你是猴还是熊啊?

好不容易拽起来,还得两个人扶,刚刚吐过的我意识相对清醒,就和朵朵一起搀扶着刘华。梁国栋也不行了,魏佳星一个人扶他,剩下两个女娃子,夏岚和何媛媛互相搂着腰,晃着醉八仙的舞步。

刚出门,刘华嚷嚷上了:"把酒带上,还有一瓶没喝完呢。"

我说:"不要了。"

刘华说:"不能不要,不能便宜了饲养员。"

好吧,我走过去拿起了酒瓶,递给了刘华。

刘华说:"我不要,你喊梁国栋先拿着,我拿起太神了。"

于是我又把瓶子递给了梁国栋,他不假思索就接了过去。

一分钟后,梁国栋终于反应过来,冲着刘华怒吼:"刘华,你喊老子拿酒,老子拿起就不神啊?"

两个人扶,都没能支撑住刘华,他一个猛子摔地上了,下巴都磕破了,鲜血直流。

刘华哥哥流着血,看着朵朵傻笑。

我说:"你没事吧?"

刘华说:"没事,没事。"

说完自己晃晃悠悠地爬起来了。

等别过704的女生们,刘华不对劲了,摸了摸自己下巴,再看看手上的血迹,冲我嚷嚷:"你们谁打我了?"

三个人都喝成二百五了,凑一块就七百五了,当年高考满分也就这么多。

回寝室的时候,撞见王洋了。

其实是,王洋见到了三个酒鬼王者归来,眉头紧锁着说:"你们三个怎么喝成这样了?"

梁国栋拍了拍他宽阔的胸脯,说:"喝成哪样了?你看我这样子,肯定没有醉。"

王洋说:"你们这叫没有喝醉?"

我和刘华懒得说话,各自摸着梯子爬上床,衣服裤子都没有脱,直接瘫着了。

整个寝室开始被酒气侵袭,熏天的味道把小小的空间搞得就跟酒窖似的。刘华安静地躺着,梁国栋上了床还嘀嘀咕咕,我平躺在床上,头疼得厉害,胃也很不舒服,想吐又吐不出来,想睡又睡不着,只能闭上眼睛养神。

过了一会儿,梁国栋下床去上厕所,一进去就半天没有动静,突然咚的一声巨响,但当时大家都迷迷糊糊的,也没有心情管他。

第二天,晕晕乎乎地醒来,估摸着已经中午了。王洋的床叠得整整齐齐,肯定又去树林子里偷偷摸摸地跟田娅约会了。刘华还蒙在被子睡,只露出一截头发。梁国栋侧着身用两腿夹着被子,呼呼地睡。我心想,他们都没有起来,那我也睡会儿,于是又合上眼,这一睡便睡到了下午四五点。

起床的时候,我的头还有些晕,去上厕所,却发现里面唯一的塑料盆子裂成两半了,悲惨地躺在那里。我跑去追问梁国栋,是不是他干的,梁国栋打死都不承认,说一点印象没有。

刘华起床后呆坐在自己的椅子上,像个傻子一样看着窗外,原本就有些翘的头发变成了怒发冲冠。

大学篇下 曾经的我们

缘分

学校的聊天室里总是聚集着大量的寂寞青年。当然,我也去排遣过寂寞,然而被我搭讪的女生要么是没有回音,要么就是简单地回一句"你好"便半天不说话。女生在这个社区里成了最高贵的身份,偶尔也能遇到个别女生搭理一下,聊聊她喜欢唱歌、喜欢看书的爱好,或者说说学校的开水房和抱怨食堂,仅此而已。有时候我想把话题往男女情感问题上带,刚一开始,人家就静音了,再过一会儿人都不见了。

没人理我,我就把自己QQ资料里的性别改成了女,进了学校的聊天室。

以前进去,是没有人搭理一下,变了个性别就不一样了,不断地有人来和我搭讪,还非要加我为好友。有个叫"猪哥"的家伙超级执着,被我拒绝了三次,仍然不放弃,锲而不舍地发对话过来。我实在拗不过,心想,好吧,今天就让我当个女生满足你一下,也算是做件好事涨点人品,于是就把猪哥加为好友了。

跟猪哥聊了一会儿,我觉得很无趣,可是猪哥觉得很投缘,QQ消息一直闪,我说我要下线了,他说他想要见我。我牙差点没笑掉,兄弟,你知道我是男的不?两个臭男人,见什么见嘛。于是我抖出了实情:我是个男的。

猪哥人如其名,跟个猪头一样,完全不相信我的话,又发了一条消息过来:"不可能,你肯定是不想见我,所以故意骗我。"

"我真的是男的，绝对没有骗你。"

"我不信，很多女生都这样的，不想见面就说自己是男生，不过不想见面的女生都是美女，你一定是个美女。"

我已经彻底晕了："我对天发誓，我就是男的，你看我的资料嘛，我已经把性别改回来了。"

"我还是不信，除非看到你，我才相信。"

我有些毛了，心想，想见，我就让你彻底死心："好吧，你是不是要见？"

事情很凑巧，猪哥跟我一个网吧，前后排。他往后一转身就看见了满脸坏笑的我，我的视线里则出现了一个络腮胡子的海贼。

猪哥说："你真的是男的啊。"

我说："我早就跟你说了，我是男的，你又不信。"

猪哥笑了，说："算了，男生就男生嘛，我们也算有缘分，交个朋友好了。"

就这样，我认识了人生中非常重要的一个朋友。猪哥，本名潘雷，之所以叫猪哥，据他本人交代，是因为高中的时候上课睡觉打呼噜的声音像猪，其实他长得很瘦，完全没有猪的肥壮。猪哥跟我同级，学环境能源。按道理说，这个专业的学生应该有很强烈的环保意识，但猪哥完全没有，满脸胡子已经成为他的标志，那上面还能零星找到一些吃饭后留下的油渍。我问他为什么要留胡子，他说他失恋了，在找到女朋友之前绝不剃胡子。

我说："你要是不剃胡子，绝找不到女朋友。"

女人

猪哥的人生理想就是和他心爱的女人厮守一生，没想过钱呀房子呀汽车呀这些庸俗的东西。可他错了，至少有一部分女生是需要安全感的，而这些安全感就由这些东西带来，你要是什么都没有，只有一颗热忱的心，那么遇见那个眼缘和心缘都恰如其分和自己吻合的人的概率几乎为零。

不过话说回来，校园里的大多数女生还是比较崇尚浪漫情怀，相信海誓山盟，期待着青春电影里那样的唯美爱情，想象着自己心目中的白马王子，可是你见过留着络腮胡子不修边幅的王子吗？那不是王子，那是丐帮长老。以前古代治安不好的时候还好，现代社会这胡子哥不流行了。

所以猪哥的爱情史，可以用一句话来概括：美女跟前过，寂寞心中留。

在高中那个青涩的年代，曾经也有女生脑子短路喜欢上了猪哥。那时的猪哥还不是胡子哥，算得上小白脸，问题是他不待见那个女生。其实那女生长得也不赖，可就是爱穿帆布鞋加牛仔裤，猪哥非常不喜欢，他喜欢的是裙摆摇摇加高跟鞋的感觉，所以他不仅伤了人家女孩的心，也伤了自己的心。因为猪哥多次向隔壁班的小李心洁表白，都被无情地拒绝。

猪哥所说的失恋正是从这个时候开始，胡子也是从这个时候开始蓄的。

我想纠正猪哥的说法，我说："你那不是失恋，因为你根本就没恋过。"

猪哥说："你懂失恋吗？你失去了可以恋的对象，那还不叫失恋啊？"

进了大学，猪哥开始频繁见女网友，但是没有一个成为他的女朋友。

有一次，猪哥去见个女网友，挺漂亮的，见面之后就去一家水吧坐着聊天，然后那女生说要上个厕所，一上就是20分钟。他心里突然有种不祥的预感，就跑去问老板，结果人家说那个女生早走了。

还有一次，猪哥和一个女生在灯光朦胧的咖啡厅里，对面而坐，那女生长得挺好看的,猪哥就春心荡漾地凝视着,突然冒出一句话:"你脸上有蚊子。"

那女生问:"在哪啊?"

猪哥用手指了指女生的脸说:"在那儿。"

那女生顿时脸都气白了,那根本就不是蚊子,而是一颗痣。后来那女生便再也没有联系过猪哥。

峨眉山游记

一 挑山工

你是一树一树的花开,

是燕在梁间呢喃,

你是爱、是暖、是希望,

你是人间的四月天。

林徽因的诗总让我觉得四月份是一个特暧昧的季节,春天还未悄悄离去,空气中都弥漫着满是荷尔蒙的潮湿因子。

我也在这个诗人眼中最美丽的季节,得到了最好的消息。朱莉打电话过来说,想找我趁着"五一"假期之前一起去趟峨眉山旅行,哇,这不是天降奇缘吗?我一挂断电话,就心潮澎湃地看着玻璃门外的苍穹,那一刻,仿佛看到了峨眉山中的浩瀚佛光。

爱情就要来到了。

我开始幻想山中旅馆的缠绵悱恻,那会是神仙眷侣般的美妙感觉。

但是故事总是峰回路转的。

跟朱莉出发那天,约好在新南门汽车站碰头,结果见面的时候,活生生地多出一个人——夏岚。我不知道她是从哪里冒出来的,反正我憧憬的美好二人世界被真实地毁灭了,成了"三人行必有我姐"。

朱莉和夏岚都是大姐，我是可怜的猪小弟，啥苦活累活都我扛了。原来我以为自己是要当一场风花雪月的男主角，现在成了悲催的搬运工，确切地说，是挑山工，因为上山背行李的光荣任务交给了我。

夏岚跟我说："其实是我让朱莉找你的，我们都觉得你是一个很好的旅行伴侣，能帮我们处理很多事。"

我说："我身不强体不壮的，你咋看上我了？"

夏岚说："身体不重要，最重要的是你有一颗坚韧的心。"

我怎么越听越像是有一颗贱人的心呢？

二 老朋友

夏岚和朱莉是同学，我没有想到。以前读艺校的时候，她们一个寝室，我阴差阳错地认识了她们两个，却不知道她们两个是一伙的。早知道我就不会上朱莉的当了，本以为她在给我暗示爱情，结果是我孔雀开屏，完全会错意了。

朱莉以前给我留下了挺文静的印象，简直是一飘逸的仙女，结果一上公共汽车，就跟夏岚疯狂地侃上了。两个人口若悬河的架势让我成了空气，总算知道这两个女生为什么那么投缘了，爱好相同，八卦聊天，不停地吃零食。夏岚还大言不惭地跟我说，她带了什么奥利奥饼干、方便面以及其他记不住名字的奇怪零食。

我说："夏岚，你带这么多零食，不觉得上山背着很重吗？"

夏岚说："想过啊，但是想着有你背，我就又多买了一些。"

朱莉看着我笑，我没有好气地说："朱莉，你还笑，这个家伙要来，你都不说一声，还带那么多行李，你们想累趴我啊。"

朱莉说："我跟夏岚说了，她说她跟你很熟，不用知会你。"

夏岚说："对女生，不要用'家伙'来称呼。"

我说："夏岚，你看你带的什么东西，奥利奥饼干，你不知道爬山很消耗水分吗？到时候根本吃不下这干巴巴的饼干。"我接着说，"还有，你带方便面，你不知道在山上不是随时随地能找到热水吗？就算找到了，也是要给钱的，你这不是增加负重吗？"我继续说，"还有，你带那么多话梅干什么，这东西是开胃的，吃了肚子要饿，到时候山里找不到吃的，我们只能是越吃越饿。"

夏岚终于说话了："路飞，你说那么多干吗，我第一次来嘛，反正吃不了你就继续背着嘛。"

三　大佛记

按照行程，我们的第一站并不是峨眉山，而是乐山大佛。夏岚嚷嚷着一定要去拜拜，我跟她说，峨眉山也有佛，而且数量多得多，一样可以拜。

夏岚说，不一样，这个佛比较大。

所以我们就先去拜乐山大佛。

大佛一侧的九曲栈道，异常陡峭，走在上面的时候，感觉人都快飞出去了，所以我使劲地扶着栏杆。夏岚一手抓着栏杆，一手在我的身后扯着我的衣服。朱莉走在最后，拽着夏岚。我们三个跟小时候玩开火车似的，前面有小孩忍不住回头看着我们笑，朱莉有些不好意思了，她说："你看，小孩子都笑我们了。"

我说："他笑个屁，他个子那么矮，平衡性好，我们跟他又不一样。"

我话刚说完，夏岚脚下一滑，但是亏得她死死地拽住了我的衣服，只是跟跄了一下，没有摔倒。

起身之后，夏岚拽我拽得更紧了。

我说："夏岚，不要拽那么紧嘛，我会被你拽倒的。"

夏岚说："不行，我害怕，不拽着你，我心里不踏实。"

我说："你稍微松点嘛，我也害怕。"

四　招待所

我们决定在乐山找一家便宜的旅馆歇脚,原本以为看着条件差一点,价格就能便宜点,但事实不是这样。我只能说,我们的市场经济学没学好,旅馆贵不贵跟条件好不好有一定的关系,最重要的还是市场的刚性需求,所以我们找了半天,算是徒劳无功。

后来我提建议,要不去乐山师范学院的招待所,那里是大学,应该比较便宜,条件也不会太差,这一建议得到夏岚和朱莉的一致认可。我们信心满满地去了乐山师范学院,在半山腰找到了那家招待所,一问前台小妹,傻眼了,只剩下一个双人间了。

我跟朱莉、夏岚商量,她们已经疲惫不堪,不愿意再走了,点头同意我们三人挤一个房间。

我跟前台小妹说,我们就要这间房了。

小妹诡异地看着我:"你们三个一间?"

我说:"嗯。"

小妹诧异地盯了我半响,终于开始给我办手续。

五　洗澡记

跟女生住在一起,会产生很多问题。比如洗澡,以前在寝室冲凉的时候,我都是把衣服脱光裸奔进去的,现在有女生在,肯定不能裸奔了。这样的问题对夏岚和朱莉亦然。说实话,可能女生更喜欢裸奔,身上束缚比男生多,更想回归自然,有我在,她们也不能这样干了。

正在我踌躇于这个问题的时候,夏岚找到了解决方案,她和朱莉先洗澡,把我赶去了走廊。我只好孤单地数星星,数对面女生楼的灯光。

这俩小妮子洗澡时间太长了。

终于轮到我洗澡的时候,夏岚和朱莉悠然地坐在床上看电视。我说:"姐姐,你们要不要回避一下?"

朱莉说:"你是男生,我们有什么好回避的,你就算只穿一条内裤在我面前,我都觉得没什么。"

我吐了吐舌头,穿着牛仔裤进了卫生间。

温热的沐浴很快让我感到全身舒畅,一舒服又干傻事了,把头发淋湿了,发现洗发水在外面。我犹豫了半天,最后还是决定不用洗发水了,生怕出现夏岚不小心把门推开的意外。

走出去的时候,夏岚看着我湿漉漉的头说:"洗头了啊,可是洗发水在外面,我刚刚忘记放进去了,你用什么洗的啊?"

我说:"水洗的啊,我洗头发一般都不用洗发水。"

夏岚诧异地看着我说:"变态。"

六 小乌龟

清晨,雾气缭绕,湿润的空气仿佛抓一把便能洗一遍手,灰沉的天空被浓密的树枝遮掩,头顶上是一层郁郁的绿色网格,就好像童话里的神秘森林。我拉着朱莉的手,一步一步踏上台阶,隐约能听到山中溪水潺潺,突然一只体形硕大的彩色蝴蝶朝我们飞过来,越来越近。

我醒了。

美梦总是无法继续,我起身望了望旁边的朱莉和夏岚,她们还在沉睡。我悄悄地起身,去上厕所。看到镜子的时候,吓了一大跳,自己的脸上居然画着一只乌龟,额头上还写着个"王",肯定是夏岚那小妮子干的。

我用清水将脸上的画迹洗掉,从厕所出来后,便去包里找出了一支笔,蹑手蹑脚地走到夏岚的床前。那时的夏岚睡得很香,头偏在一边,长长的睫毛清晰可见,脸蛋上挂着笑容。我拿着笔有些于心不忍,正准备放弃报复行动的时候,夏岚醒了,瞪大眼睛看着我说:"路飞,你干吗,你不会想要亲我吧。"

我说:"你美的吧,我是来报仇的。"

夏岚面带困惑地说:"报仇?路飞,我哪惹你了?"

我说:"你别装了,你别以为你在我脸上画乌龟我不知道。"

夏岚坐了起来:"我什么时候画过,路飞,你冤枉我。"

我还想说话,朱莉起身说话了:"路飞,别怪夏岚了,是我画的。"

我望了望微微有些坏笑的朱莉,说:"原来是你啊,我还以为是夏岚干的。"

夏岚不服气了,说:"路飞,好啊,我没画,你冤枉我,还要报仇;朱莉画的,你就傻笑,你也太重色轻友了。"

我说:"谁是友?谁是色?你们都是女生,对我来说,其实都是色。"

夏岚说:"路飞,你的意思是你不把我们当朋友了?"

朱莉也来附和:"对,路飞,没想到我们在你心中就是这样一个位置。"

我被绣花拳加枕头一阵狂揍。

七 登山记

登山的时候,开始时还能雄赳赳气昂昂走一段,后面就越来越不行了。直到最后,返璞归真,手脚并用地在石阶上爬行,那时候宁愿自己是一只蜥蜴。

跟女生一起登山,需要减慢速度,还得不停地听她们的抱怨,说什么太累了,走不动了,然后行李全被转移到了我瘦弱的身体上。

为了鼓励两个女娃子,特别是夏岚,我采用了望梅止渴的办法,只要她们一抱怨,我就说:"走嘛,走嘛,没几步就到了。"

路上夏岚三次提出要坐滑竿,那玩意比打的贵多了。人家打的是一块五一公里,电子仪器记里程数,滑竿是十五块一里,抬滑竿的人给你估里程数,他要是说走了三十里,你还找不到证据反驳他。为了节约,我和朱莉极力阻止夏岚,结果夏岚不干了,坐在石阶上赖着不走了。她说:"我不走了,路飞,你是个大骗子,你每次都说没几步路了，结果我就一直走，一直走，走半天都走不到。我现在不走了，你们要走，你们自己走。"

我说："夏岚姐姐，走嘛，这深山里一个人很危险的，我们必须在一起。"

夏岚说："你背我走，我就走。"

我抬头望了望前方陡峭的石阶，摇头说："夏岚，我背不动你，你看我背上这么多行李，光拿这个就已经很累了。"

夏岚说："这个好办，你背我，我帮你拿行李不就好了。"

为了让夏岚继续行走，我拿山里有猴子会抢东西吓她，后来她又不走了，说她要跟猴子拼了。我又拿山里有云豹吓他，再后来是说有咬人的大熊猫，还有躲在深山的变态杀人魔，反正哄着吓着，以保证我们能以龟速向山顶进发。

最郁闷的是，两个女娃子爬山不行，吃东西特行，把我的火腿肠吃完了。早跟她们说了不能带饼干类的干粮，因为登山水分消耗大，咽不下去，她们不信，说什么一边喝水一边吃，结果现在，我珍藏的火腿肠居然牺牲了，等我要吃的时候，没有了。

夏岚说："那你就吃我们的饼干嘛，随便吃，吃得多还能减轻你的负担。"

八　遇险记

登山的时候，水是很珍贵的东西，而保护水的重任自然交给了唯一的男生，也就是我。其实水不重，就是一瓶 2.5 升的大雪碧，可是我觉得这是一个很重的负担，总盼着能尽早把它喝完。可夏岚跟我说，等雪碧喝完了，再花五块钱灌满开水，还是让我扛着。

扛着就扛着嘛，我在心中念叨着"红军不怕远征难，万水千山只等闲"，用革命精神来鼓励自己前行。突然发现有三个人在跟踪我们，再准确一点描述，叫尾随。我们走快点，她们就走快点；我们停下来，她们也停下来，始终保持着一定距离。

我跟朱莉说："你看，后面有三个女娃子一直跟着我们，她们想干吗？"

朱莉笑着说："是不是看上你了，要找你表白啊？"

我说："不可能，我的魅力还没有大到这种程度。"

夏岚说："路飞，你还是很有自知之明的嘛。"

后来，我忍不住了，在大家停下来吃豆花的地方，走上去跟她们套话去了。

一打听，知道真相了，那三个女生也是学生，因为怕遇上猴群，就一直跟着我们，让我们在前面挡着。再描述精确一点，她们认为我可以挡住猴子，保证他们的安全。

敢情拿我当炮灰啊。

算了吧，这也算看得起我，于是六人结伴同行，以更加缓慢的速度前进。

……

山中总是雨蒙蒙，一阵小雨不期而至，山路隐没在雨雾缥缈之中，有点仙境的感觉。就在六人都心旷神怡的时候，出现了一个小黑影，走近一瞧，一只小猴子正坐在路中间，悠然自得，完全没有怕人的样子，倒是六个进化完毕、等级高得多的人定住了。

夏岚焦虑地问："怎么办啊？有猴子。"

我给大家壮胆，说："就一只小猴子，应该没有什么的，我不信它能把我们吃了。"

有女生说话了："虽然它只是小猴子，可它后面一定躲着一群猴子，要是它们全跑出来……"

我说："走走走，我不犯猴，猴不犯我，我们走过去，别理它。"

于是，紧张的我领着五个柔弱的女生，胆战心惊地，踮着脚尖迈着小碎步从小猴子身边走过。突然，小猴子一把抓住了我的衣服，那五个女生吓坏了,一股脑地尖叫着就跑过去了。

她们是跑过去了,我被抓住了,愣在原地不敢动弹。猴子死死地抓着我的衣角,我忧伤地看着猴子,他的眼神充满了攻击性,我不敢看它了,我怕他跳起来给我一顿峨眉派的猴拳。

夏岚冲着我喊:"路飞,快把你的水给它呀,它好像是要水。"

我如梦初醒,刚把 2.5 升的大雪碧递到一半,人家小猴子一把抓过了瓶子,好了,它松手了,我赶快跑了。

说起来,那小猴子也不够聪明,都不知道把瓶盖扭开,用毛茸茸的两个爪子横捧着那瓶子,硬生生地用牙在中间咬了个洞,水呼啦啦撒了一半,它咕噜噜地在那儿喝水,我的心在滴血,妈的,七块钱啊。

等我跑过去的时候,五个女生笑坏了,其中还有个刚认识的女生扶着树捂着肚子狂笑。

我说:"你们还好意思笑,遇到危险全跑了,把我一个人留在了危险中。"

朱莉说:"你的作用就是吸引猴子,我没寄希望你能保护我们,你只要能把猴子拖住,我们自己跑。"

其他女生纷纷微笑着点头,表示深切地赞同。

我伤心了。

九 云海记

夏岚和朱莉信誓旦旦地说第二天要早起去金顶看日出,等到我起床叫她们的时候,她们一阵呢喃,就是不起床,所以日出没看着,等到她们起床的时候,夏岚还抱怨说我不叫她们。

我说:"叫你们不醒,你还怪我,难不成我揭开你们的被子?"

朱莉说:"那可不行,不过你可以掐夏岚,把她掐醒,我听她叫唤,自然也就醒了。"

夏岚说:"好啊,朱莉,为什么不是掐你呢?"

朱莉笑着说:"我感应比较迟钝,没你那么咋呼。"

夏岚和朱莉在床上嬉闹扭打成一团,我无奈地说,没看着日出也没有关系,反正太阳一直都在,地球也在,以后有机会再看好了。

因为天气不好,佛光这种可遇而不可求的神奇景象也没能让我们遇上。在金顶,我们所能看到的景象就剩下白茫茫的云海了,那些飘浮在山间的云朵,翻滚成波浪状,群山被隔离成岛,在云雾中时隐时现,宛如蓬莱仙境。

朱莉在一边静静地站着,若有所思。我站得稍远,偷偷地看着她的侧脸,在阳光的照耀下如同画家笔下精致细腻的线条,眼光深邃而迷离,我不知道她在想什么,或许是伤感的往事,又或许是思念着谁。从前如夏岚一般顽皮的朱莉,已经被时光改变,那些小学时最开心的岁月也许永远成了追忆。

朱莉或许发觉了我在看她,徐徐地走过来说:"对面那座山是什么山啊?"

我指着云海的那边,说:"你说的是那个像瓦房一样的山吗?"

朱莉说:"是啊。"

我说:"天啊,朱莉,那就是我们家乡的瓦屋山啊。它的山顶是平的,远远看起来就跟一个房子一样,因此得名。在瓦屋山的山顶,透过云海,你能看到峨眉山;在峨眉山上,你也能看到瓦屋山,就这样,两两相望。你不会没去过吧?"

朱莉摇了摇头说:"没去过。"

我说:"以后我带你去看看好了。"

朱莉沉闷了半天,突然看着我说:"路飞,我快去美国了。"

我很惊讶:"为什么?去干什么?"

朱莉说:"我们学校有 1+2+1 的计划,我要去美国读两年书,然后再回来。"

我说:"不会吧,你什么时候走?"

朱莉说:"因为学期制不一样,我下个月月初就走。"

我说:"这么快,哪一天的飞机?我去送你。"

朱莉说:"不用了,我妈会送我的,要不我走之前我们出来喝喝水吧。"

我说:"好啊,要不就5月8号,地点在春熙路,到时候我给你寝室打电话。"

朱莉点点头:"嗯。"

我突然有一些难过,山川景色无论多么美丽,终归不能永远停留在这里,曾经朝着一个方向前进的朋友,最终还是会分道扬镳,这便是人生。

十 你在哪?

"五一"假期,在家窝着玩。

为了能更好地保证通讯的畅通,我向老妈提出了买一部手机的要求。

老妈说:"话费太贵,买了你都打不起电话的。"

我说:"没事,我一般都发短信,主要是老师经常找我帮忙做一些课题,打寝室电话找我不方便。"

老妈看了我一眼,说:"我看是找女生不方便吧。"

老妈真是料事如神啊。

老妈话虽然这样说,但是好歹最后还是给我买了一部手机,三星的,翻盖的,能玩黑白的贪食蛇。

有了手机,我就可以很方便地联系到朱莉了。

可是拨通了朱莉寝室的电话,却一直是没有人接的状态。

我拨了五天,手机都拨得发烫了,依然没人应答,我很难过,因为离和朱莉约定的8号已经越来越近了。

我只好上QQ找她,她的头像是灰色的。

我给她留了言，她的头像依然是灰色的。

直到我离开网吧前的那一会儿，灰色依旧没有改变，我很伤感，我觉得，朱莉应该是不想见我了。

回想起中学的那些美好时光，我居然在走出网吧的一瞬间，哭了。

去追求你的梦想吧，朱莉。

我不知道你在哪，也找不到你。

无论你在哪里，只要你开心就好。

我们干净而透明的青春，似乎永远只有我的单恋，我隔着教室偷偷看你，像隔了一片无垠的海，你有你的世界，我永远躲在那个小岛上，只是一个被礁石挡住的影子。

你是童话中的公主。

我是看童话书的人。

尽管我们曾经那么近那么近，可我永远也触碰不到你。

因为你对我来说，就是一个美丽的童话。

可是有一天，童话会结束。

弹尽粮绝

大学二年级刚开学，为了能追随比尔·盖茨的步伐，我打电话回家对老妈软磨硬泡，要买电脑。理由冠冕堂皇，学校机房的上机时间不够，为了更好地学习计算机编程，自己需要一台电脑，话都说到这份上了，老妈也没多想，便答应寄钱给我了。

但是为了给电脑配置一个更好的显卡，我又从生活费里抽出了很大一部分资金作为补贴，这导致该月出现了严重的赤字，我不得不精打细算、省吃俭用地熬过这艰难的一个月。不过我已经想好应对策略了，反正没事就玩会儿电脑，用精神食粮让自己忘记生理上的饥饿。

实际上，电脑进入寝室的那一天，也就宣告了我们的生活即将进入更加糜烂的阶段，之前关于学习电脑的承诺，成了水中月、镜中花。

电脑的功能对于我们来说,除了打游戏和看电影,就是当音响放歌。因为放歌动静太大,楼下的哥们甚至面色不悦地上楼来找我提意见,他说:"你们放歌大声我都忍了,但是能不能不要一直放容中尔甲的歌?"

我说:"这是梁国栋的爱好,我会跟他讲的,让他博爱一点。"

月中的时候,我的生活费用尽了,这是之前没有计划的下场。我找刘华借,他说他的钱已经用完了,现在都是跟着梁国栋混饭吃。

我问能不能把我也算上,我跟他们一起去混。

刘华无奈地看了看我,说:"我看不行啊,锤子哥也快撑不住了。"

最后,还是王洋心肠好,跟田娅借了一百,然后又转借给了我。我拿着这沉甸甸的一百块钱,左思右想,决定精打细算,八十块钱存饭卡,免得自己乱花,剩下二十块钱零用,买些日用品。

天有不测风云,人有旦夕祸福。

那张宝贵的饭卡在第三天便丢了,我埋着头在宿舍和食堂之间的路上苦苦寻找,心存侥幸地希望它能回到我的身边。但我知道,凡是有价值的东西掉在路上,它们失踪的概率为99.9%,很显然,我从小到大的运气走势告诉我,我永远不是那0.1%。我失落地回到寝室,跟梁国栋讲起了我的悲惨遭遇,梁国栋不等我把苦诉完,便焦急地说:"你个瓜娃子,赶快去挂失,这样你只用花五块钱的制卡钱,里面存的钱还在。"

为什么我之前没想到呢?

天啊,这是一条救命稻草般的消息,我疾步飞奔到了食堂,气喘吁吁地跟师傅讲,自己要挂失饭卡。但是结局很凄凉,饭卡早被刷完了。我恨恨地从食堂走出来,心想是哪个没有良心的家伙,拿着我维持温饱的饭卡挥霍,肯定请了很多人,刷了许多好吃的鸡腿、回锅肉,就为了把我那可怜的几十块钱用完。妈的,之前我都是光打素菜,超级节省地吃,结果现在什么都没有吃到,钱反而从卡中蒸发了。我暗自在心里诅咒，捡到自己饭卡的那个瓜娃子，你吃吧，吃到你拉肚子拉虚脱好了，最后拉到校医院。

可是诅咒和怨恨解决不了我的问题，接下来的日子里，还是得维持生计。

于是，我只好守着电脑，玩游戏，看电影，用精神食粮代替物质食粮过日子。如果实在不行了，就去泡一包从家里带来的芝麻糊，这还是我满脸不耐烦说不要，老妈非要塞在我包里的芝麻糊。就这样，我坚持了五天，后来实在是顶不住了，一闻到芝麻糊的味，都想呕吐了（说实话，现在也想吐）。看到别人端个饭缸、饭盒之类的东西，我就开始吞口水，也闻不得香味，还产生过冲上去抢了别人提在手里的包子就跑的卑劣想法。

后来，我干脆心一横，心想反正也撑不下去了，不如好好出去吃一顿，可走在路上，便开始挣扎了，就剩二十了，用完就没有了，那时可就真是身无分文了。正在矛盾斗争中的时候，碰上了被梁国栋遗弃的刘华，他也没有钱吃饭了，缠着我请他吃饭。我也懒得管了，就请刘华出去吃了一顿豆花火锅，三块五一位，两个人就是七块钱。两个人都饿得不行了，啃了老板几盆饭（饭是免费的），以至于后来这豆花火锅的老板都知道我是大名鼎鼎的路飞了，再去吃豆花都给我优惠价，凡是我的朋友，每人优惠五毛钱，只收三元。

饭后，刘华跟着同学逍遥去了，我去了学校外面价格最便宜的小超市，花了三块钱买了两袋统一"辣欢天"方便面，放在寝室以备不时之需。

我的兜兜里还剩下十块钱，距离领取下个月的生活费还有十天。

第二天的清晨，我早早醒来，平时起不了这么早的，主要还是饿醒的。我一个人在校园里茫然地晃荡着，思量着自己该如何度过接下来这艰难的十天。走着走着，碰到夏岚了，她穿着淡蓝色的长袖T恤，旁边还跟着又胖了一圈的何媛媛。

夏岚老远就笑眯眯地叫住我："路飞，吃早饭没有啊？"

我随口附和："还没有吃，马上就去吃。"

夏岚说："那我们一起去吃吧。"

我还没有来得及拒绝，夏岚和何媛媛已经走到我的身边，我看着夏岚无邪的样子，只好硬着头皮跟她们一起去校门外的小面馆吃面了。

夏岚和何媛媛各点了一碗面条，还各加了一个蛋，我只要了一碗红烧牛肉面。

从小到大，在女生面前，我好像总是喜欢撑面子。所以夏岚她们还没有吃完，我就抢着去付钱了。老板说，总共八块，我二话没说，假意豪爽地从兜兜里掏出自己仅有的十块钱把账结了。夏岚和何媛媛觉得不好意思，要把她们吃的钱给我，我惺惺作态地说："不用了，没事，这次算我的，下次你们请嘛。"说完，我真想抽自己两个大嘴巴子，妈的，自己果然是假得无与伦比了。

这下好了，我兜兜里只剩两块钱了，还有九天。

可是天无绝人之路，只剩下两块钱的我，突然想起了还剩下两包泡面在寝室，心情一下子便豁然开朗，我觉得自己简直是再世诸葛亮，太有先见之明了。

当我满怀期望地回到寝室的时候，眼珠子差点齐刷刷地掉下来，梁国栋和王洋正在津津有味地吃着泡面，而且就是我的那两包珍品。梁国栋吃得那个香啊，嘴里一边嚼着面条一边跟我说："路飞，你这个面条挺好吃的，下次我也买这种。"

王洋转身看着目瞪口呆的我，头上还有热气冒出来，笑嘻嘻地说："我看梁国栋吃得香，就没有忍住，看你还有一包，就帮你吃了。"

我郁闷至极，最可恶的是，香气还一股一股地往鼻子里飘。没有办法，只好下楼又买了一包"辣欢天"。

兜兜里还剩五毛钱，就算不吃晚饭，也还有八天。

我给猪哥寝室打电话，一直处于没有人接的状态，他们好像出去参观了，一去就是几天。我热切地盼望着他的归来，猪哥的样子在我的脑海中俨然已经转换成了青椒肉丝、红烧排骨等一系列令人垂涎欲滴的绝妙美食。

无意中，我想起红军二万五千里长征，嚼草根，吃皮带，那该是怎样一种壮举啊！

我拨开上衣，瞅了瞅自己腰间的皮带，当初买得便宜，应该是人造革的，吃不下去。

雪中送狗

在我陷入困境，无法自救的时候，夏岚来了，她领着一只白色的小狗，天使般出现在寝室门口，眯着眼睛的样子就像是日本漫画里的可爱女孩。

夏岚顺势指了指贴在她脚边的小白球，说："路飞，帮我照顾一下狗狗嘛，我这个周末有事，不能照顾她。"

我说："你们寝室的人呢？我其实不太擅长照顾小动物的。"

我有些为难，虽然我也挺喜欢这个可爱的小家伙，但是现在我连自己都养不活，又怎么养活它呢？

夏岚说："她们都不在，都回家了，"就把狗丢给我了，"路飞，你帮帮我嘛。"

我低头不语中。

夏岚使出了女生惯用的撒娇策略："你看，小胖多可爱，它很听话的，你就照顾一下嘛。"

我蹲下去摸了摸小狗的圆脑袋，它的眼光中满是期待和可怜。我说："好吧，小胖，大胖既然都这样说了，我就照顾你一下。"

夏岚说："谁是大胖？"说着便踢了我一脚，不是很重，却差点把我踢倒。

我踉跄晃动了一下，然后无辜地看着夏岚说："说你胖这么不乐意啊。"

夏岚从包里摸出了一张五十块大钞,说:"谁让你拿我跟狗比的,这里有五十块钱,这几天你可要把小胖照顾好啊。"

啊!我表示很惊异,却还是身手敏捷地接过了五十块钱,那张绿色的钞票就是雪中的火红热炭,是上苍降落的幸福,宛如最美丽的天使一般飞到我的身旁。那感觉简直是太棒了,已经山穷水尽的我终于靠着和小狗瓜分口粮,有饭吃了。

那时候,我发自内心地感激着夏岚和小胖狗,他们两个真是可爱到了极点。

对这个突然到来的朋友,梁国栋表现出了极大的友善,不仅逗小胖玩,还把他视为宝藏的火腿肠喂给它了。那时寝室里没有可以喝的水,爱狗心切的梁国栋愣是把他的可乐分给狗喝了,他一半,狗一半。

我在一边看着,不是滋味,心想自己这几天饥肠辘辘,梁国栋都没说拿出火腿肠给我解解馋,反倒是一只狗让他喜欢得不得了,我的地位居然赶不上一只萍水相逢的狗。不过也好,这样的话,狗粮的费用又可以减少了,我还能多点饭钱。

不过那条小胖狗有个奇怪的毛病,明明有小鸡鸡,肯定就是只公狗嘛,看样子也不是刚出生的小狗,可偏偏撒尿的时候从不跷腿,只会蹲着。牵它出去遛的时候,什么电线杆、柱子这类的物体对它一点吸引力都没有。

把狗还给夏岚的时候,我好奇地问:"你这狗是公的吧,但就是不会跷腿撒尿,太好玩了。为什么会这个样子呢?"

夏岚笑了笑,说:"这狗不是我的,是何媛媛买的,出生以后就在她家养了。每次何媛媛去上厕所,它也要跟着去,还在一边偷看,我们都说它是色狗,结果现在长大了,不会跷腿撒尿,只会蹲着了。"

我很想笑,却又担心让夏岚觉得我太过龌龊,所以一直隐忍着不笑。

蹭饭

夏岚给的五十块养狗费，只能救一时之困，并不是长远之计。自从一个月出现了经济危机之后，之后的数月里我陷入了没钱就借钱，有钱就还钱再借钱的恶性循环，为了缓解这种困顿的局面，我开始另辟蹊径，走上了漫漫蹭饭之路。

不过说到蹭饭，刘华可算是我的启蒙老师，也正是刘华千奇百怪的蹭饭方法让我渐渐领悟了其中的奥妙。

有一次，我在寝室看小说，突然"砰"的一声，大门开了，刘华大步流星地回来了。

我一脸嫌弃的表情："刘华，你轻点行不，赶着投胎啊？"

刘华一脸急迫的样子："有没有一百块钱？我有急用。"

看刘华这副德行，我也懒得问他借钱有什么用了，于是拿出钱包，抽了仅有的一张五十元的钞票出来递给刘华。我说："我只有这么多了，你什么时候还我？"

刘华接过钱，眼神变得游离，拿着钱观摩了半天。

我有些烦他了，就说："还怕我给你假钞啊，你现在是借钱，还跟大爷一样，你要是不要？不要就还给我。"

刘华说："算了，我不借了。"

说着，刘华还真把钱递给我了。

我搞不懂了："你不是有急事吗，怎么又不借了？"

刘华露出他惯有的诡异笑容："你请我吃饭嘛，路飞，我知道你有钱，至少有五十。"

我终于恍然大悟："妈的，刘华，你小子真行。"

还有一次，刘华跑回寝室装疯，抓着梁国栋一遍狂摇一边嚷嚷："我不想活了，我想自杀。"

梁国栋知道他在装怪，就随口问他："你想怎么死嘛？"

刘华顿了一下，用一种阴邪的表情看着梁国栋说："锤子哥，你帮我嘛，我需要你的帮助。"

梁国栋说："你说，看我能不能帮你。"

刘华说："你请我吃饭，把我撑死嘛。"

与刘华采取的诈骗手段截然不同，我蹭饭主要是靠混，靠装可怜，今天跟着谁玩，就跟着谁混一顿，都到这份上了，大家也不好意思不请我吃饭。

混饭的主要对象，就是豪爽的猪哥。

我频繁地去猪哥的寝室溜达，表面上是去嘘寒问暖，实则就是去蹭饭。猪哥也不是有钱人，但总是大方地把我带着。后来，我问他为什么这么讲义气，他说他看了我的面相，我将来一定会是人中龙凤，现在让我吃点小饭没什么，就当投资了，以后发达了可要罩着兄弟啊。

多睿智的猪哥啊！你哪是猪哥啊，你就是"猪哥亮"！

蹭饭蹭久了，我便和猪哥寝室里的其他室友熟识了。后来我一去他们寝室，就有人直截了当地冲我说："贱人，你又来蹭饭了。"

我说："我来找你们耍下不行啊，看一下你们不行啊！"

几十分钟后，我习惯性地问猪哥："今天中午我们吃什么啊？"

饭卡

蹭饭的第二个对象是梁国栋，他没钱，每次只能请我刷饭卡吃食堂。当猪哥资金枯竭的时候，我便给梁国栋打了个电话，让他请我吃饭。梁国栋说他正在一食堂外面的公共厕所里，让我去厕所里找他。

为了吃个饭，还得去这种五谷轮回的地方见面，真是的。

但是为了温饱，这些讲究已经无关紧要了。

抵达厕所的时候，一片寂静无声，我并没有发现梁国栋，以为他躲在某个隐蔽的角落里。可我把所有的蹲位都检查了一遍，也没能看到半个人影，这让我对梁国栋的人品产生了质疑。

我只好又给梁国栋打电话："人哪？你是不是耍我？我把厕所都

翻遍了，里面连个鬼都没有。"

梁国栋回复："老子就在厕所里，你快点过来嘛。"

我突然发现这声音好像是从女厕所里传出来的。

我说："你现在在女厕所呢，你晓得不？我不来找你了，你自己出来。"

电话那头的梁国栋恍然大悟："妈哟，是，连便池都没有。"

挂断电话的时候，我看见一女生正朝厕所走去，我冲上去拦住她，说："同学，你现在不能去厕所。"

女生有些诧异："为什么不能进去？"

我说："里面在装修，现在不能用。"

女生说："那你们怎么不挂一个牌子在外面？"

我说："活接得太急，没来得及挂，这不我站在外面守着了。"

说话间，梁国栋走出来了。

我赶紧说："你看我们师傅都出来了，喂，里面的墙面装修还要多久搞定？"

梁国栋一脸诧异，愣了几秒后终于领悟，说："还早呢，现在的学生就爱在厕所墙上写字，估计得到下午了。"

女生噘着嘴快快地离开了。

等女生一走，我和梁国栋忍不住狂笑。梁国栋说："路飞，你太有智慧了，瞎话随口就来。"

我说："你说，没事去女厕所干吗，我还不是想保护一下你的名节！"

梁国栋说："今天无论如何，我要请你吃饭了。"

说完，梁国栋开始摸裤兜里的饭卡，那种异样的神情告诉我，没有。于是继续摸，上下左右全身摸，眉毛拧紧跟发条似的。最后，梁国栋沮丧地说："路飞，我的饭卡不见了，真的。"

我们俩除了没有勇气折回女厕所外，把之前梁国栋走过的路以及纷乱的寝室都找了个遍，饭卡依然没有踪迹。找不着就算了嘛，梁国栋居然一脸狐疑地看着我说："路飞，是不是你给我藏了？"

我说："我藏你的饭卡搞啥子嘛？你娃肯定是不想请我吃饭，故意说饭卡找不着了，看你现在这个样子，一点都不紧张。"

梁国栋说："不要污蔑我的诚意，走，今天我请你出去吃。"

我说："吃啥？"

梁国栋说："吃兰州拉面，你想吃几碗就吃几碗。"

几天后，梁国栋的饭卡找着了，是好心的租书店老板娘还给他的。那家伙不知道什么时候，把饭卡当书签夹在租的武侠书里，一并还回书店了。

但是卡已经在两天前被梁国栋挂失了，不能用了。

通宵

当寝室里有一人迷上某种游戏的时候，其他人就危险了，因为大学时期是极其容易被煽动的阶段。很显然，我们都被王洋害了，他爱上了CS，然后影响了我和刘华，最后连点鼠标右键不太利索的梁国栋都被拖下水了。

因为平时各有各的课，很难聚在一起，于是夜晚便成了最好的时光，从最开始的放纵一下变成了后期的习以为常，刘华说，这就是战士的生活。

要知道，最英勇的战士的下场，也不过就是变成一堆瓦灰。

四个家伙没日没夜地泡通宵，人真成了瓦灰，经常饱一顿饿一顿，在网吧里随便叫个炒饭就把午饭晚饭解决了；晚上困了，就趴在电脑桌前睡一会儿，醒来后继续鏖战。我们熬通宵的最高纪录，是连续十天。人一到白天都是晃晃悠悠的，世界是朦胧不清的，除了睡觉的时候和床在一起，剩下的时间都死盯着电脑显示器，每天脑子里都是那些游戏场景，连做梦都是沙漠之鹰爆头。

游戏越打越精，人却越来越迷糊。一般情况下，除了王洋，其他三个人很难确切地说出今天是星期几，平时说话也不太利索了，感觉要讲述个什么事情吧，总是前言不搭后语，说不清楚，而且经常犯错。比如梁国栋去买泡面，给钱之后不拿泡面；刘华在开卷考试的时候带错了书。

有一次在网吧，我跟平常一样，走到电脑面前坐下，随手拿起旁边的耳机，然后进了CS，却发现有画面没有声音。弹出去，检查音量，是对的，没有问题，我心里纳闷了，怎么还是还没声呢？于是又将音量调大，还播放了一首歌，依然没有声音。

我发飙了，取下耳机往桌上一砸，分贝骤然提高："什么破电脑，连声音都没有！"

结果旁边一小乖乖女生，胆怯地看着我，轻声细语地说："同学，你拿的是我的耳机。"

谎言

王洋对CS热情高涨，让他的女朋友田娅产生了极度的不满，以至于后来她开始每天强行拖着王洋去上自习，以缩短他泡在这该死的只会发出"噼噼啪啪"噪声的垃圾游戏里的时间。

有段时间，王洋很是辛苦，晚上和我们一起去熬通宵，白天大家都回寝室睡觉了，他却要去陪田娅上自习，而且还得装出一副精神饱满的样子。人会装，可是身体总会顶不住。田娅在一旁专心地看书，王洋却在一边打瞌睡了，最终被田娅抓个现行，接着就是一顿痛心疾首、苦口婆心的臭骂。

后来为了躲避田娅找他上自习，王洋开始撒谎，老说他要去澡堂洗澡，然后悄悄跑到网吧和我们一起打CS。

梁国栋问王洋："你说你洗澡，你这个样子哪像洗过澡嘛？"

王洋神情很得意地说："我等下出去把头发打湿，不就有洗澡的样子了，我聪明吧？"

的确够聪明的，我们都没有想到，问题是田娅的聪明程度超过了王洋，这就埋下定时炸弹了。

谎言总会有被揭穿的一天。那一次，王洋专心致志地盯着显示器，而怒气冲天的田娅站在他身后盯着他，也不说话。我用手捅了捅还在忘我战斗的王洋，给他抛了一个向后看的眼神，王洋缓慢地转过身（最可恨的是，他手里居然还紧紧攥着鼠标）。那一刻，他看见眼里闪烁着泪花的田娅，两人相视无语有十几秒。

田娅说："这就是你所说的洗澡，是吧？"

王洋说："我真去洗澡了，洗澡的时候遇见他们了，就说洗完了过来一起玩会儿。"

田娅说："放屁，你以为你洗头是怎么回事我不知道啊，连个洗发水味道都没有，你就是一直在骗我。"

说完，田娅哭着跑出了网吧，王洋起身追了出去。

鼠标没了主人。

暴风雨来临了。

我们都看傻了，这哪是女朋友啊，分明就是女版神探柯南嘛。

冠军之路

学校外面的叮当网吧，组织了一场民间的 CS 比赛。这个比赛得到了学校里大量 CS 粉丝的大力响应。我们也成立了 501 战队，报名参赛，踌躇满志。

我怀揣着当年看《乌龙山剿匪记》的激情，跟着 501 战队经历了数场惊心动魄的大战，斩将杀敌，笑到了最后，获得了最终的冠军。虽然冠军的奖励说出来有些寒碜，只不过就是每个人可以在叮当网吧有 40 个小时的免费上机时间，但是 501 战队一战成名，我们这个草根级别的 CS 战队一时之间成了众人皆知的明星团队，队伍中的每一个人，头上都顶着冠军的光环。后来我们一去叮当网吧，都要刻意装出一副冷峻的酷酷的表情，搞得自己就跟偶像似的。刘华说，隐世的高手就要这个样子。

现在想起来，这不就是装吗？

夺冠后的第三天，田娅和王洋的恋情终于走到了尽头。她选择了一个有着所谓大好前途的学生会主席，一个戴着老式大黑框眼镜，我看着就想暴捶一顿的男人。失恋的打击是巨大的，痛苦的王洋从平日里的兴高采烈变成了沉闷寡言，CS 也不玩了，经常蒙着头在寝室里睡觉。

夺冠后的第五天，我的大学物理考试考砸，估计肯定挂科。考前说好要给我抄的小强，考试的时候畏首畏尾，两只手臂牢牢地钉在桌上，把卷子挡得是一丝不漏。我心里一阵窝火，原来靠别人是这么靠不住，什么事情还是得靠自己。

夺冠后的第七天，梁国栋因为长期不去上课，机械设计课被任课老师直接宣布为铁定不过，等着重修。梁国栋的情绪受到了很大影响，在寝室里唉声叹气，最终，他也终止了自己不太辉煌的 CS 生涯。

实际上，501 战队已经名存实亡了，我们不知道，冠军其实是用努力换来的一场最大的覆灭。

于是，寝室里又恢复到了四个光棍的状态。

我们决定去喝酒，连从来说自己滴酒不沾的王洋都说要一醉方休。

四个男人悲壮地走进了火锅店。刚开始大家还义愤填膺拍桌子，一股豪杰气，喝到后来，王洋、梁国栋居然抱着酒瓶抽泣了，哭着哭着又会突然一声狂叫。店里面的顾客都被我们这种怪异行径吓跑了，外面准备进来的看我们这样，也不敢进来了。

外表冷傲，不屑于这个世界的纷纷扰扰的天之骄子们，内心是极其脆弱而无助的。虽然有着灼灼其华的青春，虽然可以暂时停留在这个纯净而透明的校园里，但是对于将来，我们的无助和恐慌是常人想象不到的，因为那些透明的光彩将会在自己步入社会之后变得越来越混浊。

再叫酒的时候，老板跑出来赔笑脸："哥几个，我们这儿要关门了，我看你们也喝得差不多了，下次来嘛。要是不好回去的话，把你们朋友的电话告诉我，我帮你们打。"

说完，老板还给刘华和梁国栋发烟。

刘华晃悠着接过了烟含在了嘴里没有点。梁国栋把烟夹到了耳朵上，然后冲老板摆手，说："没事，我们是清醒的，这才九点，你别蒙我们，我们还要继续喝。"

老板说："哥们，算我求你们了，你们再这样喝下去，我的生意没法做了。要不这样，今天这菜钱算我的了，只收你们酒钱。"

我们用眼神交流了下，同意了。

四个人刚走出店门没多久，老板就开始嚷嚷："他们都走了，要吃的现在可以进来了。"

复习

临近放假，我去了趟猪哥的寝室，不是去蹭饭，而是心情烦闷，顺路进去坐坐。不过那时正值考试前夕，猪哥他们寝室学习气息浓厚，个个都在抱着书看，出奇地安静。

唯独猪哥一个人坐在一边看小说，我走过去拍了拍他的肩膀："猪哥，复习好了？这么轻松，全部的人都在复习，就你在这儿看小说。"

猪哥转过身来，面无表情地说："我复习个铲铲，一点书都没有看过。"

我说："那你还不看书？我看你好像一点都不着急。"

猪哥皱了皱眉头："我现在不想看，没心情，等晚上看通宵。"

我有些纳闷："通宵？晚上熄灯了你怎么看？"

猪哥神情自若地说："没事，我搬个凳子到走廊上看，有路灯。"

我竖起了大拇指："你强。"

那天晚上，全校突发性停电，连路灯都不亮。

第二天，学校里就开始盛传，有一个男生在考马克思主义哲学的时候，作弊被抓了。从以往来看，这科考试从来就没有人因为作弊被抓过，我真想不明白这家伙是怎么被抓的。

一打听，令人大跌眼镜，这男生居然就是猪哥，而他被抓的缘由更为蹊跷。那家伙在交卷的时候，居然把小抄夹在试卷里一并交上去了，这么明目张胆的恶劣行为让监考老师只好不挥泪也要斩马谡了。

还好，只是成绩被记为零分，并没有处分，猪哥算是躲过了一劫。

学校从来没有人在这门课上挂科，为了照顾猪哥，还专门开了一堂重修课，那个教重修的老师快退休了，是个一丝不苟的人，愣是找了间教室，要求猪哥每堂课都去听讲，否则他便有再次挂科的风险。于是我们就会看到，一间偌大的教室里只有两个人，一个老师上课，一个学生听课，这也成了学校当时一道奇异的风景线。

意外的邂逅

新学期开学，猪哥就开始与人成双入对了。他的对象让我大跌眼镜，正是704寝室的传奇女侠魏佳星。龌龊男配美女一般叫鲜花插在牛粪上，但猪哥和魏佳星女侠搭配的感觉，属于修炼成精的妖怪遇上了经历风雨的女魔头，他们在一起，有利于世界和平和稳定。

说起来，猪哥与星姐的相遇也算一段传奇。

那一天，下着蒙蒙细雨，玩了一个通宵游戏的猪哥挤上了公交车，靠着自己萎靡的状态以及像流氓的特征，愣是找到了一个单排的好位置。本来旁边有个眼镜哥哥都要坐下了，看着猪哥跟鬼一样地冲了过来，心里发毛，没敢坐，让给猪哥了。

汽车行进到某站，上来两个老太婆，其实也不算老，也就60岁左右的样子，有些白发而已，看起来体格还是很强健的，至少脂肪堆积量比排骨猪哥多多了,反正把人家扔出去流放到小岛上挨饿,肯定能比猪哥多撑几天。所以车上的人都没有意识到有老人上来了,也没有人给让座。

于是其中一个胖太婆发话了:"唉,现在的这些人啊,品德不如以前了。"

瘦太婆附和:"就是,年轻人好手好脚的,可是看到有老人也不给让座啊。"

估计车上的人都有点厌恶她们两个,所以没有一个人起身。

于是,她们看见了坐在一边的猪哥,胖太婆走了过去,走到猪哥面前,希望猪哥能自觉地站起来让座。

猪哥正在困顿中,看到有人影飘过来,白了胖太婆一眼,继续无视她。

胖太婆忍不住了,张口就说:"年轻人,给老年人让个座。"

这让座要求到这份上,估计没有人好意思拒绝了。

猪哥却依旧纹丝不动,淡淡地说:"我是残疾人,站起来不方便。"

胖太婆满脸狐疑地看了看猪哥,心中不服,说:"你别骗我,你哪残疾啊?"

猪哥说:"你居然问残疾人哪里残疾,你还有没有良心啊?不就是一个座位吗,你需要这样来欺负残疾人啊!"

全车哗然。

两个老太婆哑口,只好站着了。

过了几站,人越来越多,还挤上来一个孕妇,猪哥看见了,就冲孕妇招手,起身把位置让给孕妇了。

胖太婆一看,急了,马上换了一张邪恶巫婆的脸:"小伙子,你不是残疾吗?你不是不方便站吗?怎么现在又好了啊?"

全车人用诧异的眼光看着猪哥。

猪哥镇定地说:"我脑残,行不?"

胖太婆的脸顿时气成肥肠褶子了。

两个老太婆因为受了猪哥的气，一直叽叽咕咕，一边说还一边挤，结果挤到站在一边的魏佳星了。

魏佳星郁闷地甩了个白眼过去，说："别挤了嘛，本来人就胖。"

胖太婆不高兴了，恶毒地说："怕挤就别坐公交车，有钱坐奔驰宝马去。"

魏佳星冷笑了一下，说："我年轻，我坐不起奔驰宝马很正常，你年纪这么大了，还坐不起，这一辈子都算白过了。"

胖太婆气得说不出话了。

就在这个时候，猪哥与魏佳星的目光在人群中相遇，虽然彼此不认识，但因为和老太婆的事，他们会心地朝对方笑了笑。

最有缘分的是，两人居然都在牛市口站下了车，而且又同时在站台等车，本来也没有什么的，但是一个猥琐男的出现，改变了他们关系的走向。当时魏佳星正打着雨伞看站台，伞有点大，把后面的一个中年男子挡住了。中年男子左看右看看不到，急了，冲魏佳星喊："哎，能不能把伞拿开一下，我看不到了。"

魏佳星本来没什么的，但这个男人带着命令的口吻来吆喝，让她不爽了："吼什么吼，我看完了就让你看，你着急什么。"

中年男子火气来了，夹着公文包冲了过来，用食指指着魏佳星说："信不信我打你？"

站在一边的猪哥看不下去了，本来他也觉得是魏佳星不对在先，但这个男人的嚣张气焰让猪哥爆发了。他一把推开中年男子，说："你要打人是吧？打我。"

中年男子有些怕了，说："年轻人，不关你的事，走开。"

猪哥说："我今天还不走了，你要打人是吧，打我，来来来，朝这儿来。"

看着猪哥凶神恶煞的样子，中年男子面露惧色："年轻人，不要这么冲动，冷静一点。"

说完，灰溜溜地走了。

魏佳星笑着看着猪哥说："那个脑残的，谢谢你。"

猪哥说："没事，我主要是看不惯男人欺负女人。"

魏佳星说："你就不怕他真打你啊？"

猪哥说："你看他那个熊样，敢下手吗？再说了，你这么大个块头，就算我搞不定，你也可以帮忙嘛。"

魏佳星倒是蒙了。

猪哥说："你好，我叫潘雷，请问姑娘芳名。"

魏佳星说："我叫魏佳星，很高兴认识你。"

那天的魏佳星特别高兴，高兴到忘记了问猪哥的电话号码，两个人别过以后，才发现只是记住了对方的名字。

就在魏佳星感叹错过一段姻缘的时候，在学校外面某个生意极差的网吧里，她再次遇见了猪哥。那天，网吧里只有他们两个人，魏佳星认出了猪哥，走过去搭讪："你好，学长。"

猪哥一转身，满脸都是惊讶，这不是公交车上遇见的姑娘吗！

猪哥说："魏姑娘，你也在这里念大学啊？"

魏佳星点了下头说："嗯。"

猪哥说："上次走得太快，都没有来得及问你的电话号码。"

魏佳星说："就是就是，我也是脑子不够用。"

猪哥说："真巧，他们经常说我脑子不够用。"

两个人一起走出网吧的时候，魏佳星看着天边的夕阳，觉得好美，说："潘雷学长，你看夕阳好美，要不你做我男朋友吧？"

猪哥说："啊，这和夕阳有啥关系？"

魏佳星说："你咋抓不住重点呢，管它夕阳美不美，重点在后面那句话。"

猪哥说："我知道了，我没有问题啊。"

魏佳星说："咋觉得我的告白和你的回答都那么随意呢！"

女人味
魏佳星交了男友之后，人变了，开始注重梳妆打扮了。

夏岚夸她："魏佳星，你真是越来越有女人味了。"

魏佳星说："那是，我本来就很淑女的。"

夏岚说："我是说，你以前的口头禅是老子，现在都换成老娘了。"

魏佳星说："老子……捶死你……这个死女娃子。"

迷失的感觉
坐公交车前，猪哥跟魏佳星说："你体验过迷失的感觉吗？"

魏佳星摇头说："没有。"

猪哥说："你闭上眼睛，跟我走，我叫你睁眼再睁眼。"

魏佳星说："为什么啊？"

猪哥说："可好玩了，等会儿你就知道了。"

结果魏佳星真闭上了眼睛，一直被猪哥牵着走，还蹒跚地登上了公交车。最后猪哥扶着魏佳星坐下了。

魏佳星说："还要迷失多久？"

猪哥小声地回答："别睁开眼睛，这座位是别人让的。"

魏佳星终于醒悟，大声嚷嚷起来："你奶奶个腿，猪哥，你是让我装盲人啊。你自己装脑残就是了嘛，干吗非拖我下水。"

一车人向他投来鄙夷的眼光。

助人为乐
大女子主义的魏佳星为了杜绝有女生打猪哥的歪主意，打算跟着猪哥去上课，说走这一趟就是爱的宣言，以绝众女子叵测之心。

夏岚有点不屑地说："你放心嘛，就猪哥他们那种带发修行的班，能找出个女的都不容易了，你怕个屁。"

魏佳星说："夏岚，你不知道，猪哥他们有大课，要和经济专业的一起上，女生多，老子不去盯着，猪哥那小子肯定不老实。"

夏岚说："敢情你是去盯猪哥啊。"

魏佳星说："我这叫两者兼顾。"

下午，魏佳星便挽着猪哥的手，大摇大摆像母猩猩一般，走在去教室的康庄大道上。刚走到门口，一个漂亮的女生笑着走了过来，模样极其妩媚地过来打招呼："潘哥，要去上课啊。"

魏佳星面带怒色了。

猪哥说："对啊，这不走在去教室的路上吗？"

女生说："这样啊，旁边这个是你女朋友吗？帮个忙嘛，如果点名的话帮我答个到吧！"

魏佳星本来在发怒，现在被这突如其来的一句弄傻了，愣了半晌后开始点头："好的，好的。"

等那女生一走，魏佳星猛然醒悟，忘了问人家叫什么名字，她冷眼看了看猪哥，说："小子，不老实嘛，背着我勾搭女生是不是，老实交代，刚才那个女生叫什么名字？"

猪哥呆滞了半天，脑部处理器已经失效："名字我好像记不起来了。"

魏佳星说："不要给我装死。"

猪哥说："真记不起来了，她是其他专业的，就是跟我们一起上大课。"

魏佳星说："我气得吐血了，猪哥，你太没用了，老子答应要给人家点名的嘛。"

猪哥说："老师不爱点名的，没事。"

可是，老师真的点名了！

阶梯教室满当当地坐了一百多位同学，魏佳星心想受人之事，忠人之托，绝不能做说话不算话的孩子。只要是没到的女同学，她都换着声调答应，一会儿是成都话的"到"，一会儿是四川普通话的"来了"，一会儿是东北普通话的"在"，坐在她旁边的猪哥脸色铁青，保持缄默。

下课的时候，有女生拦住了魏佳星，脸上显露着感激之情："同学，你真是太讲义气了。"

魏佳星支支吾吾地回应："没事，没事，'举口之劳'。"

女生说："如果不是你，我今天肯定被老师记下来了。"

魏佳星有些好奇地说："你？你不是来了吗？"

女生说："来了是来了，但是我睡着了，没听见老师点名，醒来的时候都快下课了，一问，他们说点名了，但是你帮忙答了。"

据说，魏佳星的名声，一夜之间便在经济学院炸锅般地传开了，还有好事者，给她了取了个封号：点名姐。

可乐姐姐

班里有个男生超级迷恋夏岚，之前表白过，但被无情地拒绝了。他不气馁，不放弃，总会趁夏岚不在的时候，在她的位置上放罐可乐，抱着那仅有的一丁点希望，幻想着用这种温情的执着来打动夏岚坚如磐石的心。

实际上，每次可乐都是被坐在旁边的魏佳星喝掉的。

男生总是幽怨地看着魏佳星，星妈却无动于衷。

终于有一次，男生决定采取行动了。他一如既往地走到夏岚的空位，放上了一罐可乐，然后转身离去。

上课的时候，魏佳星习惯性地抓起那罐可乐，跟夏岚说："我帮你喝了它。"

夏岚说："喝嘛，反正我也不想喝。"

就在魏佳星把易拉罐拉开的一瞬间，只听"砰"的一声巨响，可乐呼啦呼啦地喷出来，顿时就给她的脸洗了一个可乐澡，她那个郁闷啊，脸顿时扭曲得跟麻花一般，黑色的液体滑过有些厚重的下巴，顺势流过了脖子，钻进了衣服深处。

剩下讲台上惊诧的老师和躲在一边冷笑着的男生。

Cici 4.5

事实上，猪哥并不是魏佳星第一个见面的同校网友，第一个是在小书海网吧遇见的叶柯。那天，身高1.68米的魏家星遇见身高1.78米的大眼仔叶柯，其实互相都有好的眼缘，叶柯说找个时间请吃"串串香"，魏佳星说要不就明天好了，叶柯欣然应允。

当晚魏佳星就把这个好消息告诉了夏岚，朵朵和何媛媛回成都的家里了。夏岚和魏佳星商议第二天都不要吃东西，饿着肚子晚上去狠吃一顿。

那天晚上，叶柯见704的两个美女来赴约很开心，点了好多瓶啤酒，叶柯主要负责喝酒，而夏岚和魏佳星吃了990串，多么吉利而有意义的数字。

就这样，叶柯认识了704寝室的女生，时常会请她们吃饭。

有一次，叶柯买了一条小狗，准备作为礼物送给一个女生，想让这个女生成为他的女朋友，由于临时有事，让704的女生们代为照顾一下，还特意交代了一下，这条小狗特别重要，关系他一生的幸福。

结果等叶柯回来的时候，704的所有女生告诉他，狗在车站跑丢了。

叶柯说："你们说，在哪个车站跑丢了？"

魏佳星说："我们记不住了，反正是丢了，找不回来了。"

叶柯说："你们蒙我，不可能，你们四个这么大的人，能把一个小狗弄丢了？是不是藏起来了？交出来。"

夏岚说："我们藏在哪里呀？要是藏起来肯定会被你发现，你要相信我们。"

叶柯依旧半信半疑，说："你们知道不，这是我准备送给我准女朋友的狗,这下我怎么办?"

何媛媛说:"要是那个女生真喜欢你,怎么会在乎一条狗呢,你不比狗重要啊?要是因为狗拒绝你,那就是根本没有看上你。"

叶柯觉得她说得有道理。

然后,叶柯的告白果然被拒绝,其实和小狗无关。

那条小狗就是夏岚领过来让我帮忙喂的小狗。704 寝室的女生打定主意要把叶柯这条狗藏起来,她们说,无论如何,不能让叶柯把这条狗送给一个根本不爱他的女人。

告白失败的叶柯被拖入 Cici 4.0 的组织。这个组织是由夏岚、魏佳星和何媛媛组建的,组建的时候朵朵还没有来 704 寝室,所以魏佳星找了同班女生肖坤入伙。由于叶柯的加入,女生算 1.0,男生只算 0.5,这个组织正式改名为 Cici 4.5。

尽管 0.5 有点低人一等的感觉,但叶柯说,如果组织内部投票时出现胶着状态,比如 2:2 的情况,那么他的 0.5 就非常重要。

不过,在小狗事件之后,叶柯整个大学时代没有真正谈过恋爱,也没有真正告白成功过,不知道是不是受到了 Cici 4.5 组织的影响。反正 Cici 4.5 这个组织没有给叶柯带来女朋友,而是带来了四个哥们。

毕业以后,叶柯交了很多女朋友,基本交一个就要带去和 Cici 4.5 吃饭——要和叶柯在一起,就得融入组织。但女朋友换得有点频繁,最后成了流水的女朋友,铁打的 Cici 4.5。

而那条小狗被魏佳星交给了猪哥,带回了猪哥成都的家里,交由猪哥的老妈喂养。

很多年以后,叶柯去猪哥老妈家找猪哥,遇见了这只小白狗,觉得似曾相识。猪哥跟他说,这就是当年她们说跑丢的那只狗。

面条公主

魏佳星的祖籍在北方,她总说她老家是东北沈阳的,所以即便从小在火锅满街的成都长大,也改不了她那张喜欢吃面的嘴。而学校里的那家小面馆,更是成了魏佳星的粮草基地。

每次去那家面馆,夏岚总能碰上魏佳星,后来夏岚纳闷地问:"你天天顿顿吃这个杂酱面,就不腻吗?"

魏佳星说:"我跟你说嘛,如果吃腻了,你就加个荷包蛋。"

夏岚接着问:"那如果加荷包蛋也吃腻了呢?"

魏佳星回答:"这还不简单,如果又吃腻了,你就不加蛋呗。"

为了纪念魏佳星的大学面条生涯,特奉上一首特别的诗,献给特别的面条和特别的你:

假如我是一个面霸,
得意地在面馆里潇洒,
我一定认清我的大碗
哗啦,哗啦,哗啦,
这面条里有我的梦。
不去那豪华的饭店,
不去那文艺的餐厅,
也不上酒吧去惆怅
哗啦,哗啦,哗啦,
我只认清我的大碗
哗啦,哗啦,哗啦,
我是一个面霸。

指甲刀

夏岚的指甲刀坏了,她看了看正坐在寝室发呆的魏佳星,问:"星妈，有没有指甲刀？"

魏佳星说："指甲刀？我长这么大从来没有用过。"

夏岚诧异了："那你的指甲是怎么剪的？"

魏佳星说："一般洗澡的时候在水里泡过后直接就用手掰掉了。"

夏岚说："不会吧，那你脚指甲怎么办？这个也能掰吗？特别是拇指。"

魏佳星说："其他指头的指甲用水泡就可以了，拇指我用嘴啃的。"

夏岚说："啃？"

魏佳星说："对，我用嘴啃，我的身体柔韧性好，够得着，啃起来很有意思的，可带劲了。"

夏岚彻底被震惊了。

恐怖之夜

四个女生围在寝室看恐怖片，日本的。

看完后，四个人都没有怎么说话，按部就班洗洗上床睡觉，寝室卧谈也中止了，全被吓着了。

半夜，传来一声拉长了的刺耳尖叫，然后整个704寝室开始此起彼伏的尖叫，整栋宿舍楼灯亮了一半，楼下看门的大妈也被惊动了，穿着睡袍就跑上来了。

大妈进门就问："你们大半夜尖叫什么？出什么事了？"

魏佳星说："没事，我们被吓着了。"

大妈疑惑："什么东西吓着你们了？"

女生的目光全投向了朵朵，朵朵委屈地说："我上厕所的时候，拖把倒了，我以为鬼来抓我。"

大妈觉得莫名其妙："我才见鬼了，一个拖把吓成这样，你们也太胆小了吧。"

魏佳星说："不是胆小，我们刚刚才看了恐怖片，心理素质比较差,经不起惊吓。"

特别任务

学校流行女生节,每年到这一天,总是会有很多女生把自己的心愿写在纸上,然后贴在通告栏上。有歹心又有诚意的男生看到了之后,把纸条撕下来,暗地里帮实现女生的心愿,两个人便能成为朋友,或者更进一步,成为男女朋友。说简单点,就是完成任务得女生,至于得到什么样的女生,纯粹靠运气了。

作为光棍的我,当然也想去试一把,说不定就能捞着一个林妹妹,打包带走了。

在一片令人眼花缭乱的索取礼物的请求中,我看见了一张特有意思的纸条,上面写着:

如果你是手心的木头
便会带来甜蜜
我希望带着你
还有我黑色的眼睛
在城市的角落里
看到另一种颜色

耳朵里会有竹的呢喃
那是儿时的梦
那是憨憨的歌

如果你能明白我说的话,就请拨打135501372××

我撕了这张纸条,觉得写这个东西的女生一定特有意思,虽然我不太懂，但相信通过我福尔摩斯般的分析能力一定能找到答案。首先看这张纸条的外观，是一张绿色的信纸，大概能体会出这个女生的一种情绪，应该是对绿色的东西有一种向往，我姑且理解成喜爱大自然吧。字迹娟秀，看起来也不像是男生的恶作剧，况且工科男生也不太会搞这么绕弯的事。有一件可以肯定的事，就是这个任务是去城市的某个地方看什么东西，而这个东西的颜色不是黑色，但这个范围就太广了。不过后面提到"竹的呢喃"和"憨憨的梦"，有点奇怪，竹子本身发不出声音，难道是风吹过竹林的声音？还有歌声怎么会是憨憨的，用中山正和的 NM 法（NM 法是日本著名创造学家中山正和提出的一种创造技法。NM 是他的姓名的罗马字缩写）确定关键词为憨憨和竹子，探寻想象的事物，一个是砍竹子的农民伯伯，一个是吃竹子的熊猫。很显然，女生是不会去看农民伯伯的，再联系前面的另一种颜色，那就是白色了，用黑色的眼睛可以看到黑白相间的熊猫，这个是正解，去的地方应该是动物园或者熊猫基地。再来看前面的"手心的木头"，很难理解。还是用 NM 法，关键词为"木头"和"甜蜜"，联想到的事物有小时候的饼饼糖，有包装精美的棒棒糖，或者是一团棉花糖，再者有可能是冰棍、冰淇淋。但是又说了要带着去，那冰淇淋容易化，不太可能；卖饼饼糖的大爷在学校外面偶尔见过一次，很难买到，而我觉得这个东西也容易化，所以也不太可能。最好携带的是棒棒糖，所以答案已经显而易见了，就是买好棒棒糖，带这个女生去动物园看熊猫。

我简直是太佩服自己了。

我欣喜若狂地拨打了电话。

电话那头果然是轻盈的女声，我把我的理解跟她一说，她咻咻地笑了起来，她说马上出来见我。

女生叫赵琳，是工商管理学院的女生。见到赵琳的时候，我有些意外，因为我觉得一般文才好的女生都长得稍微含蓄点，可赵琳挺漂亮的，或者说清纯更贴切一些。我们的聊天基本就围绕着熊猫。从对话中得知，赵琳同学小时候就喜欢熊猫，当然她没见过，是从书上见到的，就缠着她爸带她去看熊猫。因为她家在小地方，没有动物园，所以要来很远的成都比较困难，也就一直没去。直到后来，她爸和她妈离婚了，她跟她妈生活在一起，就更没有可能去了，所以直到今天，她还是希望能找到一个人陪她去看一下，因为那是她儿时无法实现的梦想。

我听得有些感动，我说："赵琳，要不这个周末我陪你去动物园吧？"

赵琳说："好。"

她看着我，一直隐隐地笑着，说："路飞，要不你做我的男朋友吧？"

我愣了一下，然后点点头，说："这样就可以当你的男朋友了？"

赵琳说："我觉得你和我挺有缘分的。"

我呵呵地笑着说："也许这就是命运的安排。"

美丽的梦来得太快，我有些受宠若惊，在接下来的几天中，我都沉浸在对周末约会的憧憬之中，想着要和赵琳姑娘去动物园，心里也有些紧张。星期四下午我还专程去了一趟许久没去的澡堂，好好地将自己打理了一遍，不说容光焕发，至少也要干干净净地去约会嘛。

然而我美好的期待就在星期四的晚上，被击得粉碎。赵琳打电话过来说："路飞，我不会去动物园了，你以后也别找我了。"

我一头雾水，问："为什么啊？"

赵琳说："你还好意思问为什么？你还不清楚吗？自己明明就有女朋友，还想脚踏两只船，为什么男人都是一样贱？"

这话说得我伤心，我还没有谈过恋爱，何来女朋友啊？

我委屈地说："什么女朋友？我怎么不知道？"

赵琳说："还要说穿吗？那个夏岚，我们一起上大课的时候，她自己说的，你是她男朋友，机械学院的路飞。我想问一下，机械学院叫路飞的有几个？恐怕只有你吧。"

我说："天啊，不是的，那个夏岚真不是我女朋友，真的不是。"

可是这种无证据的辩解已经没有任何意义，女人一根筋认定的东西是地球引力都拉不回来的。

赵琳说："算了，路飞，我们就当不认识吧，就这样吧，我挂了。"

电话里传来的嘟嘟声让我愤怒、窝火加难过。

我马上打电话给夏岚，可电话那头的夏岚完全是一个没事人的状态，她说："路飞，有什么事吗？"

我说："你马上给我出来，我在你寝室楼下等你。"

见到夏岚满脸无辜的样子，我就一肚子火，质问她："你说我是你男朋友，对吧？"

夏岚说："哎呀，哥哥，说一下这个能让你怎么样嘛？是啊，我在我们班上说的，这还不是拿你当下挡箭牌吗！"

我说："大姐，不要跟我开这种玩笑好不好！"

夏岚说："生气了啊？主要是我们班那个男生一直骚扰我，我跟他说了很多次，他就是不放弃，所以我也没有办法嘛，反正你单身，我就顺势说是你了嘛，反正他们也不认识你。"

我说："你知道不，你这样做，把我的姻缘都蹉跎了。本来说好要和她一起去动物园的，这下好了，全砸了。"

夏岚笑着说："谁呀？你又勾搭上谁了？"

我说："我为什么要跟你说，你想一下怎么弥补我的损失吧。"

夏岚脸色不太好了："路飞，你想让我怎么样？去帮你解释？还是赔你一个女朋友？我跟你说，那个女生就凭我这么随便说一下，事情都没调查清楚，就跟你翻脸，这种林妹妹性格的女生，你敢交往吗？路飞，你怎么那么笨啊！"

我没吭声，夏岚说得挺在理的。

夏岚继续发飙："路飞，你这个人，一点定性都没有，一有漂亮女生出现，你就把持不住了，谁跟你表白都能把你掳走，你看人不看人品吗？那个女生不就是叫赵琳吗？不就是去个动物园吗，需要这么招摇吗？不就是写了首破诗吗？搞得全班都知道了。她要是真喜欢你，就该来问你是怎么回事，而不是无理取闹。"

我继续沉默，现在的我好像成了理亏的人。

夏岚说："要不，我赔你一个女朋友？"

我说："你怎么赔？"

夏岚说："我只能把我赔给你了，我陪你去动物园。"

我呆呆地看着夏岚，说："我们这么熟，别开玩笑，好不？"

夏岚说："我没开玩笑，我说真的。"

我说："我脑子有点乱，你让我静静。"

很高兴见到你

电话响起的时候，我还沉浸在大战黑暗魔王的梦境中。

但听说夏岚带了神秘礼物在校门口等着我的时候，我决定将正义战胜邪恶的事情暂时放放，先悄悄乐一下。

她应该是要履行去动物园的约定吧。

用了平时四分之一的速度完成了一系列洗漱流程，我飞快跑去校门口。

环视四周，没见着夏岚。

路边逆向停着一辆蓝色奥拓车，又是闪灯又是拍喇叭。

夏岚从驾驶座的车窗探出头说："路飞，怎么那么笨啊，一直给你拍喇叭，你听不见？"

我呆了，说："干吗，姐姐，你弄个车干吗啊？你有驾照吗？"

夏岚说："别那么多废话，快上车，我带你去个好地方。"

我说："我的礼物呢？"

夏岚说:"礼物啊,要去了那里才拿得到。"

汽车从成都出发,一路朝着乐山方向进发。路上我一直问夏岚去什么地方,她就是不直接说,说去了就知道了。

后来发现,汽车行驶的方向应该是我在那儿上过学的童年小镇。走在那些熟悉的路上,我是惊讶又惊喜,勾起了美好的回忆。我问:"夏岚,你怎么知道我以前读书的地方啊?"

夏岚说:"到了目的地我告诉你。"

我说:"不会是朱莉告诉你的吧,但是她也没有来过啊,很多地方她根本就不知道。"

夏岚笑而不语。

汽车驶上了一个小坡,路的一边是许多空置的旧楼房。

夏岚停车的时候,我自己下了车,远远地看着那栋熟悉的房子,红砖灰墙,这不就是我以前住过的地方吗?那时候妈妈就在外面搭了棚子喂了很多鸡,而我则在阳台上喂蝌蚪。

我吃惊地看着夏岚,说:"太神奇了,你居然能够找到我家。"

夏岚说:"我还在你家看过电视呢,你家电视是21寸的长虹彩电。"

我惊讶不已。

夏岚说:"路飞,我是向晴,很高兴再次遇见你。"

我惊呆了:"你怎么会是向晴?"

童年回忆1:打架要还手

我是在幼儿园中班转学到这个小镇的,那时候老爸老妈结束了在龚嘴水电站的工作,来这里建设新的铜街子水电站。

刚去幼儿园的时候,我其实挺怕生,不爱说话。

但是在经历一次过家家之后,发生了改变。

那天小朋友聚在一起说过家家。其中一个小男生,名字叫李磊,绰号为石头,准备扮演爸爸;小女生向晴则说好要扮演妈妈的,但看见了躲在一角的我,她跑了过来,拖着我去过家家,非要让我当爸爸,她来当妈妈。

石头不高兴了,吹胡子瞪眼的,却又不敢拿向晴怎么着,只好冲我来了。

当时的感觉就是红颜祸水,我招谁惹谁了?石头没有魅力,还没有气度了?他跟我说了两句话,被我说得哑口无言。他就冲冠一怒为红颜,跟疯狗一样扑上来了,想扯我的头发。我轻轻一闪,他那锋利的爪子,一下子就在我眼角留下了一道抓痕。

我俩厮打在一起,因为没有什么搏斗技巧,就是互相掐着在地上打滚。

滚到最后,两个人都觉得没意思,我说:"石头,你放手。"

石头说:"我数一二三,我们一起放手。"

好,打架结束,石头除了全身黑没啥事,我脸上留下一道伤疤。

回家了,我怕眼角的伤痕被妈妈看见,便总是用右手做出摸脑袋的动作。我这属于掩耳盗铃,此地无银三百两,动作做得多了,我妈自然看出了蹊跷。

老妈很生气地指着我的额头说:"你怎么那么笨啊?别人打你,你怎么不还手呢?"

老妈的教诲我自然谨记于心。第二天,我捡了根粗壮的树枝,瞄准了时机,在石头脑袋上猛敲了三下。这家伙一点都不勇敢,在无辜地看了我十几秒之后,居然号啕大哭了。

他这一哭不打紧,本来是小朋友之间的内部矛盾,现在有强势的老师介入了。

老师问我:"你怎么乱打人啊?"

我指了指我眼角的伤痕,振振有词:"我妈说了,别人打我,我要还手。他昨天打了我,我没来得及还手,所以今天我来还手。"

事情的结局可想而知,老妈也被请到了幼儿园,让老师语重心长地教育了一顿。

放学一起回家,老妈皱着眉头看着我说:"你怎么还是那么笨呢,打人怎么能说是妈妈教的?下次不要说是我教你的。"

我问:"那我说是谁教的?"

我妈说:"就说是你舅舅。"

不过和石头打架反而拉近了我和向晴的距离,她带着很不好意思的表情跑过来给我道歉,说:"那天不该拖你来过家家的,没想到惹得你和石头打架。"

我说:"没事,这不怪你,要怪就怪石头有神经病。"

童年回忆2:哭泣的姑娘

我和向晴很快熟悉起来,经常一起玩,她还和我一起对付石头,让石头有些不爽。

但是后来我得罪了她。

有一天,向晴穿新连衣裙来的时候,那些小女生一窝蜂地把她围上了。

她们羡慕的眼神里,反映出了那个年代物质的匮乏。

其实我也凑过去了,我对衣服没有什么兴趣,但是特别喜欢看向晴的笑容,眉黛如画,从小就是一个美女胚子。

也不知道是谁挤或是推了我一把,我一个踉跄朝向晴扑了过去。慌乱中,我抓住了向晴的衣服,倒下去的时候,把衣服上的小包包扯脱了,耷拉在衣服上。

看着自己心爱的衣服被扯烂了,向晴"哇"的一声就哭了起来,哭声极大。因为哭得太厉害,老师屁颠屁颠地跑过来询问了。

向晴一边抽泣一边结结巴巴地说:"老……师……路飞……把我……的衣……服撕……烂……烂了。"

老师还是很和蔼的,安慰她说:"让我看看,没事的,等下老师帮你缝一下就好了。"

可是向晴的哭泣并没有停止，看着她哭得撕心裂肺的样子，老师也无可奈何了。

我顾不得摔倒的疼痛，顾不得老师横眉冷对我，连忙爬起来，拽住向晴的衣角，跟她道歉："对不起，对不起，你不要哭了嘛，好不好？"

向晴抽泣着，眼里还包着泪花："没……没事……我……这一哭就……止不住……了。"

童年回忆3：晚上有鬼

向晴跟我说，这个世界上有一种很可怕的东西，到了晚上就会来抓小孩，你要是很害怕哭出声来，完了，鬼肯定抓走你。

我跟向晴说，我不怕鬼，但我不愿意离开我的爸爸妈妈，他们要是没了我，该有多难过啊，我不忍心。

其实我怕得要命，自从听了向晴这话，我一个星期没睡好觉。每天晚上总是安静地躺在床上，聆听着周围的动静。以前我睡得跟猪似的，不知道夜晚的声音是什么样子，现在知道了，有蝉鸣、狗叫、汽车的轰鸣、人走路的声音，最可怕的是，还有一种我从未听过的奇怪的声音。

呼啦呼啦，好像能摄人魂魄。

我非常恐惧，肯定是鬼来了。我屏住呼吸，生怕被鬼带走，甚至忧伤地看了看空洞的窗户，似乎有异样的黑影飘过。

后来我实在受不了了，翻身起床去找妈妈，急促地敲她的卧室的门。

妈妈睡眼惺忪地开了门，疑惑地看着我说："路飞，这么晚了不睡觉，你跑过来干吗？"

我说："妈妈，有鬼，好可怕啊。"

我妈被吓着了，第二天去请了专业人士给我家门口贴上符纸，还让我喝了一碗怪怪的水。

许多天以后,我终于弄明白了,那可怕的呼啦呼啦声是老爸的呼噜声。

我说怎么老爸一回家,晚上就有鬼;老爸一出差,鬼就不来了。

没听过打呼噜的小孩啊!

我把这个鬼故事讲给了向晴听,她笑得连鼻涕都出来了,然后红着脸超级不好意思地用袖子把鼻涕擦了。

童年回忆 4:鬼脸女王

石头瞪大眼睛的样子像妖怪。

向晴瞪大眼睛的样子很可爱。

原本我一直以为向晴是个文静的女孩,后来我发现自己错了,她那是在老师面前装出来的,等老师一走,又扯男生头发又踢腿的。

其实如果向晴不装怪,本是挺漂亮的一女娃子。

可她偏偏喜欢用两个手指把嘴拉得很大,然后挤眉弄眼地做鬼脸给大家看。

老师看见了,就吓唬她说:"向晴,你经常把自己的脸弄得这么怪,小心长大以后就变不回来了。"

向晴这小妮子属于胆子大、脑子笨那种,被吓着了,再也不做鬼脸了。

她还神神秘秘地跟我说,门口那个补皮鞋的李大爷,小时候肯定喜欢做鬼脸。

后来,向晴还给李大爷取了个绰号,叫"鬼大爷"。放学的时候,向晴和我一起,在距离李大爷 20 步开外的地方,齐声大喊着"鬼大爷,鬼大爷!"然后狂笑着跑掉。

脑勺后呼呼的风声中总是有李大爷气急败坏的声音:"两个小兔崽子,看我把你们抓到,不把你们的屁股打开花!"

这事后来传到老师耳朵里了。

我和向晴低着头,听老师训斥。

老师说着说着,向晴就哭了,眼泪一个劲地流。

老师心软了,就问她:"是不是路飞取的外号?是不是他叫你去干坏事的?"

向晴也不说话,微微点了点头,不知道她是因为哭泣的原因,身体在颤抖,还是真的点头,反正老师一看这架势,认定我是元凶了。

我欲哭无泪。

我结局凄凉。

我被罚站一下午,取消一周所有小红花。

向晴装可怜,被老师赦免了。

童年回忆5:毛毛虫

读小学了,我和石头、向晴还在一个班。

那时候学校栽了很多树,所以虫子特别多,特别是毛毛虫。

毛毛虫有两种,一种是没毛的,尽管色彩斑斓,尽管花纹恐怖,却不蜇人;另外一种是有毛的,不管好不好看,都能蜇人。

石头特爱玩毛毛虫,为了显示他的勇敢,他用树枝挑着毛毛虫到处跑着吓唬女生,女生尖叫着四处奔逃,石头脸上露出了邪恶的笑容。

当他猥琐地走向向晴的时候,我以为向晴会因为害怕哭起来。

但事实不是这样的,向晴根本不怕石头那套花样,一把将毛毛虫直接抓在了手里,直接塞进了石头的衣领里,还好,这个毛毛虫是不蜇人的。

石头吓得哭了起来,我在一边偷笑,你小子也有今天啊。

但跟老师告状是石头的强项,向晴被老师严厉地训斥了一顿,还被处以了请家长的极刑。

这一次向晴哭得眼睛又红又肿,还不时向幸灾乐祸的石头投来恨恨的目光。

没过多久,石头这家伙故技重演,他这次没有去招惹向晴,而是选择了相对柔弱的女生进行恐吓。向晴二话没说,走过去空手夺过了树枝,石头见势不妙,慌忙用手捂紧了衣服领口,嘴里还嘀咕:"向晴,我看你怎么放到我衣服里,你别忘了你上次请家长的时候哭得惨兮兮的那个样子。"

悲剧发生了。

向晴一个箭步冲了上去,一把拉开了石头的裤子,以迅雷不及掩耳之势将树枝上的毛毛虫抖了下来,毛毛虫直接掉进了石头的裤裆。

我们都惊呆了。

这一次的毛毛虫是要蜇人的。

石头的悲惨遭遇告诉我们,自古邪不压正。

童年回忆6:系鞋带

小学二年级的时候,我终于学会系鞋带了。

老爸教的,比较笨的方法,还有一种复杂的没学会,所以直到现在,我也只会这一种技术含量低的。

下课时,向晴趴桌上睡着了。

我手痒痒了,把她的鞋带悄悄系桌上了。

上课,一喊起立,小妮子被绊倒了。

老师无辜地看着她。

她无辜地看着桌子。

笑死我了,然后我坐下了。

坐翻了,凳子腿散了,我一屁股坐地上了,脑海中马上浮现出"报应"两字。

看来向晴那小妮子惹不得。

下课了,看我还趴在桌上,向晴关切地问我:"你疼不疼啊?"

我特惭愧，说："向晴，你的鞋带其实是我系的。"

向晴微微一笑，说："哼，你的凳子其实是我拆的。"

我很纳闷："你在睡觉，怎么拆我的凳子？"

向晴说："早上来就拆了，没想到你居然坐了两节课。"

我还是很纳闷："我没惹你，你整我干吗？"

向晴说："谁说的！昨天就梦见你整我了，今天一来，我就有不好的预感，所以先下手为强了。"

童年回忆7：泡泡糖

广告其实挺害人的。

当年听了一句"燕舞，燕舞，一曲歌来一片情"，我就会弹着空气中的吉他，有板有眼地跳舞了。

后来大人问我跳的什么舞，我说燕舞，他们全在笑。

后来我明白了，是他们太不纯洁了。

我一个小孩子，哪会想那么多嘛。

泡泡糖和跳跳糖也是在广告上看见的，因为看了，所以不会再把它吞进去了，但吹泡泡的话，我是吹不出来的。跳跳糖就不错，不用舌头动，它自己都会跳。

后来，向晴递了一块泡泡糖给我，赌我吹不出来泡泡。

我不服气，怎么也不能在这小妮子面前丢人。

结果真没有吹出来。

我很难过，为了不再被向晴取笑，我要卧薪尝泡泡了。

我跟我妈说，我现在不喜欢吃零食了，你以后只给我买泡泡糖就行了。

于是我开始天天嚼"大大卷"。功夫不负有心人，我吹泡泡的技术随着时间的推移越发纯熟，不仅能吹很大的泡泡，而且可以吹出三层泡泡。

于是我又找到向晴，跟她展示我的吹泡泡绝技。

她看到我吹出大泡泡和多层泡泡，惊呆了，让我再吹一个给她看。

我决定这次给她展示更加惊人的绝技，吹三个大泡泡，为此还多加了一块"大大"泡泡糖。

泡泡很大，把我的脸都遮住了。

结果向晴一个指头戳过来，泡泡爆了，然后她邪恶地笑着跑了。

泡泡爆得我满脸都是，连头发上都有了，我用手慢慢地把泡泡糖从脸上撕下来，头发上的却怎么也摘不下来了。

没办法，只好回家剪了一小撮。

但造型太丑，被我妈发现了，她臭骂了我一顿，并说要马上给我剪头发。

我的神啊，我妈以前买了推子，现在终于找着机会练练手艺了。

剪完之后，我妈看了我半天，说："要不，你还是去理发店剪个光头吧。"

我哭。

童年回忆 8：野炊大冒险

老师宣布了要去野炊的消息，全班兴高采烈。

一是买零食有了充足的借口，二是可以正大光明地要钱了。

我跟石头、向晴他们自发组成一组，他们负责买菜和柴火，我只要提供锅就可以了。

我原本以为我妈会给我钱的，结果她说，我要什么，她可以给我买。于是我一股脑要了无花果、大头菜、酸梅粉、山楂片、话梅以及麦丽素，以及每个同学都会带上的橘子水，就是那种喝了之后能把舌头染黄的橘子水。

野炊那天，我很激动，一大早就扛着锅出去了。

那时候我还是光头，走在路上就跟贼似的。

到学校时还很早,同学们都还没有来,我就拿着锅站在校门口等石头、向晴他们。

结果同学们来的时候,都背着书包。

我惊了,就问:"你们咋都背书包呢?今天不是野炊吗?"

大家说明天才野炊。

我傻了。

那一天我没带书包,就带着个锅上完了课。

想着把锅带回家麻烦,就把锅放教室了。

第二天,锅被偷了。

我义愤填膺,在教室里破口大骂。

我们全组人都傻眼了,没办法,只好跟着其他组搭伙了,除了不出锅,买好的零食、菜以及备好的柴火全都贡献出来了。

虽然投资了很多,但还是没有得到表现的机会,人家也是早就计划好了,谁洗菜,谁做饭,谁烧火,都是内定的,反正轮不到我们,谁叫我们巧妇难为"无锅之炊"呢。

闲着无聊,我拉着向晴去爬一个小山包。

没叫石头,我觉得叫上他一定会坏了我的好事。

天有不测风云,山有不测的石头。估计因为没叫石头,让他发现了,他肯定诅咒我了,在我爬山坡的时候,上面的土松了,一颗大石头滚下来,刚好咕噜噜地从我的脑袋上滚过去。

向晴吓坏了,问我:"路飞,你没事吧?"

我一点疼的感觉都没有,再说了,不能在美女面前丢脸,我摸了摸脑袋,说:"没事,没事。"

向晴的脸色霎时变了,说:"你看你的手。"

我一看我的手,全是血。

我差点晕倒,完了,脑袋破了,这一下我突然感觉天旋地转的,头好疼啊。

向晴嚷嚷着"救命"就跑下去搬救兵了。

老师们风风火火地跑过来了，看着满手满脸都是血的我，吓得说不出话了。

我说："老师，带我去医院吧。"

老师终于反应过来了。

于是，老师带着我和向晴，去了镇上的医院。

可惜我的无花果、大头菜、山楂片、麦丽素啊，全给别人进贡了。我一想就难过了，一难过就一副要哭的样子。

老师还安慰我："没事的，路飞，你是男子汉，要勇敢。"

向晴她妈是医院的护士，看着我就皱眉头，说："这孩子怎么回事啊？肯定是太淘气了。"

我说："我不淘气，是山上的石头太不听话了。"

向晴妈妈说："石头不听话，难不成你还要去打它啊。"

我说："等会儿，我就把他们丢河里去。"

向晴妈妈说："这孩子，脑子是不是砸坏了？"

头上缝了很多针，还缠上了白色的绷带。

医药费是向晴妈妈垫付的，因为老师身上钱不够。

回家的路上，我终于不是光头了。

我沉浸在童年的时光里，看着现在夏岚的样子，眉眼之间确实有向晴的影子，但是这么多年没见，确实很难一下认出她，感觉女生经历了时光带来的蜕变，真的会很不一样。

夏岚看我没有说话，笑着说："路飞，你傻了啊，你还没履行小时候的承诺呢，不会要赖账吧。"

我说："不对啊，你不是向晴，你现在明明叫夏岚啊。"

夏岚笑着说："不可以改名字啊？这是我妈改的，夏是我妈的姓。"

我困惑了："为什么跟你妈姓啊？"

夏岚说："我妈说了，弟弟跟我爸姓就可以了，我要跟她姓，要不然她生出来两个都跟别人姓了，对她不公平。"

我呵呵地笑了起来："真是有什么样的女儿就有什么样的妈。"

夏岚说："路飞，我踢死你，你以前说要给我的《济公》连环画，到现在都没给呢。"

我说："连环画还在家呢，你要的话，我下次回去给你拿。"

夏岚说："别拿了，有机会我自己去你家拿吧。"

我说："姐姐，你还真不客气呢，不过你这么一说，我觉得你真是向晴了。"

夏岚傻傻地笑了起来，阳光照着她的脸，放慢了时光。

突然发现看见她的时候，我的很多难过就没有那么严重了。

我们两个走进了许多年前我们家的老房子，这是当时水利七局给员工修的宿舍，工程完成，很多人不用留在这里，就撤走了，可是房子还在那里。

房子里什么也没有了，只有那些我拉过的老式电灯线。

夏岚告诉我，我转学走了以后没有多久，他跟着爸妈回到了北方，后来有了弟弟，她就改名为夏岚了。中学的时候她读艺校，认识了朱莉，两人成了好朋友，并说好要一起考到成都来。夏岚说其实选择成都的最大原因，是她总觉得在这里，也许能遇见从前的自己。

我问夏岚："为什么这么久，你都不告诉我你就是向晴呢？"

夏岚说："我跟朱莉打了个赌，赌你能不能认出我。"

我说："那你们谁输了？"

夏岚说："废话，当然是我输了。还是朱莉了解你，朱莉说，就你这种马大哈加拧巴的性格，不给点提示是完全没有用的。"

我说："你们的赌注是什么啊？"

夏岚说："两千块旅游资金，谁输了谁出这个钱。"

我说："你们两个真有钱，这等于我四个月的生活费。"

夏岚说："路飞，你知道吗，其实为了带你回到小镇，我准备了很久，还去考了驾照，然后租了车，而且我要等到这个时候才告诉你，我是向晴。"

我说："为什么啊？"

夏岚说："因为我喜欢你啊！其实在大学校园再见你的时候，我就发现我老是会想你，室友跟我说，这种感觉应该就是喜欢，所以我想回到我们第一次遇见的地方，告诉你，我喜欢你。"

我一时说不出话来，心跳加快。

夏岚说："还记得我们一起走过的那片油菜花地吗？我们拉过勾，说长大后要结婚的，这个勾算数吗？"

我仔细地望着夏岚，眉眼精致，少了童年时的稚气，那张飞扬着美好青春的脸庞，在这一刻回归了无声的平静。那时的我竟然有了一种错觉，像是时光飞速地流转到从前背着书包牵手放学的岁月，那个可爱伶俐的向晴从记忆深处的画面中走了出来，站在了自己的面前。

我们从一起过家家开始，在彼此的童年里留下特别的印记。

我说："算数啊，我今天说它是算数的。"

夏岚冲过来抱住了我。

我们两个安静地在曾经承载我的童年时光的老房子里抱了许久。

小学时的离别，像是人生的告别，从没有想过有一天能在茫茫人海中重逢，这是一种无法形容的际遇，或者我可以把它当成我人生的奇迹。

夏岚说："今天晚上我们去看看小镇的夕阳吧，我好久没有看了。"

我说："好，但是这样我们是不是回不去学校里了？"

夏岚说："回不去了，就在小镇找个旅馆吧。"

我说："好。"

那一天的黄昏，我和夏岚坐在大渡河边的大岩石上。

夕阳慵懒地挂在看起来不远的天上，旁边有一些霞光。

那种看起来模糊的金色，像是融化了时光。

由于修建了水库,曾经带着旋涡奔流的大渡河变成了高峡平湖,夕阳的影子在水里,宛若天空之镜。

河水里其实有穿着凉鞋一起走过的时光。

有曾经的你我和那些知了叫过的夏天。

动物园

陪我去动物园的人,变成了夏岚。

大概是第一次来成都动物园,夏岚特别来劲,扯着我到处乱跑,看见动物就万分稀奇地叫唤。说实话,我真想装不认识她。

夏岚买了包鱼食,在鱼池边上抛撒,这可乐坏了那些已经长得体重超标的鲤鱼了。黄色、红色、黑色、灰色的大大小小的锦鲤一窝蜂地游了过来,拥挤着把嘴巴张得老大,夏岚一挥手,鱼群便一阵骚动,有的甚至能跳出水面。夏岚满脸兴奋地说:"路飞,你快过来看,好多鱼啊,它们好傻啊。"

我说:"看到了,还有一条最傻的,白色的,好大啊。"

夏岚说:"白色的,在哪?我怎么没看到啊?"

我说:"你还没有看到啊?你自己比较一下,附近最大的白色动物在哪?"

夏岚看了看自己的白T恤,终于反应过来:"路飞,你气死我了,你在说我是不是?你很喜欢拿女生开涮吗?怪不得你一直找不到女朋友。"

走到的水禽湖时候,有只黑鸭子特好玩,我们在这里拍了三张照片,全把它拍进去了。

我指着它说:"这只黑鸭子真奇怪啊,嘴巴好红啊,我们走到哪,它还跟到哪,真逗。"

夏岚仔细地看了看那鸭子,然后转身喷喷地说:"拜托,鸭子?人家是一只天鹅,黑天鹅。"

我俯下身去，仔细地看着那只天鹅："哇，原来是天鹅美女啊，不好意思，天鹅姐姐，对不起，我把你当成鸭子了。"

夏岚在一边轻蔑地说："路飞，我发现你真的很贫，你是不是经常这样去勾引女生呀，动不动就什么姐姐呀、美女呀，太轻浮了。"

我转过身去看了看夏岚，说："你说我跟天鹅说句话，你也能想到那么多，你的脑子一天到晚就不能想点正经的啊？"

大水池前，夏岚开始嚷嚷："路飞，快来呀，快来呀，你看这两个犀牛好胖啊。"

我跑过去一看，说："姐姐，犀牛有角的，这是河马。"

夏岚说："它们老把头埋在水里，都看不到嘴巴，我怎么知道它们是河马？河马，河马，你让我看看你的嘴巴嘛。"

河马是很聪明的，有美女打招呼，当然得搭理一下。于是人家河马张开了大嘴巴，然后打了一个嗝，声音特大，我和夏岚正好站在它上面，一阵奇异的怪味在空气中弥漫开来，奇臭无比。

我说："夏岚，快让你的河马亲戚把嘴闭上。"

熊猫馆。

有只憨态可掬的熊猫正在啃咬着竹子，有只熊猫躲在一边睡觉，外面聚集了一大堆的游客，又是拍照又是尖叫，就不怕把人家吵着。

夏岚说："当熊猫好幸福啊，除了吃东西就是睡觉，什么都不用担心。"

我说："当熊猫有啥好的，吃个饭都不清净，睡个觉也不清净，每天还得看这么多傻帽来参观自己，有意思吗？"

夏岚看着我，若有所思地："你说得也是，这当熊猫确实挺累的，你看它那个黑眼圈，肯定是因为一直没有睡好觉。"

我说："人家熊猫这个黑眼圈是用来保护眼睛的，防止阳光直接晒到眼睛，其实很多动物都有黑眼圈，比如哈士奇。"

夏岚说："这样啊，要不以后我也喂一只哈士奇吧。"

我说:"要做好心理准备啊,虽然都有黑眼圈,哈士奇比熊猫多了项技能,它会拆家。"

垃圾堆

从动物园回来的那天晚上,我睡了一个好觉。

我躲在被窝里,想起夏岚如花朵般灿烂的笑容,便觉得心里很踏实。那些往事,那些无法释怀的感伤,在这一刻悄悄化作缕缕青烟,随风飘散了。

第二天醒来的时候,太阳早已开始工作。其实我已经好长时间没有享受睡懒觉的舒适了,惬意地在床上伸着懒腰,体会着生活的美好。

手机响了,是夏岚打过来的,我一把抓过来接通了电话。

"喂,姐姐,你这么早找我干吗?"

"路飞,你在寝室吗?"

"我在呀。"

"那我上来了。"

"啊,不是吧,我们寝室很乱的,要不我出来?"

"不欢迎我啊?我要来看看嘛,再说了,我要跟你们寝室的人宣布,你是我的男朋友,如果你还在外面搞些什么花样,我好让他们告诉我。"

"他们现在都不在啊,我帮你转达好了。要不我马上下来,你就别上来了。"

"我不管,我上来了。"

夏岚走进我寝室的时候,惊呆了,她那种表情就好像看见了美丽的香格里拉,实际上她说:"你们这是人住的地方吗?简直是猪窝。"

我说:"我们寝室除了王洋属狗,其他人都是属鸡的,应该算鸡窝。"

夏岚白了我一眼,接着一把推开了厕所门,又被吓了一跳:"你们的厕所也太脏了吧，你自己过来看，你们这都成盘丝洞了。"

我扫视了一下，角落里的确是有蛛网，但是我给了一个合理的解释："王洋说，什么蜘蛛、壁虎之类的，要吃蚊子，都是我们的朋友，我们总不能把人家的窝端了啊。"

夏岚斜着眼睛看着我说："对的，你们还把蜘蛛当宠物了，是不是等着它修炼成女妖精，好当你们的女朋友？"

我说："修炼一般都要五百年，我们怕等不了那么久了。"

夏岚说："我呸，你还真想要啊，小心妖精吃了你。"

从厕所出来，夏岚又走近了我的书桌，眉头不展："你这桌子也太乱了吧，你这怎么看书嘛，书都把桌子占满了。"

我说："没事，我看书的时候，会挪一个位置出来的。"

夏岚摇着头说："算了，我帮你收拾，你太懒。"

说完她便开始整理书桌，但是突然之间就咋呼起来了："路飞，你过来，你自己过来看。"

我说："看什么，你发现金币了啊？"

夏岚说："还金元宝呢。你自己看，这袜子也太黑了吧。"

我顺着夏岚指的方向看过去，发现了一只被黑色吞噬了90%的白袜子。

我笑着说："忘了跟你讲了，袜子也在我们寝室修行。"

夏岚说："你也太龌龊了吧，袜子都能藏在书里面，不知道你是怎么放进去的。"

我拍了拍脑袋，呵呵地笑："这不是我的袜子，是刘华的，他找这个袜子好久了，好像有一两年了，一直都没有找到，今天总算能和另一只团聚了。"

夏岚一脸鄙夷的表情，两指轻轻地夹着那只袜子："你们寝室的人怎么都这么邋遢啊？拿走，拿走。"

我捏着鼻子，抓起刘华那只袜子，扔他桌上了。

收拾完我的桌子，夏岚又顺着床梯爬上铺位，刚一上去，便嚷嚷起来："路飞，你的床单好久没有换了？"

我随口回答："好像刚换不久吧。"

夏岚说："刚换的？都变成油亮亮的了。说！到底是什么时候换的？"

我挠了挠脑袋："好像是上学期吧。"

夏岚说："路飞，你这叫刚换啊，我对你无语了。"

我说："我这算好的了，还能记住上次换的时间，刘华的床单一般一年才换一次，他说床上有正气，不能乱动。"

夏岚说："我看你们就是一群'宝气'。"

夏岚的手脚倒挺麻利。没过多久，我的床单、被套、枕巾全被她拆下来了，而我则在衣柜里翻箱倒柜，折腾了许久，终于找出了皱巴巴的床单和被套，递给夏岚。

夏岚问："没有枕巾吗？"

我说："没有了，上次找不着洗脚帕，就用的枕巾，后来刘华说他的枕巾太脏了，我说我这个挺干净的，就拿给他用了。"

夏岚说："你无敌了，刘华不会被臭醒啊？"

我说："你不懂，这叫身在臭中不知臭，他习惯了。"

三个小时之后，我们的寝室被夏岚打理得焕然一新。她坐在椅子上，用手擦着额头上冒出的汗珠，一脸疲惫，带着些许郁闷的神色："路飞，你们简直太邋遢了，我真佩服你们，这样的环境你们居然住了这么久。"

我笑着回复："这叫随遇而安，证明我们的适应能力强。"

夏岚说："你还好意思，明明就是自己懒。"

我说："夏岚，你真是好人，你知道我跟你在一起之后，我的朋友怎么说我吗？"

夏岚问："怎么说的？"

我说:"他们说,你终于可以恢复到正常人类的生活了,而且不用饱一顿饿三顿了。"

共同爱好

我独自在学校外面的游戏厅里搓格斗天王,结果夏岚打电话来说,她要找我玩。我说,我在街机游戏厅,你来了只能看我玩,很无聊的。

但是夏岚执意要来。

等她来的时候,我正打得不亦乐乎,夏岚就安静地站在一边,看我玩。有一个龌龊家伙瞧我不顺眼了,投币来对战了,之前我一个人玩的时候他都是安静地在一边玩麻将游戏,结果看到有美女,他要逗英雄了。

最可气的是,我打不过这家伙,兜里的几个币都投完了,还是打不过,于是去老板那里买币,我就不相信了,今天死活要弄死他一盘。走回来的时候,夏岚已经投币跟他打上了,我很惊讶,夏岚冲我微微笑了笑,然后便开始了她疯狂的表演,连招极其顺畅,防守基本没有破绽,这下那家伙不行了。

那娃不服气,继续投币对战。

结果死得更惨,在打完十块钱的币之后,带着一局未胜的战绩恨恨地离开了。

我诧异而惊呆地看着夏岚说:"姐姐,没想到你玩格斗天王那么厉害,早知道就让你上了,也不用浪费我那么多币了。"

夏岚说:"我本来不想出手的,还不是你打得太烂了。"

我说:"我想问你一下,你什么时候练的这个啊?"

夏岚说:"我在北方的时候,老爸开了个游戏厅,遇到有人拖时间玩半天不死的,就请我出场把他们干掉。"

我不禁汗颜。

离开游戏厅,我觉得很丢脸,在格斗天王这个领域,我的水平居然远远不如人家女生夏岚，总得找回点面子吧，于是我指着一张台球桌，说："夏岚，要不去玩会儿台球？"

夏岚说："好啊。"

结果我又错了，夏岚打台球也很厉害，基本上球都被她进完了。我无辜地看着她说："姐姐，怎么你打台球也这么厉害啊？"

夏岚笑着说："忘了告诉你，我老爸开的游戏厅外面就放了两张台球桌，我没事就在那儿打着玩。"

"姐姐，有没有你不擅长的，让我找回点儿自信嘛。"

夏岚说："唱歌，我歌唱得不好，要不要去K歌？"

我说："算了，我不去了。"我这没有音乐细胞的人看来是永远要被夏岚压制住了。

看电影

我和夏岚一起去学校外面的投影厅看电影。

电影是文艺片，很煽情，夏岚看得很投入，眼眶湿润了，看着看着居然抽泣起来。

我纳闷地看着她说："你怎么了啊？"

夏岚鄙夷地盯着我说："感动啊，这么感人的电影你都不感动，你真是个木头。"

过了一段时间，夏岚依旧在抽泣，我实在忍不住了，就问："你还在感动啊？"

夏岚说："不是，我鼻子不通气了。"

在投影厅和夏岚一起看周星驰的《唐伯虎点秋香》。也不知道是第几次看了，反正每次看都会笑得肚子有抽筋的趋势。

到最后，看到唐伯虎迎娶秋香的时候，夏岚突然问我："要是以后让你在一大堆手里，把我的手选出来，你找得到吗？"

我不加考虑地回答："那肯定没有问题，你手上毛那么多，还怕找不到啊!"

美国大片《哈里·波特》很火,夏岚拉着我去投影厅看。

其实我们已经很认真了,可是看到一半的时候,还是相继睡着了。

后来,我先醒了,夏岚醒来后,揉着眼睛问:"啊!放字幕了啊,不是说三个小时吗?这么快就放完了啊。"

我说:"姐姐,这是第二部电影的字幕了,《哈里·波特》早放完了。"

老同学

已经许久没有联系的周晓彤突然打电话过来,说她想到我的学校来参观参观。听着老同学的声音,我真的很激动,就一口就答应了。

挂断电话之后,犯愁了,得先跟上级请示吧。我装出可怜巴巴的样子对夏岚说:"这个周末有老同学要过来,说要来看看我们学校,我要去陪陪她。"

夏岚问:"谁啊?"

我说:"就是周晓彤,我高中同学,你要不要一起去啊?"

夏岚摇了摇头说:"算了,我不去,你自己去吧。我和她又不认识,免得去了没有话说,尴尬。"

这算得到批准了。

周晓彤来的那天,我陪她在学校走了大半天,一边看风景一边聊天,到后来,干脆就不走了,找个地方坐下,然后就顾着说那些高中的事了,挺开心的。晚上的时候,还跟周晓彤吃了一顿饭,顺带喝了点"小糊涂仙"白酒。

第二天,夏岚就跑来质问我了:"昨天耍高兴了吗?"

我满是疑惑:"还好吧,怎么了啊?"

夏岚说:"我同学说看见你了。"

我说:"不会吧,我都不认识你的同学啊。"

夏岚说："你不认识她们，可是她们认识你呀。我们班的女生跟我说了，说你昨天在学校跟一个女生大摇大摆地走，样子亲密得很。"

我说："哪有啊，什么叫亲密啊？不就一起走走路吗，又没有牵手，又没有搂搂抱抱的。"

夏岚说："你倒是想啊，我不管，总之，现在你让我很不爽，我们同学都说你太坏了。"

我说："流言可畏啊，别被你们同学迷惑了。"

夏岚说："我看你才被你们那个女同学迷惑了吧，我们同学说你笑得脸上都开出狗尾巴花了。"

谁这么缺德，用这么不靠谱的比喻。

我真不服气了："我之前不是跟你说好了吗？再说了，不是你也同意了吗？"

夏岚笑着说："这样吧，以后就算我同意了，你自己不要去就是了。"

我思考了很久，对这个逻辑表示很困惑。

景仰

跟着夏岚去上课，其实我压根不想去，可她嫌上课无聊，非拉我去。

我说："你一个人无聊就算了嘛，何必把我拖下水，让两个人都无聊呢？"

夏岚说："你错了，你要是去了，我就不无聊了，因为我可以玩你。"

我说："怎么玩？"

夏岚说："看着你，我就挺开心的啊。"

因为去得太迟，我们只好坐在了前排。刚上课，任课老师便疑惑地盯着我，眼睛里扑闪着福尔摩斯的光芒，后来他终于好像发现了什么，走了过来，说："同学，你不是这个专业的吧？是不是走错教室了？"

全班人投来奇怪的目光。

我停顿了半晌,最后终于憋出一句话来:"老师,总听说你的课讲得很好,一直很敬仰你,却没有机会听,所以今天就不请自来了,我是不希望让自己的大学时代留下遗憾。"

整个教室笑翻。

那老师也挺高兴,说:"是这样啊,不错不错,小伙子很有前途,那就好好听课。"

有好事者补问了一句:"同学,你知道我们上的什么课吗?"

我愣了,光顾着跟夏岚玩了,还真不知道。

夏岚小声嘀咕了一下。

我说:"是变态心理学吧。"

笑声掀翻屋顶。

那老师立马脸色铁青了。

夏岚说:"什么耳朵,是微观经济学。"

翻墙达人

魏佳星有一个特别嗜好——吃冒菜,去外面买好装在盆里带回寝室吃。夏岚不解,问她为什么不在外面吃完了再回来。

魏佳星说,她要把冒菜的香气留在寝室里,好回味。

故事就是因冒菜而起的。那一天,魏佳星像往常一样,端着一盆冒菜,兴高采烈地往寝室跑,结果小跑到门口,发现自己没带钥匙,寝室里又没有其他人。怎么办?她去了隔壁寝室,放下了冒菜,去了阳台,准备翻越栏杆。隔壁寝室的女生很担心,说:"魏佳星,要不你还是等等嘛,你可以先把冒菜吃了再说嘛。"

魏佳星一股脑摇着头说不。她心里在想,要是在这儿吃冒菜,这香气留在这儿了,还怎么回味呢?

没人能阻止魏佳星,她的身手也算矫健,七楼对她来说跟一楼没什么区别，几脚就踩着栏杆翻过去了。

就在大家等着她出来的时候，她又从阳台翻回了隔壁寝室。

女生们诧异地看着她，问："怎么了？阳台锁了吗？"

魏佳星说："没有啊，我拿到钥匙了，这下我就可以开门了。"

一女生说："我的星妈，你难道不知道从后面把大门打开，从门出来再走过来吗？"

魏佳星光想着冒菜了，把这茬忘了。

一次翻墙成功后，魏佳星开始习惯性地忘记带钥匙了，于是翻阳台的次数也就越来越多了。终于有一天她被楼下的大妈叫住了，大妈说："女娃子，不要翻阳台，你要是忘了带钥匙，可以来找我，我给你开门。"

魏佳星很感动，于是变本加厉肆无忌惮地不带钥匙。

一个月后，大妈受不了，在给魏佳星开门之后，说了一句话："女娃子，以后你还是翻阳台嘛，你天天都不带钥匙，这七楼爬上爬下的，我真的太累了。"

连续生病记

"非典"来了，学校封闭了。

这让很多喜欢逛街的女生抓狂了，她们开始频频施展攀爬术逃到学校外面的世界，魏佳星也是翻墙大军的一员。她倒不是想去逛街，而是为了能出去吃碗久违的清蒸排骨面。

结果她运气超级好，翻墙的时候纵身一跳，如女侠般稳当落地，一点事没有，反倒是在路上想起了排骨面，兴奋地小跑，一不小心踩进一个坑里，把脚崴了。去医院一检查，轻微骨裂了，只能打上石膏躺着了。

好不容易出院了，魏佳星又开始流鼻血了，刚开始以为是看帅哥看的，后来频率太高，觉得有点不对劲了，就听从了何媛媛出的馊主意，上网查一下。一查就出问题了，一直流鼻血，是绝症的特征，要么是鼻咽癌，要么是脑瘤。

魏佳星很伤心，呆坐在寝室的椅子上不说话，一说话就是说："姐妹们，我快要走了，我要安静地离开了，你们不要把我忘了。"

夏岚说："星姐，你天天说你要安静地离开，你现在就给我离开，去医院看病，看到底是什么毛病，不要一天到晚死去活来的。"

去医院检查的时候，魏佳星的心情很沉重，她悲伤地看着医生说："大夫，我是不是得了什么不治之症，你告诉我，我有心理承受能力。"

医生没有好气地说："你先去检查，检查完了我才知道。"

等检查完毕，魏佳星把单子交到医生手里，医生说："你是不是经常抠鼻子？"

魏佳星说："是啊，这个都能检查出来？"

医生说："别抠了，你天天抠，鼻腔黏膜都被你抠坏了。好了，你可以走了。"

魏佳星说："医生，不用开药吗？"

医生说："开什么药？你五天不抠鼻子就好了。"

跳楼事件

大学生自杀好像已经不再是爆炸性新闻了。

当学校里开始热传有人自杀跳楼的时候，夏岚、魏佳星以及何媛媛表现出了漠然的态度。直到听说跳楼的是一个女生，还是从七楼跳下来的时候，她们有些惊异的神色了，一追问，真出事了，跳楼的是朵朵。

三个女生火急火燎地朝寝室楼跑，因为速度有限，到达的时候朵朵已经被医生抬走了。

于是，三个人又去了医院。

其实朵朵没死，医生说她掉下来的时候砸在了三楼违规搭建的棚子上减缓了冲击,地面还是草坪。朵朵只是右手骨折,用朵朵的话来说,她只是胳膊摔断了。

夏岚问:"朵朵,你到底有什么想不开的?你有事跟我们说嘛,我们都会帮你的。"

魏佳星说:"就是,有事你说话,我星姐绝不袖手旁观。要是哪个男生欺负你了,老子把他拧了,拧不动我让何媛媛去压死他。"

朵朵说:"魏佳星,你还好意思说,都怪你。"

魏佳星呆了:"怪我?我没推你下楼吧。"

朵朵说:"我没带钥匙,想学你翻阳台,结果技术没掌握好,脚踩滑了,接着就掉下来了,你说我怪你不?"

朵朵跳楼的事成了学校的奇闻。她康复得很快,两个月之后居然奇迹般地参加了校运动会的百米赛跑。当她在跑道上健步如飞的时候,班里的男生拖着魏佳星的袖子说:"星姐,你们寝室的朵朵太牛了,我怎么看怎么觉得她是一个女鬼。"

魏佳星笑了笑,说:"这个秘密都被你看出来了,她就是聂小倩转世,你不知道吧?想不想倩女幽魂一下?"

男生说:"想啊。"

魏佳星说:"呵呵,不好意思,她已经有宁采臣了。"

火锅

大学三年级的暑假,全班去四川绵阳彩虹电视机厂实习。

由于饮食单一乏味,不是食堂就是招待所的饭馆,我就和两个室友商量着,出去吃一顿好的,改善改善伙食。

周末的时候,我们找到一家自助火锅,38块一位,对于学生来说,这个价位有点偏高了,另外两人有些打退堂鼓了。我说,怕什么,我们慢慢吃,这个地方又不限时,38块我们也把它吃回来。

于是,三个人从下午一点左右开始狂吃,菜是拿了一盘又一盘,坚决不吃糕点，那个东西容易让人产生饱腹感，茶水也要少喝，怕涨肚子。要是觉得吃饱了，就休息一下，实在不行，就去厕所放空一点，回来又接着吃，就这样，一直吃到夜幕暗沉。

火锅店的老板下午出去办事，到了晚上回来了，一进门，看见我们三个，眉头都皱成火星纹了，很郁闷地嘀咕："他们怎么又来了啊？"

我们继续埋着头吃东西，保持沉默，实际上全在偷笑。

有服务员跑上去小声回话："老板，他们是一直没有走。"

吃完火锅回去之后，我觉得肚子特撑。到了第二天，还涨得不行，以至于一整天都吃不下饭。到了第三天，还没有缓过劲儿来。

女生的手提包

从绵阳归来的时候，我给提前两天回到学校的夏岚打电话，活脱脱地打了 20 多个电话，都是没有人接的状态。

嘟嘟声听久了，人就从无奈开始变得焦躁，最后出离愤怒了，我心想：女人用手机，连个座机都不如，长期装在包包里，调成振动后就如石沉大海，反正别想找到她。任由手机呼呼地振，她却浑然不知。

两个小时之后，汽车将至成都时，夏岚打电话过来了，说："路飞，干吗啊，打那么多电话？"

我的闷气依旧："我还问你在干吗呢，打那么多电话都不接，有手机等于没有。"

夏岚说："别生气嘛，我手机声音小，没有听见嘛。"

我说："哼，你知道吗？我担心你被绑架了。"

夏岚说："你着什么急嘛，要是我被绑架了，绑匪会给你打电话的。"

招聘会

听说有大型招聘会，我很激动，我感觉我的人生轨迹应该很快就可以改变了,可等到那天去招聘会现场一看,傻眼了,人太多了。奋不顾身地投入求职人潮中的时候,我感觉自己就快练成凌波微步了,真是太挤了,我甚至无法后退,只能向前,向前。

好不容易挤进一个公司展位,一看招聘条件又傻了,人家要求有驾照,精通英文,还要会画图和编程。我只好捏着准备投出的简历撤退了,好简历要用到好公司上,我也这叫物尽其用。

结果一直没用上,还是一句话,撼山易,撼求职人群难!还好有一家公司人比较少,我不管三七二十一冲了过去,结果看到人家正当场用碎纸机粉碎简历。

我的心凉透了。

我忍不住问了那个正在碎纸的眼镜叔叔一句:"别人刚刚投的简历,你们马上就给粉碎了啊,会不会不太好啊?"

眼镜叔叔没有好气地说:"我们老总有规定,凡是运气不好的人都不招。"

我垂头丧气地赶回学校,刚进校门,就遇见了神采飞扬的猪哥。他神神秘秘地笑着走了过来说:"路飞,我上了电视,晚上你看成都三台的新闻。"

我说:"是不是呀?你别骗我。"

猪哥说:"真的,你看嘛,九点的新闻,真的有我。"

那天晚上,我特意跑到有电视的寝室,守着看成都三台的新闻,等了老久,终于看到猪哥了。

当时猪哥在招聘会,有女记者采访他:"同学,你觉得今年工作好找吗?"

猪哥故作深沉地说:"不太好找,感觉竞争太激烈了。"

就这么多,时间不超过5秒,完了。

确实是上电视了,够喜剧的,估计那时我要是眨两下眼睛,便看不到猪哥了。

后来我问猪哥:"你咋露个脸就没有了?"

猪哥郁闷地说:"我跟那个女记者说了好多呢,没想到他们最后居然只播了这一句。"

面试达人

毕业的日子越来越近,我就越来越着急。同学们纷纷签约,他们之中的很多人将会远赴千里之外的沿海城市,而一心打算留在成都的我仍是热血待业青年。

我总结了自己找工作失败的三大主因:第一,专业不为人知,每次去面试,主要时间都花在解释专业上了,问题是解释了半天,人家还是没怎么听懂;第二,没有良好的在校经历,没加入学生会,不是班干部,纯属一张白纸;第三,没有一技之长,主要就是没有经验,跟很多大三即开始一边打工一边上学的同学相比,我就是一典型混饭的。

基于这三点,加之成都又是一个以休闲娱乐为主的城市,我理所当然地成了就业困难户。

可是我从来没有放弃,并且一直在努力地寻求机会。

世界五百强的公司来学校开招聘专场。

我只准备了一张纸的简历交上去,说实话,确实没啥好写的,人家一看便摇头,说我太没有诚意,结果全班交了简历的同学都有面试机会,唯独我没有。后来我吸取教训,把简介改了,写了一大堆虚构的经历,结果又被另一个公司说不够简洁,完全没有必要这样累赘,他们不相信一个大学生能干出这么多事来。

成都的制造型企业极少,以我所学的专业,要想留在成都,无异于走蜀道,难,难于上青天。所以我不得不接受转行,于是,我开始尝试很多非本专业的工作。早期,我还是在网上投投简历,可是等了多日,除了某些搞推销的公司天天骚扰,其他公司都没见个动静,我便一改被动守株待兔的策略,选择主动出击,直接找到公司电话打过去,开门见山地说自己要来面试。这招还挺有效的,让我争取到了不少面试机会。

销售公司。

面试官肥头大耳的,一听说话就知道是公司大老板,他一上来便直接切入正题,问我有没有销售经验,我说没有。他又接着问,在成都有没有什么亲朋好友?我说有,就一个阿姨和自己的同学,结果他使劲摇着大脑袋,摆了摆大手,直接跟我说了再见。

报社。

我毕恭毕敬把简历递了上去,那个女负责人没正眼瞧我,低着头看了几秒简历后径直还了回来:"我们需要中文专业或者新闻专业的,你这种学机械的,不适合。"

我企图挽救她对我的第一印象:"可是我很喜欢写作,从小语文都是强项,大学的时候还常常在杂志上发表文章。"

那女人冷冷地笑了一下说:"光有热情是不行的,我们觉得你不适合是有道理的,你就不要再浪费时间了,简历拿走吧,给我们也是浪费你的纸。"

我恨恨离去。

我打电话强行要求去手机游戏开发公司面试,人事部的小姐拗不过我,又让我得到一次机会。

戴着框框眼镜的所谓IT人士,是面试官,一脸狐疑地看着我说:"我看你是学工程的,而我们是搞计算机研发游戏的,有点风马牛不相及。"

我说:"其实我很喜欢玩游戏,从小就玩,到现在也有15年了。我玩过各种各样的游戏,对于游戏系统和创意有着自己的见解,我还在游戏杂志上发表过文章,对很多游戏的系统和游戏方式进行探讨,所以我觉得自己挺适合贵公司的。"

那负责人好像无动于衷,冷冷地问:"你会编程吗?学过

×××（一大堆我没有学过的东西）吗？"

我只好实话实说："我确实没有学过那些，不过我可以学，我学东西很快的，很多软件我一会儿就上手了，但是我想我对游戏的理解和想法，是很多人所欠缺的，不是简单可以通过学习掌握的。"

估计那负责人觉得我这话太嚣张，满脸鄙夷的神色："同学，我觉得你就算自己交钱到我们公司培训，我们都不会考虑的。"

我忍不住骂了出来，把桌上的简历一把抓了起来，华丽地转身走了。

终点

这一首动听的歌，
终于曲终人散。
时光带走了你和我，
从此咫尺天涯。

在毕业前夕，我终于找到一份外企的工作。面试的那天我穿上了我一辈子难得穿几次的西装，完成了我人生中表现最差的一次面试，然后不知所以然地获得了录用。

夏岚说："你早该穿西装了，要不总给别人一种不正经的印象。"
我说："我一直很正经，只是他们太虚伪了。"

我的工作无疑为夏岚留在成都打了一针定心剂，她已经决定不回北方了。她说："路飞，其实你有工作我真的很开心，这样的话，我就用不着担心你以后天天蹭我的饭了。你在大学里蹭同学，蹭老师，蹭女朋友，整整蹭了四年的饭，现在是时候回报社会了。"

我羞愧难当。

何媛媛是个从小到大都幸运的人，一直以来都有她爸这棵浓荫大树罩着，呵护着，所以她根本不用去拥挤的人才市场，便可以安心地等着毕业后去银行上班。

魏佳星草草地在学校周围找了份悠闲的工作，主要目的还是陪着她家的宝贝大爷猪哥，人家费尽九牛二虎之力考上研究生了。猪哥这家伙大言不惭地跟魏佳星说："工作不开心就别干了，以后我养着你。"魏佳星瞪了他一眼说："老娘就不信你现在就能养得起我，还不是只有我养你。"

猪哥说："我说的是以后，这段时间我还得潜伏。"

王洋准备回绵阳，梁国栋要回重庆，刘华已经答应他的舅舅，去上海帮忙打理生意。最令人吃惊的事，在这个劳燕分飞的季节，刘华居然跟朵朵好上了，用刘华的话说，这叫漂泊的旅人终于到达彼岸，航行结束了，新生活开始了。于是，毕业前的朵朵也就不找工作了，每天和刘华厮混。有时候，我看见他们两个牵着手欢欣的模样，就像是幼儿园里过家家的男生女生，无所顾忌地亲昵。或许曾经迷乱的人生，终于找到了可以寄存忧伤的地方。

拍集体毕业照那一天，韩雪拉住了我的胳膊，说："路飞，要不我们拍张照，留念吧。"

我顿了顿说："好，去哪照？"

韩雪说："就去后面的教学楼吧，只要照片里有你和我就行了，其他的都不重要。"

我说："我的地位什么时候变得这么高啊？"

韩雪只是笑。

望着韩雪可爱的笑容，我觉得恍如隔世。

晚上，寝室四人去桃源大饭店吃散伙饭，熟悉的桌子椅子，熟悉的老板，转眼便要告别。那只被封为小飞侠的猫咪，在两个月前悄然离开了世界，这个消息让四个大男人忍不住抽泣，啤酒一瓶接着一瓶地喝，就连发誓再也不喝酒的王洋，也决定打破戒律，一醉方休了。

我说:"王洋,你怎么突然变了,你不是不喝酒吗?"

王洋说:"一直循规蹈矩的人生多没有意义,大学生活都快结束了,我也该放纵一下了,要不然以后回忆起来,除了看书就是考试,那就太失败了。"

王洋真喝醉了,这算是大学时代里他第一次喝醉,第一次失态,胡言乱语,痛哭流涕,到最后,瘫睡在那里,靠着椅背含糊地说着梦话,过了一会儿安静了,再过一会儿居然嘴里开始冒白泡。梁国栋吓着了,问他怎么了,王洋依旧处于昏迷状态,大家急了,梁国栋背上王洋便往校医院送。

送到校医院,大夫说这里解决不了,要送附近的大医院,我们立马去叫了一个面包车,送到了最近的医院。值班医生稍微地看了一下,便下了结论——急性酒精中毒,顺带下了病危通知书。

那天晚上,我们焦急地守候在病房外面,彻夜未眠,我心想:王洋,你这个鸟人,可千万不能死啊,你还没有去建设祖国,建设你的家乡,放纵喝了一次酒就中招了,可千万别辛辛苦苦几十年,一夜栽在酒精前,这也太不值了,我们也绝对不允许。下次,我绝不让你这样喝酒了,要喝都让梁国栋喝。过去你都不怎么喝酒,这次怎么会突然变傻啊?

天色渐渐明亮起来,王洋终于在众目睽睽之下清醒了,他环视了一下四周,惊奇地看着大家,说:"谁让你们把我送到旅馆来的,太浪费钱了。"

尾声

叶静篇

路过天安门的时候，我总是会停下来远远地看一会儿，我喜欢那样的红色，好像里面藏着无穷的历史。路飞，要是你也在这里，我们一起看，该有多好。

我记得，你说过你会等我回来的，就算没有车，也会踩着自行车来接我的。或许你已经不记得了，可是我一直记得，生命中有些事永远都不会忘记。

菠菜来北京读书了，我见过他了，他还是和从前一样痞。他跟我说，你在大学有女朋友了，我想，应该是个漂亮的女生吧。本来打算给你写信的，想想还是算了，其实我已经写好好几封了，但是一直没有寄出去。

在北京的生活，很辛苦，但我觉得总会变好的。其实我挺羡慕你和菠菜，可以继续读书，如果我们还在一起读书，那该是一件多么美好的事情。

可是时光像洪水一般冲散了我的人生，让我们在人海中失散，我还得继续在这个世界上负重前行，不知道未来会怎样，但是我只能继续。

我的妈妈已经过世了。她离开的时候，我一个人在医院里，哭了很久，爸爸没有来，我们没有等到他，我真的很难过，难过得不能自已。有时候，真想自己也随妈妈去了。

可是回忆起从前和你在一起的时光，想起那些生命中温暖而美好的事情，我在这沉寂的黑暗中便有了活下去的勇气。想起和你同桌的日子，回忆里的场景，阳光都特别灿烂，还有在小巷里你和菠菜的见义勇为，我觉得在我的人生里，你拥有一个特别的奖章。

人生还会有很多美好，所以我得好好活下去，为了我的妈妈。

还有，路飞，也许我还能再见到你。

那个时候，一定不能让你失望，我得耀眼地出现在你面前，让你对我刮目相看。

路飞，你在哪里？

有时候会突然有点想见你。

再见你的时候，我会哭吗？

朱莉篇

我还是不太习惯上海灯光闪烁的街道，繁华和喧嚣让我有点烦躁和忧郁，心中莫名有了怀旧的情怀，脑子里总是隐约闪现着往昔片段，像在翻看老旧的相册。

对于未来，我甚至有些畏惧，不知何去何从，总希望每一个选择都是正确的，但正确和错误，又何以分辨？我有男朋友了，是个美国人，他的名字很好听，叫Drake，我给他取了个中文名叫王小德。小德对我挺好的，经营着一家自己的家具公司，谈吐儒雅，有着美国人天生的对自由的向往。很多时候小德会逗我开心，我却时常想起你，路飞，我的脑海里总是浮现出你嘻嘻哈哈、玩世不恭的样子，你好像一个浑蛋一样待在我的青春记忆里，死活都不愿意出来。

我们认识似乎很久了，转眼就12年了，我还记得很多过去的事。你把颜料挤在我脸上，我们在水池边靠得很近很近，还有那一次你来我的学校，我们整晚厮混在一起看电影，其实我不怕发生什么，但是我们却什么都没有发生。早上醒来的时候，我故意闭着眼睛，你靠在

尾声

我的肩膀上,很近很近,我在心里想,你会吻我吗?

可是,你睡着了。

我们好像是认识很久的朋友。你与我相敬如宾,去峨眉山旅行,你甚至连我的手都不敢碰一下,其实我不怕你碰,其实我想跟你说,但最终什么都没有说。

我看见你跟夏岚两个人天真无邪的样子,突然有一些难过。

我发现,夏岚喜欢着你。

而我是你们的朋友。

你说我去美国前会打电话给我,"五一"假期我一直待在寝室里,等你的电话。可是等到去美国的前一天,你依旧没有打过来,我以为你会在 QQ 上给我留言,可是很倒霉,我的 QQ 被盗了。我记不住你的 QQ 号,于是给你寝室打电话,没人接,一直没人接,后来有人接了,但是又挂了,我找不到你了。

我想你应该忘了我们的约定吧。

既然忘了,那就忘了吧。

我一直很努力,甚至很虚荣地在你面前展示我的一点点小成就,可是你显得冷漠,总是一副不在乎的样子,我做什么,或许你都是不在乎的。

反正你从来也不是我的什么人。

我们只是同学和朋友,对吧?

老妈觉得我的美国男友很好,要让我谈婚论嫁了,可是我的心里有一种令人纠结的眷恋,我割舍不下,那是一种对过往时光的不舍,这种感觉好像永远都无法消失,永远都贯穿在我的生活中。也许,我一直活在一种无法名状的期待中,可是好像我也只剩下期待了。

路飞,还记得小学的时候我许的三个愿望吗?前两个算你帮我实现了,可是第三个我没有告诉你。

我的愿望是长大了,能和你在一起。

好像实现不了了。
这个愿望你没有帮我实现。

路飞,该跟你说再见了。
也该跟孤单的自己说一声再见了。
还有我们的青春,再见吧!

附录 同学们的青春简史

小学三年级至四年级

沉甸甸的书包给了我踏实的感觉。埋头去系鞋带的时候,由于书包太重,里面的几本书一股脑掉了出来,刚好砸我脑袋上,于是一个瘦弱的小男孩被自己的书包砸趴下了。最气人的事情是,起身的时候发现向晴和一堆女生在笑,对,是取笑。

数学课上,石头没有按照要求把手叠放在课桌上,而是握着拳头。数学老师看见了,让石头把握紧的拳头摊开,石头不理老师的请求,老师强行把石头的手掰开,发现里面捏着一把黏鼻涕。

下课的时候,跟石头打赌,看谁可以把头放进课桌。结果到上课铃响的时候,石头的大头还没有从课桌中拔出来。

看到一个可以变化为汽车的机器人玩具的时候,我惊呆了,希望我妈给我买一个。我妈说,那个东西没有意思,还不如我自己回去用泥巴搓。虽然我搓泥巴的技术很好,但我知道我搓不来。虽然在茫茫世界中我遇见了你,但作为一个变形金刚,你还是无法融入我孤独的世界,因为我们有缘无分。

在那个桃花盛开的季节,小镇的语文老师用两节语文课的时间让同学们去学校的后山观赏桃花。那天我很开心,回来写下了一篇长达7页的作文,一页200字,总共1400字,为什么突然文思泉涌?因为见多识广,终于懂得"读万卷书,行万里路"的道理,之前写作文头疼都是因为没有出去玩的缘故。

小学五年级至六年级

我转学了,从小镇中心小学转到小县城的实验小学,看到很多漂亮的女同学还是很开心,但学习方言是件痛苦的事,不是说好大家都说普通话的吗?

姚芳同学是我们的班长。后来读高中,没有分班前,姚芳还是班长,等到分班以后,我们还在一个班,她还是班长。这算是世袭班长,后来参加不同班级的同学会,姚芳班长都在,想起一句话,十处打锣九处在。

我和刘波、黄凡和何雨等同学成为好朋友,县城小孩和乡镇小孩的相互认识,有利于社会的进步和稳定,促进了民间的文化交流和繁荣,更拉动了游戏厅及麻辣烫等第三产业的发展。

上课居然敢偷着玩 Game Boy(任天堂公司发售的第一代便携式游戏机)的肖茂霖同学让我心生佩服,家里有钱还有胆量,这都是我不具备的。

老师说黄凡同学的字写得比较好,我虚心地找他学习。黄凡的诀窍是,把字写大点就可以了。

班里的美女同学周毅向我要杂志后面的假邮票,我居然没有答应,结果两个人的关系好像有点疏远了。十年后的我一定会说:"给你,都给你。"只怪当时年纪小啊。

幸福的七月。我的老爸一个月工资 149 元,比水电局局长稍微低点。他居然同意花三个月的工资给我买一台红白机。老爸语重心长地说:"在家里打游戏比在外面好,在外面我们管不住你,在家里可以管控你的时间。"我在喜出望外的同时多了一些忧虑。其实那不是一台纯正的"任天堂"红白机,它还有一个更响亮的名字:小霸王。还记得熟悉的开机声音吗:"小霸王,其乐无穷。"

我玩了很久的游戏,悟出一个道理,几十合一甚至几百合一的游戏卡都不咋样,反而只有一个游戏的卡才是耐玩的。我一直记得从刘佳音同学那儿借的《生化尖兵》,虽然一直没打通关,但在很多同学面前玩起来就是高端,就是有面子。

同桌刘勤晴的高级文具盒,有各种按钮,可以按出各种物件,让我很羡慕。我独自望着自己的关云长铁皮文具盒,才知道原来和小康生活还有一定距离。

老师开始把电子游戏形容为电子海洛因,在家长面前大肆宣传。宋波同学挨打多次,仍然坚持要去,他说他是出淤泥而不染。

班里开始流行说某某和某某好,被提到最多的同学是刘勤晴,但从来没有人造过我的谣。

和刘波、杨彬,还有李立一起去学奥林匹克数学,天生数学就不太好的我,最大的收获是,发现了李立可能喜欢杨倩梅的秘密。

打街机游戏机被老师抓,被老妈抓,家里游戏机被锁,大人们开始给我灌输"少壮不努力,老大徒伤悲"的道理。

老师让我去参加乐山市的作文比赛,同行的还有王笛、刘芸、范丽和李丹容。我获得二等奖,写的文章还被印成了铅字,这是人生的荣光,也成了我人生的巅峰。但最值得珍重的回忆,是大家在乐山印刷厂里的合影,神情最凝重的是范丽同学,其次凝重的才是我。我那时候在想,以后我们之中只要有一个人出名了,这张照片说不定就能放在博物馆里。

初中三年

升初中了。我被老师直接任命五班的班长,那一天真是光荣日。

我们给班里的女生罗毛燕取了个外号叫草莓,王小波喜欢草莓同学,我们常常拿草莓来取笑他。但罗毛燕同学并不知道,她好像还问过:"你们说的草莓到底是谁?"

那时候最不喜欢听到的两个名字,一个是李立,一个是白芥鑫,这是老妈让我学习的榜样。

第一次有女生给我送生日礼物,还是四个女生一起去我家送的,四份礼物,老妈很是担心,怕我过早误入歧途。而我担心的是,她们过生日的时候,自己得还四份,怎么还得起?结果后来我居然都忘了还,这算是人生里的卑劣事迹。

班里的吴涛同学绰号黑娃,他喜欢穿着西裤配胶鞋踢球。他提着裤子踢球的样子,在我的脑海里留下了初中时代排名第二的不可磨灭的印象。排名第一的印象是吴涛同学总是突然蹲下来,擦他的皮鞋。

前排的女生王琼喜欢唱《千年等一回》,上课都在哼。我说:"你每天都千年等一回,不觉得烦啊?"她转头跟我说:"歌那么好听,你完全不懂得欣赏。"然后老师说:"王琼,你出去,一直嗡嗡嗡的,像蚊子一样。"

据说,隔壁六班的帅哥同学郭庆,被女生夺走了初吻。那个女生叫鲜碧霞,好可怕,见到这个女生都要躲远点。

宋波同学开始沉迷于漫画和武侠小说。他向我推荐了一本超级好看的武侠小说,主角父母双亡,掉到一棵大树上,捡到了盖世武功秘籍,遇上了两个武功高强的师傅,师傅们教给他一身武艺。第一次踏上江湖,就英雄救美,从此开始了传奇般的故事。

何伟和王涵同学开始热衷于下军棋。他们的书包里书可以少带,但是军棋一定有一副。

刘波同学的嗓门有点大。有一次在路口听到他玩游戏时兴奋的喊叫声,我就去街口的朝天阁游戏厅里找他,没找着。后来在下正街中间位置的智力游戏厅找到了他,你说这声音得有多嘹亮。

小学同学温伟到我家住宿一晚,早上起床,老妈说给温伟煮碗面。温伟说:"阿姨,别煮面了,我天天吃面都吃烦了。"温伟的妈妈在他很小的时候就去世了,他的老爸也不怎么管他,所以他从小就独立,比如长期自己给自己煮面吃。我很敬佩他。

成绩第一的白芥鑫同学转学了,她走了之后,我发现我并没有那么讨厌她。她之前送过我一张明信片，祝我学习快乐，万事如意。万事如意我可以理解，但是那时的我无法理解，学习怎么可以快乐？这也许就是我们之间的差距。

杨思劭同学踢足球的时候，喜欢把上衣脱掉，露出他那健美的身材和古铜色的皮肤。这对女生也许很好，但对我们这些和他一起踢球的同学就不好，每次想拉衣服的时候，总是摸出一手油腻的汗水。

高中三年

我在球场上被邓昌鹏撞飞，趴在地上昏迷了一分钟。醒来的时候，他们说："吓死我们了，你一直趴着不动，我们以为你要挂了。"

有位同学在晚自习的教室大胆地向美女程丽告白，说了一声"程丽，我爱你！"换来了杨宽同学给他的十块钱，但没有换回程丽同学的感动。

我拉近了和胡明路同学的关系，我们经常一起去电光头的游戏厅玩《实况足球》。当时他有两大特权，作为一班的团支书，可以挪用团费；作为电光头的熟人，可以赊账。后来，胡明路同学转学了，白老师和电光头都在找他。

有一段时间，同学之间开始流行在圣诞节的时候互送明信片。去胡明路家里玩，无意中发现所有的明信片都在一个盒子里，只有一张李娜写给他的明信片夹在书里。据此推断，胡明路同学喜欢李娜的概率应该超过95%。

挺羡慕住在学校的刘敏同学，每次要踢球的时候直接下楼就可以了,但就是住得这么近的刘敏同学,为什么还是会迟到?是不太爱学习吗?

我经常被罚站。站教室后面,面壁思过,还站旗台,请家长。那时的我承受了太多的压力,后来发现和女生一起罚站的时候,我的压力小了挺多。

有段时间,上学迟到会在校门口被教导主任或者校长抓住,然后罚站,最后让班主任领回去。而同样是迟到的我,就在校门口去吃碗面,然后在面馆看会儿报纸,关心下国家大事,等过一段时间再大摇大摆地从罚站的同学面前走过去。合理安排时间也是一项很重要的技能。

付陈捷同学家里开的明全麻辣烫店,成了同学们聚会的地点。有一次,有两个同学在同一天过生日,都邀请了我。为难之际,他们告诉我,原来地点都是明全麻辣烫店,只是一个时间早点,一个稍微晚点。人生中第一次在明全麻辣烫店同时参加两个同学的生日会,一会儿吃这桌,一会儿吃那桌,以为自己可以左右逢源吃得开,结果那天被灌的酒也是两倍,醉到全吐了,吃的一顿并两顿的麻辣烫等于白吃了。

付陈捷过生日的时候,不在他家的麻辣烫店聚餐,而是回家自己做饭。他邀请了我和好几个男生,女生只有两个——卢叶和张艺娜,这让人觉得有点蹊跷。

据说,付陈捷的外号叫付Der,班里的女生胡寅平外号叫胡豆,两个人因为外号相似,经常被同学拿来开玩笑,最后大家发现他们居然谈过一个星期的恋爱,只是后来两个人都不愿承认。男生苏利洪和女生姚莉红因为名字很接近,也被拿来开玩笑,说"苏利洪,要脸红",结果后来两个人真的幸福地在一起了。

看到了一张卢叶、刘果、王睿、张家笙和郑亮的合影。张家笙风头盖过两位美女,上身工作服,下身西裤配红色胶鞋,他旁边的郑亮穿着李宁牌慢跑鞋,价格应该是张家笙那双胶鞋的十倍以上。

因为我拿张家笙当主人公写了作文,他喜欢拿铁头来撞我。我为此专门写了一部以骑着猪的张家笙为主角的小说在作业本上。在小说里,他暗恋的对象是姚芳同学,可惜这部作品由于学业紧张,并没有完成。

肖茂霖同学改名为肖慈亮,喜欢去租《蜡笔小新》的漫画。这个漫画我也看了,没想到,有点痞加上稍微有点龌龊的漫画居然很符合肖慈亮同学的气场。

记得和汪波同学约好一起晨跑,常常起不来,汪波会跑到我家来喊我。那天雾太大,汪波来了又回去了,我没有起得来,深感愧疚。但是后来女生找我一起晨跑的时候,我从来都很准时。

文理分班,我去了文科班。学校开始划分快慢班,觉得自己在快班还好,但每学期有调整的名额,这不好。

我上课喜欢和严丹同学说话,她说了很多秘密,包括有位数学成绩好的同学老色眯眯地看她。对于这一点,我保持着客观的态度,如果非要说这位同学,那他不光看严丹是这样的,看其他女生也是这样的。

严丹同学逃掉晚自习去逛街的事情,被老师发现,回来之后哭得很惨。我劝她算了,老师的话别当真。她说,她好像失恋了。

很快，严丹去了文科慢班。原以为会再来一个美女，结果老师把郭超安排在了我旁边的位置，反差极大的同桌生活，让我有些怀疑人生。

喜欢王菲的女生太多，我从来都不说王菲的坏话。不懂事的鲜有刚同学敢说王菲的歌没有什么意思，活该他找不到女朋友。

李敏同学喜欢唱歌，晚自习都在自我陶醉地哼哼。老师嘲讽他，喜欢唱歌应该到讲台上去唱，结果他真去了，唱的是黄磊的《我想我是海》。这一次，还有班里同学的和声。

班里的女生吴萍珍可以连续完成几个侧手翻，再接一个空翻，我们只是看看，心中自叹不如。

高中时代的文艺表演，最令人惊叹的是女生的化妆，可以把一个好看的女生化得就跟鬼一样。

郭超和我开始为班里所有的女生打分。郭超的要求太苛刻，居然只有几个女生超过了60分，其中一个是袁媛。我表示很怀疑，郭超喜欢她。

陈阳同学喜欢在早自习大声朗读英文，后来被袁媛称为骚人。但是他的举动让语文老师很尴尬，说好有两天是语文早自习的。

在电话线上网的时代，我在网吧偶遇严丹。网页打开得很慢，在网页慢慢打开的时候，两个人就聊天。我上网两个小时，和严丹聊天耗去一个半小时，原来上网和聊天是分开的。

我上课时喜欢跟坐在附近的杨晓玲同学讲《笑傲江湖》，被数学老师多次用眼神警告。最后，我换成了在英语课上讲。这也许影响了杨晓玲同学的学习，但影响更多的，也许是她的同桌陈阳。

我写了一首长诗讲述自己的迷惘，被语文老师拉去谈心，她讲她大学的故事，我突然决定不能再这么颓废下去了。好歹要去大学混混，不然以后连故事都讲不出来。

理科班的学霸沈波在考化学的时候提前一个小时交卷，耀武扬威地从我的考场边走过。我一直以为他考了满分，后来沈波跟我说，其实那次只有 147 分。好吧，都是气人，少 3 分不重要。

大学

我的下一站是成都。开始大学生活，第一次住校，第一次领生活费，第一次觉得谈恋爱是光明正大的事。但更为重要的是，至少这几年不用担心找不到工作去蹬三轮了。

第一次开班会的时候，我走上讲台说，我曾经的理想是当一名足球运动员，让很多同学误以为我是从专业队退下来的。好吧，有专业队的队员是穿胶鞋的吗？

大学可以做很多中学时代没法做的事情，但是有一件事情永远失去了做的机会。教室位置都是乱坐的，那么，原来中学时代就是可以拥有同桌的最后时光。

同班同学程俊记住了人群中那个穿着印有王菲头像的黑色 T 恤的姑娘，她的名字音译成英文叫 Family，然后和我聊起了她。程俊跑回寝室用寝室电话拨通了 Family 的寝室电话，说我找她，导致我风尘仆仆地跑去接电话，拿起电话的时候不知道说啥。

501 寝室四个人守着一台电脑看完《将爱情进行到底》。故事的最后，还没有进行过爱情的梁国栋，眼睛湿润了。

班里有个男同学叫丁松，喜欢写诗。在大学时代，他写完了他人生之中 90% 的诗歌。大概有诗歌的生活，只存在于没有世俗限制的岁月里，当苟且逼近人生的时候，诗就在远方了，只留下了可以在 KTV 里唱的歌，让你痛哭流涕。

大学时读诗的作用主要在于写情书，显得特别文艺有才华，但这也是有条件的。表白成功的时候，那就是才华，那就是文艺情怀；表白不成功的时候，那就是神经病。

联谊寝室聚会，男生女生玩猜人游戏，我蒙着眼抓住一个人的手臂。有人说："是王艳黎，你信不？"我说："不可能，她的手臂不可能那么粗。"结果，真是她。

联谊寝室的女生杨丹约我逛街，我担心她逛街是假，而是有什么秘密要告诉我。结果真是，杨丹跟我说："我其实喜欢你们寝室的王洋好久了。"

杨丹同学老家是东北的，和她说话说久了，我的普通话也有东北味了。

Family 的中文名叫范明莉，她作为一个女生居然会玩《极品飞车》，而且打败了楼上寝室的高手官涛和张强。我向她发起了挑战,艰难取胜。后来我想,自己怎么能赢呢?情商果然不高。

王洋坐公交车,拉着铁环站在中间。人很多,有个女生被挤了过来,站在王洋的旁边,也拉着铁环,两个人的手臂靠在一起了。后来,女生好像睡着了,身体斜靠在了王洋身上。怕惊动女生,王洋拉着吊环的手就一直不敢松开也没有动。女生醒来的时候,害羞地冲王洋笑,王洋没有要女生的联系方式,我们觉得他错过了一段好姻缘。

汽车系好友陈思仁同学的偶像是著名足球运动员舍甫琴科,而他最喜欢的人是孙燕姿。所以舍甫琴科的照片贴在墙上,而孙燕姿贴在天花板上。

失去人生方向的我和王洋一起在学校周边散步,两人手里都拿着一瓶鲜橙多。走了一天,什么都没有吃,就喝了这瓶水。终于明白茶饭不思的感觉了。

虽然大学时已经开始看重经济条件,但比起步入社会后,还是单纯太多。所以没有谈过恋爱的同学,最好在大学谈恋爱,这时候还可以一见钟情,跟着感觉走,等到以后去人民公园相亲,就是谈条件,跟着金钱走了。

夏岚因为不愿意复习统计学和我闹别捏,但几天后她非常感激我,Cici4.5 组织总共 5 个人,只有她的统计学成绩最好。其他人统统挂科,就她越过了 60 分的坎。

和夏岚一起去春熙路,遇见卖玫瑰花的小女孩,小女孩非要让我买一朵。为了避免更多的小女孩来骚扰我们，我买了一支送给夏岚。后来，又来了一个小女孩，我指了指夏岚手中的玫瑰花，意思是不用再买了。结果小女孩说，姐姐这么漂亮，应该再买一朵。感觉她的逻辑好像也没有问题。

女生最爱寝室卧谈。话题有很多，天南地北，海阔天空，但是最后全归结于男人。

没有男朋友的何媛媛越聊越兴奋，可夏岚扛不住了，说要睡觉了。何媛媛说："别嘛，你看外面都还没熄灯，早着呢。"夏岚说："姐姐，那是路灯，它要是熄了，天都亮了。"

喝醉酒的何媛媛会把自己藏在寝室的衣柜里，双手挥舞着说："我是漂亮衣服，我就要在衣柜里挂着。"魏佳星毛了，冲着何媛媛怒吼："何媛媛！这是我的衣柜，你是漂亮衣服，你要在里面挂着，请你爬到你自己的衣柜里去挂着。"

"非典"来了。突然间，同学们不敢感冒不敢发烧了，过于恐惧的何媛媛同学夹坏了704寝室唯一的温度计。

704寝室的女生吃饭有原则：
何媛媛是所有菜里面不要加姜和葱，不要黄瓜。
魏佳星是不要太辣，要清淡。
夏岚是菜里不要太多花椒。
朵朵是不能吃牛肉和芹菜。
所以每次去饭店吃饭，总是千篇一律的经典菜单：香菇肉片、莴笋肉片、白油豆腐、宫保鸡丁不加黄瓜，番茄蛋汤不加葱。

学校封闭了，一时之间逛街成了必须要翻墙才能进行下一步的事。梁国栋和我开始在寝室外面踢羽毛球，引发全民踢羽毛球运动，一时导致学校的商店羽毛球断货。

从腼腆到面试高手再到面霸，无数的挫折没有打败我。反倒是招聘会拥挤的人群让我感受到了前所未有的压力，原来自己从来不知道有这么多人在跟我抢饭碗。

吃散伙饭时，女生哭了。我们开始后悔挥霍了那些时光，开始怀念那些不起眼的同学。但是，还是要说再见了。

各奔前程，分道扬镳。

后记

小时候对世界的认知少，一丁点快乐都能让人开心好久；长大了，有了很多烦恼和苦闷，想要快乐起来，一丁点快乐就不够了，要好多快乐才能抵消那些负能量，可是哪里去找那么多的快乐。于是，我们说，我们不快乐。

童年的时候，我们以为长大是一场有趣的冒险，而长大以后，我们发现生活原来是无法抵抗的洪流。

我们曾经以为青春很长，所以满不在乎，那时候肆意地挥霍。直到有那么一天，蓦然回首，才发现自己已经变得很孤单了，没了欢喜，徒然感伤，那些飞扬的岁月一眨眼就风轻云淡了。我们终于拥有了成熟，但失去的是理想。

有些事，还没有来得及做，就已经错过时光了。

有些话，还没有来得及说，就已经青春不再了。

反正，连讲故事都是过去时了。

可是，人要有希望和梦想，要值得珍重，这样我们的灵魂才有意义，不至于白来一趟。

于是，我们沉浸在失去理想的迷惘和需要理想的痛苦中，挣扎着前进。

我们越是知道岁月无情，就越是应该去珍惜它。

那些看起来漫长的蹉跎，不过只是短短一世。来如风雨，去似微尘。

那些不经意的离别成了永别。

那些挥手的再见成了再也不见。

那些哭得撕心裂肺的伤痛好像被慢慢淡忘。

那些我们曾经拼命想要记住的人成了陌生人。

那些我们发了疯想要留下的夏天，在回忆里逐渐模糊。

那么，我们是应该难过吗？

也许从前的每一段故事，每一段快乐的时光，都是上天的馈赠。它们虽然来得仓促，转瞬即逝，但只要来过，我们的生命里就会有不一样的痕迹，我们的人生就有了幸福的回忆。即使未来的路布满荆棘，风雪漫天，看不见希望，只要想起曾经幸福的事情，我们依然可以勇敢。

所以，请原谅光阴似箭，请原谅年华似水。

故事的结尾，我又想起了那首席慕蓉的《无怨的青春》：

在年轻的时候

如果你爱上了一个人

请你

请你一定要温柔地对待他

那么

所有的

时刻都将是一种无瑕的美丽

若不得不分离

也要好好地说声再见

也要在心里存着感谢

感谢他给了你一份记忆

长大了以后

你才会知道

在蓦然回首的刹那

后记

没有怨恨的青春才会了无遗憾
如山冈上那轮静静的满月